目录

辑一 人生自剖   001
  我的祖母之死   003
  我的彼得   015
  北戴河海滨的幻想   020
  迎上前去   023
  自剖   028
  再剖   034
  想飞   038
  求医   042

辑二 行旅漫录   047
  印度洋上的秋思   049
  山中来函   055
  契诃夫的墓园   057
  翡冷翠山居闲话   062
  巴黎的鳞爪   065
  我所知道的康桥   079
  丑西湖   088
  天目山中笔记   092
  泰山日出   096
  雨后虹   098

辑三 英雄崇拜   105
  曼殊斐尔   107
  太戈尔来华   122
  拜伦   128

	罗曼·罗兰	137
	法郎士先生的牙慧	143
	谒见哈代的一个下午	148
辑四	**社会批评**	**155**
	罗素与中国	157
	青年运动	163
	吸烟与文化	169
	我过的端阳节	172
	再谈管孩子	174
	海滩上种花	179
辑五	**闲话种种**	**185**
	再论自杀	187
	我们病了怎么办	190
	年终便话	194
	话	198
	《闲话》引出来的闲话	208
	秋	212
	鬼话	222
	伤双栝老人	227
	吊刘叔和	230
辑六	**诗的意见**	**233**
	诗人与诗	235
	《新月》的态度	238
	我也"惑"	244
	海粟的画	254
辑七	**爱眉小札**	**257**
	爱眉小札	259
	眉轩琐语	271

辑一　人生自剖

我的祖母之死

一

一个单纯的孩子,过他快活的时光,匆匆的,活泼泼的,何尝识别生存与死亡?

这四行诗是英国诗人华茨华斯(William Wordsworth)一首有名的小诗叫做"我们是七人"(We Are Seven)的开端,也就是他的全诗的主意。这位爱自然,爱儿童的诗人,有一次碰着一个八岁的小女孩,发卷蓬松的可爱,他问她兄弟姊妹共有几人,她说我们是七个,两个在城里,两个在外国,还有一个姊妹一个哥哥,在她家里附近教堂的墓园里埋着。但她小孩的心理,却不分清生与死的界限,她每晚携着她的干点心与小盘皿,到那墓园的草地里,独自的吃,独自的唱,唱给她的在土堆里眠着的兄姊听,虽则他们静悄悄的莫有回响,她烂漫的童心却不曾感到生死间有不可思议的阻隔;所以任凭华翁多方的譬解,她只是睁着一双灵动的小眼,回答说:

"可是,先生,我们还是七人。"

二

其实华翁自己的童真,也不让那小女孩的完全:他曾经说"在孩童时期,我不能相信我自己有一天也会得悄悄的躺在坟里,我的骸骨会得变成尘土"。又一次他对人说"我做孩子时最想不通的,是死的这回事将来也会得轮到我自己身上"。

孩子们天生是好奇的,他们要知道猫儿为什么要吃耗子,小弟弟从那里变出来的,或是究竟先有鸡还是先有鸡蛋;但人生最重大的变端——死的见象与实在,他们也只能含糊的看过,我们不能期望一个个小孩子们都是搔头穷思的丹麦王子。他们临到丧故,往往跟着大人啼哭;但他只要眼泪一干,就会到院子里踢毽子,赶蝴蝶,即使在屋子里长眠不醒了的是他们的亲爹或亲娘,大哥或小妹,我们也不能盼望悼死的悲哀可以完全翳蚀了他们稚羊小狗似的欢欣。你如其对孩子说,你妈死了,你知道不知道——他十次里有九次只是对着你发呆;但他等到要妈叫妈,妈偏不应的时候,他的嫩颊上就会有热泪流下。但小孩天然的一种表情,往往可以给人们最深的感动。我生平最忘不了的一次电影,就是描写一个小孩爱恋已死母亲的种种天真的情景。她在园里看种花,园丁告诉她这花在泥里,浇下水去,就会长大起来。那天晚上天下大雨,她睡在床上,被雨声惊醒了,忽然想起园丁的话,她的小脑筋里就发生了绝妙的主意。她偷偷的爬出了床,走下楼梯,到书房里去拿下桌上供着的她死母的照片,一把揣在怀里,也不顾倾倒着的大雨,一直走到园里,在地上用园丁的小锄掘松了泥土,把她怀里的亲妈,谨慎的取了出来,栽在泥里,把松泥掩护着;她做完了工就蹲在那里守候——一个三四岁的女孩,穿着白色的睡衣,在深夜的暴雨里,蹲在露天的地上,专心笃意的盼望已经死去的亲娘,像花草一般,从泥土里发长出来!

三

我初次遭逢亲属的大故,是二十年前我祖父的死,那时我还不满六岁。那是我生平第一次可怕的经验,但我追想当时的心理,我对于死的见解也不见得比华翁的那位小姑娘高明。我记得那天夜里,家里人吩咐祖父病重,他们今夜不睡了,但叫我和我的姊妹先上楼睡去,回头要我们时他们会来叫的。我们就上楼去睡了,底下就是祖父的卧房，我那时也不十分明白，只知道今夜一定有很怕的事，有火烧，强盗抢，做怕梦，一样的可怕。我也不十分睡着，只听得楼下的急步声，碗碟声，唤婢仆声，隐隐的哭泣声，不息的响着。过了半夜，他们上来把我从睡梦里抱了下去，我醒过来只听得一片的哭声，他们已经把长条香点起来，一屋子的烟，一屋子的人，围拢在床前，哭的哭，喊的喊，我也捱了过去，在人丛里偷看大床里的好祖父。忽然听说醒了醒了，哭喊声也歇了，我看见父亲爬在床里，把病父抱持在怀里，祖父倚在他的身上，双眼紧闭着，口里衔着一块黑色的药物。他说话了，很轻的声音，虽则我不曾听明他说的什么话，后来知道他经过了一阵昏晕，他又醒了过来对家人说："你们吃吓了，这算是小死。"他接着又说了好几句话，随讲音随低，呼气随微，去了，再不醒了，但我却不曾亲见最后的弥留，也许是我记不起，总之我那时早已跪在地板上，手里擎着香，跟着大众高声的哭喊了。

四

此后我在亲戚家收殓虽则看得不少，但死的实在的状况却不曾见过。我们念书人的幻想力是比较的丰富，但往往因为有了幻想力，就不管生命现象的实在，结果是书呆子，黄仲则说的"百无一用是书生"。人生的范围是无穷的：我们少年时精力充足什么都不怕尝试，只愁没有出奇的事情做，往往抱怨这宇宙太窄，青天太低，大鹏似的翅膀飞不痛快，但是……但是平心的说，且不论奇的，怪的，特别的，离奇的，我们姑且试问人生里最基本的事实，最单纯的，最普遍的，最平庸的，最近人情的经验，我们究竟能有多少的把握，我们能有多少深澈的了解，我们是否都亲身经历过？譬如说：生产，恋爱，痛苦，悲，死，妒，恨，快乐，真疲倦，真饥饿，渴，毒焰似的渴，真的幸福，冻的刑罚，忏悔，种种的情热。我可以说，我们平常人生观，人类，人道，人情，真理，哲理，本能等等名词不离口吻的念书人们，什么文学家，什么哲学家——关于真正人生基本的事实的实在，知道的——恐怕是极微至鲜，即使不等于圆圈。我有一个朋友，他和他夫人的感情极厚，一次他夫人临到难产，因为在外国，所以进医院什么都得他自己照料，最后医生宣言只有用手术一法，但性命不能担保，他没有法子，只好和他半死的夫人诀别（解剖时亲属不准在旁的）。满心毒魔似的难受，他出了医院，走在道上，走上桥去，像得了离魂病似的，心脉春臼似的跳着，最后他听着了教堂和缓的钟声，他就不自主的跟着钟声，进了教堂，跟着在做礼拜的跪着，祷告，忏悔，祈求，唱诗，流泪（他并不是信教的人），他这样的捱过时刻，后来回转医院时，一步步都是残酷的磨难，比上行刑场的犯人，加倍的难受，他怕见医生与看护妇，仿佛他的运命是在他们的手掌里握着。事后他对人说"我这才知道了人生一点子的意味"！

五

所以不曾经历过精神或心灵的大变的人们，只是在生命的户外徘徊，也许偶尔猜想到几分墙内的动静，但总是浮的浅的，不切实的，甚至完全是隔膜的。人生也许是个空虚的幻梦，但在此幻象中，生与死，恋爱与痛苦，毕竟是陡起的奇峰，应得激动我们彷徨者的注意，在此中也许有可以感悟到一些幻里的真，虚中的实，这浮动的水泡不曾破裂以前，也应得饱吸自由的日光，反射几丝颜色！

我是一只不羁的野驹，我往往纵容想象的猖狂，诡辩人生的现实；比如凭藉凹折的玻璃，觉察当前景色。但时而复再，我也能从烦嚣的杂响中听出清新的乐调，在炫耀的杂彩里，看出有条理的意匠。这次祖母的大故，老家庭的生活，给我不少静定的时刻，不少深刻的反省。我不敢说我因此感悟了部分的真理，或是取得了若干的智慧；我只能说我因此与实际生活更深了一层的接触，益发激动我对于人生种种好奇的探讨，益发使我惊讶这迷迷的玄妙，不但死是神奇的现象，不但生命与呼吸是神奇的现象，就连日常的生活与习惯与迷信，也好像放射着异样的光闪，不容我们擅用一两个形容词来概状，更不容我们昌言什么主义来抹煞——一个革新者的热心，碰着了实在的寒冰！

六

我在我的日记里翻出一封不曾写完不曾付寄的信，是我祖母死后第二天的早上写的。我那时在极强烈的极鲜明的时刻内，很想把那几日经过感想与疑问，痛快的写给一个同情的好友，使他在数千里外也能分尝我强烈的鲜明的感情。那位同情的好友我选中了通伯，但那封信却只起了一个呆重的头，一为丧中忙，二为我那时眼热不耐用心，始终不曾写就，一直挨到现在再想补写，恐怕强烈已经变弱，鲜明已经透暗，逃亡的囚逋，不易追获的了。我现在把那封残信录在这里，再来追摹当时的情景。

通伯：

我的祖母死了！从昨夜十时半起，直到现在，满屋子只是号啕呼抢的悲音，与和尚道士女僧的礼忏鼓磬声。二十年前祖父丧时的情景，如今又在眼前了。忘不了的情景！你愿否听我讲些？

我一路回家，怕的是也许已经见不到老人，但老人却在生死的交关仿佛存心的弥留着，等待她最钟爱的孙儿——即不能与他开言诀别，也使他尚能把握她依然温暖的手掌，抚摩她依然跳动着的胸怀，凝视她依然能自开自阖虽则不再能表情的目睛。她的病是脑充血的一种，中医称为"卒中"（最难救的中风）。她十日前在暗房里蹠仆倒地，从此不再开口出言，登仙似的结束了她八十四年的长寿，六十年良妻与贤母的辛勤，她现在已经永远的脱辞了烦恼的人间，还归她清净自在的来处。我们承受她一生的厚爱与荫泽的儿孙，此时亲见，将来追念，她最后的神化，不能自禁中怀的摧痛，热泪暴雨似的盆涌，然痛心中却亦隐有无穷的赞美，热泪中依稀想见她功成德备的微笑，无形中似有不朽的灵光，永远的临照她绵衍的后裔……

七

旧历的乞巧那一天，我们一大群快活的游踪，驴子灰的黄的白的，轿子四个脚夫抬的，正在山海关外，纡回的，曲折的绕登角山的栖贤寺，面对着残圮的长城，巨虫似的爬山越岭，隐入烟霭的迷茫。那晚回北戴河海滨住处，已经半夜，我们还打算天亮四点钟上莲峰山去看日出，我已经快上床，忽然想起了，出去问有信没有，听差递给我一封电报，家里来的四等电报。我就知道不妙，果然是"祖母病危速回"！我当晚就收拾行装，赶早上六时车到天津，晚上才上津浦快车。正嫌路远车慢，半路又为水发冲坏了轨道过不去，一停就停了十二点钟有余，在车里多过了一夜，直到第三天的中午方才过江上沪宁车。这趟车如其准点到上海，刚好可以接上沪杭的夜车，谁知道又误了点，误了不多不少的一分钟，一面我们的车进站，他们的车头鸣的一声叫，别断别断的去了！我若然是空身子，还可以冒险跳车，偏偏我的一双手又被行李箍定了，所以只得定着眼睛送它走。

所以直到八月二十二日的中午我方才到家。我给通伯的信说"怕是已经见不着老人"，在路上那几天真是难受，缩不短的距离没有法子，但是那急人的水发，急人的火车，几面凑拢来，叫我整整的迟一昼夜到家！试想病危了的八十四岁的老人，这二十四点钟不是容易过的，说不定她刚巧在这个期间内有什么动静，那才叫人抱憾哩！但是结果还算没有多大的差池——她老人家还在生死的交关等着！

八

奶奶——奶奶——奶奶！奶——奶！你的孙儿回来了，奶奶！没有回音。老太太阖着眼，仰面躺在床里，右手拿着一把半旧的雕翎扇很自在的扇动着。老太太原来就怕热，每年暑天总是扇子不离手的，那几天又是特别的热。这还不是好好的老太太，呼吸顶匀净的，定是睡着了，谁说危险！奶奶，奶奶！她把扇子放下了，伸手去摸着头顶上挂着的冰袋，一把抓得紧紧的，呼了一口长气，像是暑天赶道儿的喝了一碗凉汤似的，这不是她明明有感觉不是？我把她的手拿在我的手里，她似乎感觉我手心的热，可是她也让我握着，她开眼了！右眼张得比左眼开些，瞳子却是发呆，我拿手指在她的眼前一挑，她也没有瞬，那准是她瞧不见了——奶奶，奶奶，——她也真没有听见，难道她真是病了，真是危险，这样爱我疼我宠我的好祖母，难道真会得……我心里一阵的难受，鼻子里一阵的酸，滚热的眼泪就迸了出来。这时候床前已经挤满了人，我的这位，我的那位，我一眼看过去，只见一片惨白忧愁的面色，一双双装满了泪珠的眼眶。我的妈更看的憔悴。她们已经伺候了六天六夜，妈对我讲祖母这回不幸的情形，怎样的她夜饭前还在大厅上吩咐事情，怎样的饭后进房去自己擦脸，不知怎样的闪了下去，外面人听着响声才进去，已经是不能开口了，怎样的请医生，一直到现在还没有转机……

一个人到了天伦骨肉的中间，整套的思想情绪，就变换了式样与颜色。你的不自然的口音与语法没有用了；你的耀眼的袍服可以不必穿了；你的洁白的天使的翅膀，预备飞翔出人间到天堂的，不便在你的慈母跟前自由的开豁；你的理想的楼台亭阁，也不易轻易的放进这二百年的老屋；你的佩剑，要塞，以及种种的防御，在争竞的外界即使是必要的，到此只是可笑的累赘。在这里，不比在其余的地方，他们所要求于你的，只是随熟的声音与笑貌，只是好的，纯粹的本性，只是一个没有斑点子的赤裸裸的好心。在这些纯爱的骨肉的经纬中心，不由得你不从你的天性里抽出最柔糯亦最有力的几缕丝线来加密或是缝补这幅天伦的结构。

所以我那时坐在祖母的床边，含着两朵热泪，听母亲叙述她的病况，我脑中发生了异常的感想，我像是至少逃回了二十年的光阴，正如我膝前子侄辈一般的高矮，回复了一片纯朴的童真，早上走来祖母的床前，揭开帐子叫一声软和的奶奶，她也回叫了我一声，伸手到里床去摸给我一个蜜枣或是三片状元糕，我又叫了一声奶奶，出去玩了，那是如何可爱的辰光，如何可爱的天真，但如今没有了，再也不回来了。现在床里躺着的，还不是我的亲爱的祖母，十个月前我伴着到普渡〈陀〉登山拜佛清健的祖母，但现在何以不再答应我的呼唤，何以不再能表情，不再能说话，她的灵性那里去了，她的灵性那里去了？

九

一天，一天，又是一天——在垂危的病榻前过的时刻，不比平常飞驶无碍的光阴，时钟上同样的一声的嗒，直接的打在你的焦急的心里，给你一种模糊的隐痛——祖母还是照样的眠着，右手的脉自从起病以来已是极微仅有的,但不能动弹的却反是有脉的左侧,右手还是不时在挥扇,但她的呼吸还是一例的平匀,面容虽不免瘦削,光泽依然不减,并没有显著的衰象,所以我们在旁边看她的,差不多每分钟都盼望她从这长期的睡眠中醒来,打一个哈欠,就开眼见人,开口说话——果然她醒了过来,我们也不会觉得离奇,像是原来应当似的。但这究竟是我们亲人绝望中的盼望,实际上所有的医生,中医,西医,针医,都已一致的回绝,说这是"不治之症",中医说这脉象是凭证,西医说脑壳里血管破裂,虽则植物性机能——呼吸,消化——不曾停止,但言语中枢已经断绝——此外更专门更玄学更科学的理论我也记不得了。所以暂时不变的原因,就在老太太本来的体元太好了,拳术家说的"一时不能散工",并不是病有转机的兆头。

我们自己人也何尝不明白这是个绝症;但我们却总不忍自认是绝望:这"不忍"便是人情。我有时在病榻前,在凄悒的静默中,发生了重大的疑问。科学家说人的意识与灵感,只是神经系最高的作用,这复杂、微妙的机械,只要部分有了损伤或是停顿,全体的动作便发生相当的影响;如其最重要的部分受了扰乱,他不是变成反常的疯癫,便是完全的失去意识。照这一说,体即是用,离了体即没有用;灵魂是宗教家的大谎,人的身体一死什么都完了。这是最干脆不过的说法,我们活着时有这样有那样已经尽够麻烦,尽够受,谁还有兴致,谁还愿意到坟墓的那一边再去发生关系,地狱也许是黑暗的,天堂是光明的,但光明与黑暗的区别无非是人类专擅的假定,我们只要摆脱这皮囊,还归我清静,我就不愿意头戴一个黄色的空圈子,合着手掌跪在云端里受罪!

再回到事实上来,我的祖母——一位神智最清明的老太太——究竟在那里?我既然不能断定因为神经部分的震裂她的灵感性便永远的消灭,但同时她又分明的失却了表情的能力,我只能设想她人格的自觉性,也许比平时消瀆了不少,却依旧是在着,像在梦魇里将醒未醒时似的,明知她的儿女孙曾不住的叫唤她醒来,明知她即使要永别也总还有多少的嘱咐,但是可怜她的睛球再不能反映外界的印象,她的声带与口舌再不能表达她内心的情意,隔着这脆弱的肉体的关系,她的性灵再不能与她最亲的骨肉自由的交通——也许她也在整天整夜的伴着我们焦急，伴着我们伤心，伴着我们出泪，这才是可怜，这才真叫人悲戚哩！

十

到了八月二十七那天，离她起病的第十一天，医生吩咐脉象大大的变了，叫我们当心，这十一天内每天她只咽入很困难的几滴稀薄的米汤，现在她的面上的光泽也不如早几天了，她的目眶更陷落了，她的口部的筋肉也更宽弛了，她右手的动作也减少了，即使拿起了扇子也不再能很自然的扇动了——她的大限的确已经到了。但是到晚饭后，反是没有什么显象。同时一家人着了忙，准备寿衣的，准备冥银的，准备香灯等等的。我从里走出外，又从外走进里，只见匆忙的脚步与严肃的面容。这时病人的大动脉已经微细的不可辨，虽则呼吸还不至怎样的急促。这时一门的骨肉已经齐集在病房里，等候那不可避免的时刻。到了十时光景，我和我的父亲正坐在房的那一头一张床上，忽然听得一个哭叫的声音说——"大家快来看呀，老太太的眼睛张大了！"这尖锐的喊声，仿佛是一大桶的冰水浇在我的身上，我所有的毛管一齐竖了起来，我们跟跄的奔到了床前，挤进人群。果然，老太太的眼睛张大了，张得很大了！这是我一生从不曾见过，也是我一辈子忘不了的眼见的神奇。（恕罪我的描写！）不但是两眼，面容也是绝对的神变了（Transfigured）：她原来皱缩的面上，发出一种鲜润的彩泽，仿佛半瘀的血脉，又一度满充了生命的精液，她的口，她的两颊，也都回复了异样的丰润；同时她的呼吸渐渐的上升，急进的短促，现在已经几乎脱离了气管，只在鼻孔里脆响的呼出了。但是最神奇不过的是一只眼睛！她的瞳孔早已失去了收敛性，呆顿的放大了。但是最后那几秒钟！不但眼眶是充分的张开了，不但黑白分明，瞳孔锐利的紧敛了，并且放射着一种不可形容，不可信的辉光，我只能称他为"生命最集中的灵光"！这时候床前只是一片的哭声，子媳唤着娘，孙子唤着祖母，婢仆争喊着老太太，几个稚龄的曾孙，也跟着狂叫太太⋯⋯但老太太最后的开眼，仿佛是与她亲爱的骨肉，作无言的诀别,我们都在号泣的送终,她也安慰了,她放心的去了。在几秒时内,死的黑影已经移上了老人的面部,遏灭了生命的异彩,她最后的呼气,正似水泡破裂,电光杳灭,菩提的一响,生命呼出了窍,什么都止息了。

十一

我满心充塞了死象的神奇,同时又须顾管我有病的母亲,她那时出性的号啕,在地板上滚着,我自己反而哭不出来;我自己也觉得奇怪,眼看着一家长幼的涕泪滂沱,耳听着狂沸似的呼抢号叫,我不但不发生同情的反应,却反而达到了一个超感情的,静定的,幽妙的意境,我想象的看见祖母脱离了躯壳与人间,穿着雪白的长袍,冉冉的上升天去,我只想默默的跪在尘埃,赞美她一生的功德,赞美她一生的圆寂。这是我的设想!我们内地人却没有这样纯粹的宗教思想;他们的假定是不论死的是高年厚德的老人或是无知无怨的幼孩,或是罪大恶极的凶人,临到弥留的时刻总是一例的有无常鬼,摸壁鬼,牛头马面,赤发獠牙的阴差等等到门,拿着镣链枷锁,来捉拿阴魂到案。所以烧纸帛是平他们的暴戾,最后的呼抢是没奈何的诀别。这也许是大部分临死时实在的情景,但我们却不能概定所有的灵魂都不免遭受这样的凌辱。譬如我们的祖老太太的死,我只能想象她是登天,只能想象她慈祥的神化——像那样鼎沸的号啕,固然是至性不能自禁,但我总以为不如匐伏隐泣或祷默,较为近情,较为合理。

理智发达了,感情便失了自然的浓挚,厌世主义的看来,眼泪与笑声一样是空虚的,无意义的。但厌世主义姑且不论,我却不相信理智的发达,会得妨碍天然的情感;如其教育真有效力,我以为效力就在剥削了不合理性的"感情作用",但决不会有损真纯的感情;他眼泪也许比一般人流得少些,但他等到流泪的时候,他的泪才是应流的泪。我也是智识愈开流泪愈少的一个人,但这一次却也真的哭了好几次。一次是伴我的姑母哭的,她为产后不曾复元,所以祖母的病一直瞒着她,一直到了祖母故后的早上方才通知她。她扶病来了,她还不曾下轿,我已经听出她在啜泣,我一时感觉一阵的悲伤,等到她出轿放声时,我也在房中嘘唏不住。又一次是伴祖母当年的赠嫁婢哭的。她比祖母小十一岁,今年七十三岁,亦已是个白发的婆子,她也来哭她的"小姐",她是见着我祖母的花烛的唯一个人,她的一哭我也哭了。

再有是伴我的父亲哭的。我总是觉得一个身体伟大的人,他动情感的时候,动人的力量也比平常人伟大些。我见了我父亲哭泣,我就忍不住要伴着淌泪。但是感动我最强烈的几次,是他一人倒在床里,反复的啜泣着,叫着妈,像一个小孩似的,我就感到最热烈的伤感,在他伟大的心胸里浪涛似的起伏,我就感到母子的感情的确是一切感情的起原与总结,等到一失慈爱的荫蔽,仿佛一生的事业顿时莫有了根柢,所有的快乐都不能填平这唯一的缺陷;所以他这一哭,我也真哭了。

但是我的祖母果真是死了吗?她的躯体是的。但她是不死的。诗人勃兰恩德说(Bryant)①

So live, that when thy summons comes to join the innumerable caravan, which moves to that mysterious realm where each one takes his chamber in the silent halls of death, thou go not, like the quarry slave at night scourged to his dungeon, but sustained and soothed.

By an unfaltering truth, approach thy grave like one that wraps the drapery of his couch, about him, and lies down to pleasant dreams.②

---

① Bryant:今译布赖恩特(1794—1878),美国诗人,代表作为《死亡观》、《致水鸟》等。
② "活下去吧,当你受到召唤,去加入向那神秘的领域行进的无穷无尽的旅行队伍,去死亡的府第入住的时候,不要像那逃奴,在深夜里被鞭子抽着回到他的地牢,而应该是镇定与平静的。/因为对真理的毫不动摇的信念,你在走近坟墓的时候要像一个上床睡觉的人,把毯子卷卷好,躺下准备做一夜的美梦。"

如果我们的生前是尽责任的，是无愧的，我们就会安坦的走近我们的坟墓，我们的灵魂里不会有惭愧或悔恨的啮痕。人生自生至死，如勃兰恩德的比喻，真是大队的旅客在不尽的沙漠中进行，只要良心有个安顿，到夜里你卧倒在帐幕里也就不怕噩梦来缠绕。

　　我的祖母，在那旧式的环境里，到我们家来五十九年，真像是做了长期的苦工，她何尝有一日的安闲，不必说子女的嫁娶，就是一家的柴米油盐，扫地抹桌，那一件事不在八十岁老人早晚的心上！我的伯父快近六十岁了，但他的起居饮食，还差不多完全是祖母经管的，初出世的曾孙如其有些身热咳嗽，老太太晚上就睡不安稳；她爱我宠我的深情，更不是文字所能描写；她那深厚的慈荫，真是无所不包，无所不蔽。但她的身心即使劳碌了一生，她的报酬却在灵魂无上的平安；她的安慰就在她的儿女孙曾，只要我们能够步她的前例，各尽天定的责任，她在冥冥中也就永远的微笑了。

十一月二十四日

我的彼得

新近有一天晚上,我在一个地方听音乐,一个不相识的小孩,约莫八九岁光景,过来坐在我的身边,他说的话我不懂,我也不易使他懂我的话,那可并不妨事,因为在几分钟内我们已经是很好的朋友,他拉着我的手,我拉着他的手,一同听台上的音乐。他年纪虽则小,他音乐的兴趣已经很深:他比着手势告我他也有一张提琴,他会拉,并且说那几个是他已经学会的调子。他那资质的敏慧,性情的柔和,体态的秀美,不能使人不爱;而况我本来是欢喜小孩们的。

但那晚虽则结识了一个可爱的小友,我心里却并不快爽;因为不仅见着他使我想起你,我的小彼得,并且在他活泼的神情里我想见了你,彼得,假如你长大的话,与他同年龄的影子。你在时,与他一样,也是爱音乐的;虽则你回去的时候刚满三岁,你爱好音乐的故事,从你襁褓时起,我屡次听你妈与你的"大大"讲,不但是十分的有趣可爱,竟可说是你有天赋的凭证,在你最初开口学话的日子,你妈已经写信给我,说你听着了音乐便异常的快活,说你在坐车里常常伸出你的小手在车栏上跟着音乐按拍;你稍大些会得淘气的时候,你妈说,只要把话匣开上,你便在旁边乖乖的坐着静听,再也不出声不闹——并且你有的是可惊的口味,是贝德花芬是槐格纳你就爱,要是中国的戏片，你便盖没了你的小耳，决意不让无意味的锣鼓，打搅你的清听——你的大大（她多疼你！）讲给我听你得小提琴的故事：怎样那晚上买琴来的时候你已经在你的小床上睡好，怎样她们为怕你起来闹赶快灭了灯亮把琴放在你的床边，怎样你这小机灵早已看见，却偏不作声，等你妈与大大都上了床，你才偷偷的爬起来，摸着了你的宝贝，再也忍不住的你技痒，站在漆黑的床边，就开始你"截桑柴"的本领，后来怎样她们干涉你，你便乖乖的把琴抱进你的床去，一起安眠。她们又讲你怎样喜欢拿着一根短棍站在桌上模仿音乐会的导师，你那认真的神情常常叫在座人大笑。此外还有不少趣话，大大记得最清楚，她都讲给我听过；但这几件故事已够见证你小小的灵性里早长着音乐的慧根。实际我与你妈早经同意想叫你长大时留在德国学习音乐——谁知道在你的早殇里我们失去了一个可能的毛赞德（Mozart）：在中国音乐最饥荒的日子，难得见这一点希冀的青芽，又教运命无情的脚根踏倒，想起怎不可伤？

彼得，可爱的小彼得，我"算是"你的父亲，但想起我做父亲的往迹，我心头便涌起了不少的感想；我的话你是永远听不着了，但我想借这悼念你的机会，稍稍疏泄我的积愫，在这不自然的世界上，与我境遇相似或更不如的当不在少数，因此我想说的话或许还有人听，竟许有人同情。就是你妈，彼得，她也何尝有一天接近过快乐与幸福，但她在她同样不幸的境遇中证明她的智断，她的忍耐，尤其是她的勇敢与胆量；所以至少她，我敢相信，可以懂得我话里意味的深浅，也只有她，我敢说，最有资格指证或相诠释，在她有机会时，我的情感的真际。

但我的情愫！是怨，是恨，是忏悔，是怅惘？对着这不完全，不如意的人生，谁没有怨，谁没有恨，谁没有怅惘？除了天生颟顸的，谁不曾在他生命的经途中——葛德说的——和着悲哀吞他的饭，谁不曾拥着半夜的孤衾饮泣？我们应得感谢上苍的是他不可度量的心裁，不但在生物的境界中他创造了不可计数的种类，就这悲哀的人生也是因人差异，各各不同，——同是一个碎心，却没有同样的碎痕；同是一滴眼泪,却难寻同样的泪晶。

彼得我爱,我说过我是你的父亲。但我最后见你的时候你才不满四月,这次我再来欧洲你已经早一个星期回去,我见着的只你的遗像,那太可爱;与你一撮的遗灰,那太可惨。你生前日常把弄的玩具——小车,小马,小鹅,小琴,小书——你妈曾经件件的指给我看,你在时穿着的衣袿鞋帽,你妈与你大大也曾含着眼泪从箱里理出来给我抚摩,同时她们讲你生前的故事,直到你的影像活现在我的眼前,你的脚踪仿佛在楼板上踹响。你是不认识你父亲的,彼得,虽则我听说他的名字常在你的口边,他的肖像也常受你小口的亲吻,多谢你妈与你大大的慈爱与真挚,她们不仅永远把你放在她们心坎的底里,她们也使我,没福见着你的父亲,知道你,认识你,爱你,也把你的影像,活泼,美慧,可爱,永远镂上了我的心版。那天在柏林的会馆里,我手捧着那收存你遗灰的锡瓶,你妈与你七舅站在旁边止不住滴泪,你的大大哽咽着,把一个小花圈挂上你的门前——那时间我,你的父亲,觉着心里有一个尖锐的刺痛,这才初次明白曾经有一点血肉从我自己的生命里分出,这才觉着父性的爱像泉眼似的在性灵里汩汩的流出:只可惜是迟了,这慈爱的甘液不能救活已经萎折了的鲜花,只能在他纪念日的周遭永远无声的流转。

彼得,我说我要借这机会稍稍爬梳我年来的郁积;但那也不见得容易;要说的话仿佛就在口边,但你要它们的时候,它们又不在口边:像是长在大块岩石底下的嫩草,你得有力量翻起那岩石才能把它不伤损的连根起出——谁知道那根长的多深!是恨,是怨,是忏悔,是怅惘?许是恨,许是怨,许是忏悔,许是怅惘。荆棘刺入了行路人的胫踝,他才知道这路的难走;但为什么有荆棘?是它们自己长着,还是有人成心种着的?也许是你自己种下的?至少你不能完全抱怨荆棘,一则因为这道是你自愿才来走的,再则因为那刺伤是你自己的脚踏上了荆棘的结果,不是荆棘自动来刺你——但又谁知道?因此我有时想,彼得,像你倒真是聪明:你来时是一团活泼、光亮的天真,你去时也还是一个光亮、活泼的灵魂;你来人间真像是短期的作客,你知道的是慈母的爱，阳光的和暖与花草的美丽，你离开了妈的怀抱，你回到了天父的怀抱，我想他听你欣欣的回报这番作客——只尝甜浆，不吞苦水——的经验，他上年纪的脸上一定满布着笑容——你的小脚踝上不曾碰着过无情的荆刺，你穿来的白衣不曾沾着一斑的泥污。

但我们，比你住久的，彼得，却不是来作客；我们是遭放逐，无形的解差永远在后背催逼着我们赶道：为什么受罪，前途是那里，我们始终不曾明白，我们明白的只是底下流血的胫踝，只是这无思的长路，这时候想回头已经太迟，想中止也不可能，我们真的羡慕，彼得，像你那谪期的简净。

在这道上遭受的，彼得，还不止是难，不止是苦，最难堪的是逐步相追的嘲讽，身影似的不可解脱。我既是你的父亲，彼得，比方说，为什么我不能在你的生前，日子虽短，给你应得的慈爱，为什么要到这时候，你已经去了不再回来，我才觉着骨肉的关连？并且假如我这番不到欧洲，假如我在万里外接到你的死耗，我怕我只能看作水面上的云影，来时自来，去时自去；正如你生前我不知欣喜，你在时我不知爱惜，你去时也不能过分动我的情感。我自分不是无情，不是寡思，为什么我对自身的血肉，反是这般不近情的冷漠？彼得，我问为什么，这问的后身便是无限的隐痛：我不能怨，我不能恨，更无从悔，我只是怅惘，我只能问！明知是自苦的揶揄，但我只能忍受。而况揶揄还不止此，我自身的父母，何尝不赤心的爱我；但他们的爱却正是造成我痛苦的原因：我自己也何尝不笃爱我的亲亲，但我不仅不能尽我的责任，不仅不曾给他们想望的快乐，我，他们的独子，也不免加添他们的烦愁，造作他们的痛苦，这又是为什么？在这里，我也是一般的不能恨，不能怨，更无从悔，我只是怅惘——我只能问。昨天我是个孩子，今天已是壮年；昨天腮边还带着圆润的笑涡，今天头上已见星星的白发；光阴带走的往迹，再也不容追赎，留下在我们心头的只是些揶揄的鬼影；我们在这道上偶尔停步回想的时候，只能投一个虚圈的"假使当初"，解嘲已往的一切。但已往的教训，即使有，也不能给我们利益，因为前途还是不减启程时的渺茫，我们还是不能选择取由的途径——到那天我们无形的解差喝住的时候，我们唯一的权利，我猜想，也只是再丢一个虚圈更大的"假使"，圆满这全程的寂寞，那就是止境了。

北戴河海滨的幻想

他们都到海边去了。我为左眼发炎不曾去。我独坐在前廊,偎坐在一张安适的大椅内,袒着胸怀,赤着脚,一头的散发,不时有风来撩拂。清晨的晴爽,不曾消醒我初起时睡态;但梦思却半被晓风吹断。我阖紧眼帘内视,只见一斑斑消残的颜色,一似晚霞的余赭,留恋地胶附在天边。廊前的马缨,紫荆,藤萝,青翠的叶与鲜红的花,都将他们的妙影映印在水汀上,幻出幽媚的情态无数;我的臂上与胸前,亦满缀了绿荫的斜纹。从树荫的间隙平望,正见海湾:海波亦似被晨曦唤醒,黄蓝相间的波光,在欣然的舞蹈。滩边不时见白涛涌起,迸射着雪样的水花。浴线内点点的小舟与浴客,水禽似的浮着;幼童的欢叫,与水波拍岸声,与潜涛呜咽声,相间的起伏,竞报一滩的生趣与乐意。但我独坐的廊前,却只是静静的,静静的无甚声响。妩媚的马缨,只是幽幽的微辗着,蝇虫也敛翅不飞。只有远近树里的秋蝉在纺纱似的缍引他们不尽的长吟。

在这不尽的长吟中,我独坐在冥想。难得是寂寞的环境,难得是静定的意境;寂寞中有不可言传的和谐,静默中有无限的创造。我的心灵,比如海滨,生平初度的怒潮,已经渐次的清翳,只剩有疏松的海砂中偶尔的回响,更有残缺的贝壳,反映星月的辉芒。此时摸索潮余的斑痕,追想当时汹涌的情景,是梦或是真,再亦不须辨问,只此眉梢的轻绉，唇边的微哂，已足解释无穷奥绪，深深的蕴伏在灵魂的微纤之中。

青年永远趋向反叛，爱好冒险；永远如初度航海者，幻想黄金机缘于浩淼的烟波之外：想割断系岸的缆绳，扯起风帆，欣欣的投入无垠的怀抱。他厌恶的是平安，自喜的是放纵与豪迈。无颜色的生涯，是他目中的荆棘；绝海与凶巇，是他爱取由的途径。他爱折玫瑰：为她的色香，亦为她冷酷的刺毒。他爱搏狂澜：为他的庄严与伟大，亦为他吞噬一切的天才，最是激发他探险与好奇的动机。他崇拜冲动：不可测，不可节，不可预逆，起，动，消歇皆在无形中，狂风似的倏忽与猛烈与神秘。他崇拜斗争：从斗争中求剧烈的生命之意义，从斗争中求绝对的实在，在血染的战阵中，呼嚣胜利之狂欢或歌败丧的哀曲。

幻象消灭是人生里命定的悲剧；青年的幻灭，更是悲剧中的悲剧，夜一般的沈黑，死一般的凶恶。纯粹的，猖狂的热情之火，不同阿拉亭的神灯，只能放射一时的异彩，不能永久的朗照；转瞬间，或许，便已敛熄了最后的焰舌，只留存有限的余烬与残灰，在未灭的余温里自伤与自慰。

流水之光，星之光，露珠之光，电之光，在青年的妙目中闪耀，我们不能不惊讶造化者艺术之神奇；然可怖的黑影，倦与衰与饱餍的黑影，同时亦紧紧的跟着时日进行，仿佛是烦恼，痛苦，失败，或庸俗的尾曳，亦在转瞬间，彗星似的扫灭了我们最自傲的神辉——流水涸，明星没，露珠散灭，电闪不再！

在这艳丽的日辉中，只见愉悦与欢舞与生趣，希望，闪烁的希望，在荡漾，在无穷的碧空中，在绿叶的光泽里，在虫鸟的歌吟中，在青草的摇曳中——夏之荣华，春之成功。春光与希望，是长驻的；自然与人生，是调谐的。

在远处有福的山谷内，莲馨花在坡前微笑，稚羊在乱石间跳跃，牧童们，有的吹着芦笛，有的平卧在草地上，仰看变幻的浮游的白云，放射下的青影在初黄的稻田中缥缈地移过。在远处安乐的村中，有妙龄的村姑，在流涧边照映她自制的春裙；口衔烟斗的农夫三四，在预度秋收的丰盈,老妇人们坐在家门外阳光中取暖,她们的周围有不少的儿童,手擎着黄白的钱花在环舞与欢呼。

在远——远处的人间,有无限的平安与快乐,无限的春光……

在此暂时可以忘却无数的落蕊与残红;亦可以忘却花荫中掉下的枯叶,私语地预告三秋的情意;亦可以忘却苦恼的僵瘪的人间,阳光与雨露的殷勤,不能再恢复他们腮颊上生命的微笑;亦可以忘却纷争的互杀的人间,阳光与雨露的仁慈,不能感化他们凶恶的兽性;亦可以忘却庸俗的卑琐的人间,行云与朝露的丰姿,不能引逗他们刹那间的凝视;亦可以忘却自觉的失望的人间,绚烂的春时与媚草,只能反激他们悲伤的意绪。

我亦可以暂时忘却我自身的种种;忘却我童年期清风白水似的天真;忘却我少年期种种虚荣的希冀;忘却我渐次的生命的觉悟;忘却我热烈的理想的寻求;忘却我心灵中乐观与悲观的斗争;忘却我攀登文艺高峰的艰辛;忘却刹那的启示与澈悟之神奇;忘却我生命潮流之骤转;忘却我陷落在危险的旋涡中之幸与不幸;忘却我追忆不完全的梦境;忘却我大海底里埋着的秘密;忘却曾经刳割我灵魂的利刃,炮烙我灵魂的烈焰,摧毁我灵魂的狂飙与暴雨;忘却我的深刻的怨与艾;忘却我的冀与愿;忘却我的恩泽与惠感,忘却我的过去与现在……

过去的实在,渐渐的膨胀,渐渐的模糊,渐渐的不可辨认;现在的实在,渐渐的收缩,逼成了意识的一线,细极狭极的一线,又裂成了无数不相联续的黑点……黑点亦渐次的隐翳,幻术似的灭了,灭了,一个可怕的黑暗的空虚……

迎上前去

这回我不撒谎,不打隐谜,不唱反调,不来烘托;我要说几句至少我自己信得过的话,我要痛快的招认我自己的虚实,我愿意把我的花押画在这张供状的末尾。

我要求你们大量的容许我,在我第一天接手《晨报副刊》的时候,介绍我自己,解释我自己,鼓励我自己。

今天碰巧是我这辈子一个转向的日子,我新近经验过在我算是严重、惨刻、极痛心的经验:这经验撼动我全身的纤维,像大风摇动一株孤立的树,在这剧震中谁知道掉下了多少不曾焦透的叶子?但我却因此得到一种心地的清明,近年来不曾尝味过的;因此我敢放胆的说我要说的话:我的呼吸这时候是洁净的,我的嗓音是浏亮的,像大风雨后的空气,原有的芜秽与杂质都叫大自然的震怒洗刷一个净尽,我此时觉着在受重伤的过去的我里,重新透出了一团新来的勇气,一部新来的健康;一个更确定的我,更倔强的我,更有力的我。

我相信真的理想主义者是受得住眼看他往常保持着的理想萎成灰,碎成断片,烂成泥,在这灰这断片这泥的底里他再来发现他更伟大更光明的理想。我就是这样的一个。

只有信生病是荣耀的人们才来不知耻的高声嚷痛,这时候他听着有脚步声,他以为有帮助他的人向着他来,谁知是他自己的灵性离了他去！真有志气的病人，在不能自己豁脱苦痛的时候，宁可死休，不来忍受医药与慈善的侮辱。我又是这样的一个。

我们在这生命里到处碰头失望，连续遭逢"幻灭"，头顶只见乌云，地下满是黑影；同时我们的年岁，病痛，工作，习惯，恶狠狠的压上我们的肩背，一天重似一天，在无形中嘲讽的呼喝着："倒，倒，你这不量力的蠢才！"因此你看这满路的倒尸，有全死的，有半死的，有爬着挣扎的，有默无声息的……嘿！生命这十字架，有几个人抗得起来？

但生命还不是顶重的担负，比生命更重实更压得死人的是思想那十字架。人类心灵的历史里能有几个天成的孟贲乌育？在思想可怕的战场上我们就只有数得清有限的几具光荣的尸体。

我不敢非分的自夸；我不够狂，不够妄。我认识我自己的力量的止境，但我却不能制止我看了这时候国内思想界萎瘪现象的愤懑与羞恶。我要一把抓住这时代的脑袋，问他要一点真思想的精神给我看看——不是借来的税来的冒来的描来的东西，不是纸糊的老虎，摇头的傀儡，蜘蛛网幕面的偶像；我要的是筋骨里迸出来，血液里激出来，性灵里跳出来，生命里震荡出来的真纯的思想。我不来问他要，是我的懦怯；他拿不出来给我看，是他的耻辱。朋友，我要你选定一边，假如你不能站在我的对面，拿出我要的东西来给我看，你就得站在我这一边，帮着我对这时代挑战。

我预料有人笑骂我的大话。是的，大话。我正嫌这年头的话太小了，我们得造一个比小更小的字来形容这年头听着的说话，写下印成的文字；我们得请一个想象力细致如史魏夫脱（Dean Swift）的来描写那些说小话的小口，说尖话的尖嘴。一大群的食蚁兽！他们最大的快乐是忙着他们的尖喙在泥土里垦寻细微的蚂蚁。蚂蚁是吃不完的，同时这可笑的尖嘴却益发不住的向尖的方向进化，小心再隔几代连蚂蚁这食料都显太大了！

我不来谈学问，我不配，我书本的知识是真的十二分的有限。年轻的时候我念过几本极普通的中国书，这几年不但没有知新，温过都说不上，我实在是固陋，但我却抱定孔子的一句话"知之为知之，不知为不知,是知也",决不来强不知为知;我并不看不起国学与研究国学的学者,我十二分的尊敬他们,只是这部分的工作我只能艳羡的看他们去做,我自己恐怕不但今天,竟许这辈子都没希望参加的了。外国书呢?看过的书虽则有几本,但是真说得上"我看过的"能有多少,说多一点,三两篇戏,十来首诗,五六篇文章,不过这样罢了。

科学我是不懂的,我不曾受过正式的训练,最简单的物理化理,都说不明白,我要是不预备就去考中学校,十分里有九分是落第,你信不信!天上我只认识几颗大星,地上几棵大树;这也不是先生教我的;先生那里学来的,十几年学校教育给我的,究竟有些什么,我实在想不起,说不上,我记得的只是几个教授可笑的嘴脸与课堂里强烈的催眠的空气。

我人事的经验与知识也是同样的有限,我不曾做过工,我不曾尝味过生活的艰难,我不曾打过仗,不曾坐过监,不曾进过什么秘密党,不曾杀过人,不曾做过买卖,发过一个大的财。

所以你看,我只是个极平常的人,没有出人头地的学问,更没有非常的经验。但同时我自信我也有我与人不同的地方。我不曾投降这世界。我不受它的拘束。

我是一只没笼头的野马,我从来不曾站定过。我人是在这社会里活着,我却不是这社会里的一个,像是有离魂病似的,我这躯壳的动静是一件事,我那梦魂的去处又是一件事。我是一个傻子:我曾经妄想在这流动的生里发现一些不变的价值,在这打谎的世上寻出一些不磨灭的真,在我这灵魂的冒险是生命核心里的意义;我永远在无形的经验的巉岩上爬着。

冒险——痛苦——失败——失望,是跟着来的,存心冒险的人就得打算他最后的失望;但失望却不是绝望,这分别很大。我是曾经遭受失望的打击,我的头是流着血,但我的脖子还是硬的;我不能让绝望的重量压住我的呼吸,不能让悲观的慢性病侵蚀我的精神,更不能让厌世的恶质染黑我的血液。厌世观与生命是不可并存的;我是一个生命的信徒,初起是的,今天还是的,将来我敢说,也是的。我决不容忍性灵的颓唐,那是最不可救药的堕落,同时却继续躯壳的存在;

在我，单这开口说话，提笔写字的事实就表示后背有一个基本的信仰，完全的没破绽的信仰；否则我何必再做什么文章，办什么报刊？

但这并不是说我不感受人生遭遇的痛创；我决不是那童呆性的乐观主义者；我决不来指着黑影说这是阳光，指着云雾说这是青天，指着分明的恶说这是善；我并不否认黑影，云雾与恶，我只是不怀疑阳光与青天与善的实在；暂时的掩蔽与侵蚀不能使我们绝望，这正应得加倍的激动我们寻求光明的决心。前几天我觉着异常懊丧的时候无意中翻着尼采的一句话，极简单的几个字却涵有无穷的意义与强悍的力量，正如天上星斗的纵横与山川的经纬在无声中暗示你人生的奥义，祛除你的迷惘，照亮你的思路，他说"受苦的人没有悲观的权利"（The sufferer has no right to pessimism），我那时感受一种异样的惊心，一种异样的澈悟：

> 我不辞痛苦，因为我要认识你，上帝；
> 我甘心，甘心在火焰里存身，
> 到最后那时辰见我的真，
> 见我的真，我定了主意，上帝，再不迟疑！

所以我这次从南边回来，决意改变我对人生的态度，我写信给朋友说这来要来认真做一点"人的事业"了：

> 我再不想成仙，蓬莱不是我的分；
> 我只要这地面，情愿安分的做人。

在我这"决心做人，决心做一点认真的事业"，是一个思想的大转变；因为先前我对这人生只是不调和不承认的态度，因此我与这现世界并没有什么相互的关系，我是我，它是它，它不能责备我，我也不来批评它。但这来我决心做人的宣言却就把我放进了一个有关系，负责任的地位，我再不能张着眼睛做梦。从今起得把现实当现实看：我要来察看，我要来检查，我要来清除，我要来颠扑，我要来挑战，我要来破坏。

人生到底是什么？我得先对我自己给一个相当的答案。人生究竟是什么？为什么这形形色色的，纷扰不清的现象——宗教，政治，社会，道德，艺术，男女，经济？我来是来了，可还是一肚子的不明白，我得慢慢的看古玩似的，一件件拿在手里看一个清切再来说话，我不敢保证我的话一定在行，我敢担保的只是我自己思想的忠实；我前面说过我的学识是极浅陋的，但我却并不因此自馁，有时学问是一种束缚，知识是一层障碍，我只要能信得过我能看的眼，能感受的心，我就有我的话说；至于我说的话有没有人听，有没有人懂，那是另外一件事我管不着了——"有的人身死了才出世的"，谁知道一个人有没有真的出世那一天？

是的，我从今起要迎上前去！生命第一个消息是活动，第二个消息是搏斗，第三个消息是决定；思想也是的，活动的下文就是搏斗。搏斗就包含一个搏斗的对象，许是人，许是问题，许是现象，许是思想本体。一个武士最大的期望是寻着一个相当的敌手，思想家也是的，他也要一个可以较量他充分的力量的对象，"攻击是我的本性，"一个哲学家说，"要与你的对手相当——这是一个正直的决斗的第一个条件。你心存鄙夷的时候你不能搏斗。你占上风，你认定对手无能的时候你不应当搏斗。我的战略可以约成四个原则——第一，我专打正占胜利的对象——在必要时我暂缓我的攻击等他胜利了再开手。第二，我专打没有人打的对象，我这边不会有助手，我单独的站定一边——在这搏斗中我难为的只是我自己。第三，我永远不来对人的攻击——在必要时我只拿一个人格当显微镜用，借它来显出某种普遍的，但却隐遁不易踪迹的恶性。第四，我攻击某事物的动机，不包含私人嫌隙的关系，在我攻击是一个善意的，而且在某种情况下，感恩的凭证。"

这位哲学家的战略，我现在僭引作我自己的战略，我盼望我将来不至于在搏斗的沉酣中忽略了预定的规律，万一疏忽时我恳求你们随时提醒。我现在戴我的手套去！

自 剖

我是个好动的人；每回我身体行动的时候，我的思想也仿佛就跟着跳荡。我做的诗，不论它们是怎样的"无聊"，有不少是在行旅期中想起的。我爱动，爱看动的事物，爱活泼的人，爱水，爱空中的飞鸟，爱车窗外掣过的田野山水。星光的闪动，草叶上露珠的颤动，花须在微风中的摇动，雷雨时云空的变动，大海中波涛的汹涌，都是在在触动我感兴情景。是动，不论是什么性质，就是我的兴趣，我的灵感。是动就会催快我的呼吸，加添我的生命。

近来却大大的变样了。第一我自身的肢体，已不如原先灵活；我的心也同样的感受了不知是年岁还是什么的拘挛。动的现象再不能给我欢喜，给我启示。先前我看着在阳光中闪烁的金波，就仿佛看见了神仙宫阙——什么荒诞美丽的幻觉，不在我的脑中一闪闪的掠过；现在不同了，阳光只是阳光，流波只是流波，任凭景色怎样的灿烂，再也照不化我的呆木的心灵。我的思想，如其偶尔有，也只似岩石上的藤萝，贴着枯干的粗糙的石面，极困难的蜒着；颜色是苍黑的，姿态是倔强的。

我自己也不懂得何以这变迁来得这样的兀突，这样的深彻。原先我在人前自觉竟是一注的流泉，在在有飞沫，在在有闪光；现在这泉眼，如其还在，仿佛是叫一块石板不留余隙的给镇住了。我再没有先前那样蓬勃的情趣,每回我想说话的时候,就觉着那石块的重压,怎么也掀不动,怎么也推不开,结果只能自安沉默!"你再不用想什么了,你再没有什么可想的了";"你再不用开口了,你再没有什么话可说的了",我常觉得我沉闷的心府里有这样半嘲讽半吊唁的谆嘱。

说来我思想上或经验上也并不会经受什么过分剧烈的戟刺。我处境是向来顺的,现在,如其有不同,只是更顺了的。那么为什么这变迁?远的不说,就比如我年前到欧洲去时的心境:啊!我那时还不是一只初长毛角的野鹿?什么颜色不激动我的视觉,什么香味不奋兴我的嗅觉?我记得我在意大利写游记的时候,情绪是何等的活泼,兴趣何等的醇厚,一路来眼见耳听心感的种种,那一样不活栩栩的丛集在我的笔端,争求充分的表现!如今呢?我这次到南方去,来回也有一个多月的光景,这期内眼见耳听心感的事物也该有不少。我未动身前,又何尝不自喜此去又可以有机会饱餐西湖的风色,邓尉的梅香——单提一两件最合我脾胃的事。有好多朋友也曾期望我在这闲暇的假期中采集一点江南风趣,归来时,至少也该带回一两篇爽口的诗文,给在北京泥土的空气中活命的朋友们一些清醒的消遣。但在事实上不但在南中时我白瞪着大眼,看天亮换天昏,又闭上了眼,拼天昏换天亮,一支秃笔跟着我涉海去,又跟着我涉海回来,正如岩洞里的一根石笋,压根儿就没一点摇动的消息;就在我回京后这十来天,任凭朋友们怎样的催促,自己良心怎样的责备,我的笔尖上还是滴不出一点墨汁来。我也会勉强想想,勉强想写,但到底还是白费!可怕是这心灵骤然的呆顿。完全死了不成?我自己在疑惑。

说来是时局也许有关系。我到京几天就逢着空前的血案。"五卅"事件发生时我正在意大利山中,采茉莉花编花篮儿玩,翡冷翠山中只见明星与流萤的交唤,花香与山色的温存,俗氛是吹不到的。直到七月间到了伦敦,我才理会国内风光的惨淡,等得我赶回来时,设想中的激昂,又早变成了明日黄花,看得见的痕迹只有满城黄墙上黑彩斑烂的"泣告"!

这回却不同。屠杀的事实不仅是在我住的城子里发见,我有时竟觉得是我自己的灵府里的一个惨象。杀死的不仅是青年们的生命,我自己的思想也仿佛遭着了致命的打击,好比是国务院前的断胫残肢,再也不能回复生动与连贯。但这深刻的难受在我是无名的,是不能完全解释的。这回事变的奇惨性引起愤慨与悲切是一件事,但同时我们也知道在这根本起变态作用的社会里,什么怪诞的情形都是可能的。屠杀无辜,还不是年来最平常的现象。自从内战纠结以来,在受战祸的区域内,那一处村落不曾分到过遭奸污的女性,屠残的骨肉,供牺牲的生命财产?这无非是给冤氛围结的地面上多添一团更集中更鲜艳的怨毒。再说那一个民族的解放史能不浓浓的染着 Martyrs① 的腔血?俄国革命的开幕就是二十年前冬宫的血景。只要我们有识力认定,有胆量实行,我们理想中的革命,这回羔羊的血就不会是白涂的。所以我个人的沉闷决不完全是这回惨案引起的感情作用。

爱和平是我的生性。在怨毒、猜忌、残杀的空气中,我的神经每每感受一种不可名状的压迫。记得前年奉直战争时我过的那日子简直是一团黑漆,每晚更深时,独自抱着蜡壳伏在书桌上受罪,仿佛整个时代的沉闷盖在我的头顶——直到写下了"毒药"那几首不成形的咒诅诗以后,我心头的紧张才渐渐的缓和下去。这回又有同样的情形;只觉着烦,只觉着闷,感想来时只是破碎,笔头只是笨滞。结果身体也不舒畅,像是蜡油涂抹住了全身毛窍似的难过,一天过去了又是一天,我这里又在重演更深独坐箍紧脑壳的姿势,窗外皎洁的月光,分明是在嘲讽我内心的枯窘!

不,我还得往更深处按。我不能叫这时局来替我思想骤然的呆顿负责,我得往我自己生活的底里找去。

平常有几种原因可以影响我们的心灵活动。实际生活的牵制可以劫去我们心灵所需要的闲暇,积成一种压迫。在某种热烈的想望不曾得满足时,我们感觉精神上的烦闷与焦躁,失望更是颠覆内心平衡的一个大原因;较剧烈的种类可以麻痹我们的灵智,淹没我们的理性。但这些都合不上我的病源;因为我在实际生活里已经得到十分的幸运,我的潜在意识里,我敢说不该有什么压着的欲望在作怪。

---

① Martyrs:殉道者。

但是在实际上反过来看，另有一种情形可以阻塞或是减少你心灵的活动。我们知道舒服，健康，幸福，是人生的目标，我们因此推想我们痛苦的起点是在望见那些目标而得不到的时候。我们常听人说"假如我像某人那样生活无忧我一定可以好好的做事，不比现在整天的精神全化在琐碎的烦恼上"。我们又听说"我不能做事就为身体太坏，若是精神来得，那就……"我们又常常设想幸福的境界，我们想："只要有一个意中人在跟前那我一定奋发，什么事做不到？"但是不，在事实上，舒服，健康，幸福，不但不一定是帮助或奖励心灵生活的条件，它们有时正得相反的效果。我们看不起有钱人，在社会上得意人，肌肉过分发展的运动家，也正在此；至于年少人幻想中的美满幸福，我敢说等得当真有了红袖添香，你的书也就读不出所以然来，且不说什么在学问上或艺术上更认真的工作。

那末生活的满足是我的病源吗？

"在先前的日子，"一个真知我的朋友，就说："正为是你生活不得平衡，正为你有欲望不得满足，你的压在内里的 Libido① 就形成一种升华的现象，结果你就借文学来发泄你生理上的郁结（你不常说你从事文学是一件不预期的事吗？）；这情形又容易在你的意识里形成一种虚幻的希望，因为你的写作得到一部分赞许，你就自以为确有相当创作的天赋以及独立思想的能力。但你只是自冤自，实在你并没有什么超人一等的天赋，你的设想多半是虚荣，你的以前的成绩只是升华的结果。所以现在等得你生活换了样，感情上有了安顿，你就发现你向来写作的来源顿呈萎缩甚至枯竭的现象；而你又不愿意承认这情形的实在，妄想到你身子以外去找你思想枯窘的原因，所以你就不由的感到深刻的烦闷。你只是对你自己生气，不甘心承认你自己的本相。不，你原来并没有三头六臂的！

"你对文艺并没有真兴趣，对学问并没有真热心。你本来没有什么更高的志愿，除了相当合理的生活，你只配安分做一个平常人，享

---

① Libido：里比多，奥地利心理学家弗洛伊德所创的心理分析学用语，狭义地指性本能，广义地指追求所有爱欲和快感乃至死亡的本能。

你命里铸定的'幸福'；在事业界，在文艺创作界，在学问界内，全没有你的位置，你真的没有那能耐。不信你只要自问在你心里的心里有没有那无形的'推力'，整天整夜的恼着你，逼着你，督着你，放开实际生活的全部，单望着不可捉摸的创作境界里去冒险？是的，顶明显的关键就是那无形的推力或是冲动（The Impulse），没有它人类就没有科学，没有文学，没有艺术，没有一切超越功利实用性质的创作。你知道在国外（国内当然也有，许没那样多）有多少人被这无形的推力驱使着，在实际生活上变成一种离魂病性质的变态动物，不但人们所有的虚荣永远沾不上他们的思想，就连维持生命的睡眠饮食，在他们都失了重要，他们全部的心力只是在他们那无形的推力所指示的特殊方向上集中应用。怪不得有人说天才是疯癫；我们在巴黎伦敦不就到处碰得着这类怪人？如其他是一个美术家，恼着他的就只怎样可以完全表现他那理想中的形体；一个线条的准确，某种色彩的调谐，在他会得比他生身父母的生死与国家的存亡更重要，更迫切，更要求注意。我们知道专门学者有终身掘坟墓的，研究蚊虫生理的，观察亿万万里外一个星的动定的。并且他们决不问社会对于他们的劳力有否任何的认识，那就是虚荣的进路；他们是被一点无形的推力的魔鬼蛊定了的。

"这是关于文艺创作的话。你自问有没有这种情形。你也许经验过什么'灵感'，那也许有，但你却不要把刹那误认作永久的，虚幻认作真实。至于说思想与真实学问的话，那也得背后有一种推力，方向许不同，性质还是不变。做学问你得有原动的好奇心，得有天然热情的态度去做求知识的工夫。真思想家的准备，除了特强的理智，还得有一种原动的信仰；信仰或寻求信仰，是一切思想的出发点；极端的怀疑派思想也只是期望重新位置信仰的一种努力。从古来没有一个思想家不是宗教性的。在他们，各按各的倾向，一切人生的和理智的问题是实在有的；神的有无，善与恶，本体问题，认识问题，意志自由问题，在他们看来都是含逼迫性的现象，要求合理的解答——比山岭的崇高，水的流动，爱的甜蜜更真，更实在，更耸动。他们的一点心灵，就永远在他们设想的一种或多种问题的周围飞舞，旋绕，正如灯蛾之于火焰：牺牲自身来贯彻火焰中心的秘密，是他们共有的决心。

"这种惨烈的情形，你怕也没有吧？我不说你的心幕上就没有思想的影子；但它们怕只是虚影，像水面上的云影，云过影子就跟着消散，不是石上的雷痕越日久越深刻。

"这样说下来，你倒可以安心了！因为个人最大的悲剧是设想一个虚无的境界来谎骗你自己；骗不到底的时候你就得忍受'幻灭'的莫大的苦痛。与其那样，还不如及早认清自己的深浅，不要把不必要的负担，放上支撑不住的肩背，压坏你自己，还难免旁人的笑话！朋友，不要迷了，定下心来享你现成的福分吧；思想不是你的分，文艺创作不是你的分，独立的事业更不是你的分！天生扛了重担来的那也没法想（那一个天才不是活受罪!），你是原来轻松的，这是多可羡慕，多可贺喜的一个发现！算了吧，朋友！"

三月二十五日至四月一日

再　剖

　　你们知道喝醉了想吐吐不出或是吐不爽快的难受不是？这就是我现在的苦恼；肠胃里一阵阵的作恶，腥腻从食道里往上泛，但这喉关偏跟你别扭，它捏住你，逼住你，逗着你——不，它且不给你痛快哪！前天那篇《自剖》，就比是呕出来的几口苦水，过后只是更难受，更觉着往上冒。我告你我想要怎么样。我要孤寂：要一个静极了的地方——森林的中心，山洞里，牢狱的暗室里——再没有外界的影响来逼迫或引诱你的分心，再不须计较旁人的意见，喝彩或是嘲笑；当前唯一的对象是你自己：你的思想，你的感情，你的本性。那时它们再不会躲避，不会隐遁，不会装作：赤裸裸的听凭你察看，检验，审问。你可以放胆解去你最后的一缕遮盖，袒露你最自怜的创伤，最掩讳的私亵。那才是你痛快一吐的机会。

　　但我现在的生活情形不容我有那样一个时机。白天太忙（在人前一个人的灵性永远是蜷缩在壳内的蜗牛），到夜间，比如此刻，静是静了，人可又倦了，惦着明天的事情又不得不早些休息。啊，我真羡慕我台上放着那块唐砖上的佛像，他在他的莲台上瞑目坐着，什么都摇不动他那入定的圆澄。我们只是在烦恼网里过日子的众生，怎敢企望那光明无碍的境界！有鞭子下来，我们躲；见好吃的，我们垂涎；听声响，我们着忙；逢着痛痒，我们着恼。我们是鼠，是狗，是刺猾，是天上星星与地上泥土间爬着的虫。那里有工夫，即使你有心想亲近你自己？那里有机会，即使你想痛快的一吐？

前几天也不知无形中经过几度挣扎，才呕出那几口苦水，这在我虽则难受还是照旧，但多少总算是发泄。事后我私下觉着愧悔，因为我不该拿我一己苦闷的骨鲠，强读者们陪着我吞咽。是苦水就不免薰蒸的恶味。我承认这完全是我自私的行为，不敢望恕的。我唯一的解嘲是这几口苦水的确是从我自己的肠胃里呕出——不是去脏水桶里舀来的。我不曾期望同情，我只要朋友们认识我的深浅——（我的浅？）我最怕朋友们的容宠容易形成一种虚拟的期望；我这操刀自剖的一个目的，就在及早解卸我本不该扛上的担负。

是的，我还得往底里按，往更深处剖。

最初我来编辑副刊，我有一个愿心。我想把我自己整个儿交给能容纳我的读者们，我心目中的读者们，说实话，就只这时代的青年。我觉着只有青年们的心窝里有容我的空隙，我要偎着他们的热血，听他们的脉搏。我要在我自己的情感里发见他们的情感，在我自己的思想里反映他们的思想。假如编辑的意义只是选稿，配版，付印，拉稿，那还不如去做银行的伙计——有出息得多。我接受编辑晨副的机会，就为这不单是机械性的一种任务。（感谢晨报主人的信任与容忍，）晨副变了我的喇叭，从这管口里我有自由吹弄我古怪的不调谐的音调，它是我的镜子，在这平面上描画出我古怪的不调谐的形状。我也决不掩讳我的原形：我就是我。记得我第一次与读者们相见，就是一篇供状。我的经过，我的深浅，我的偏见，我的希望，我都曾经再三的声明，怕是你们早听厌了。但初起我有一种期望是真的——期望我自己。也不知那时间为什么原因我竟有那活棱棱的一副勇气。我宣言我自己跳进了这现实的世界，存心想来对准人生的面目认他一个仔细。我信我自己的热心（不是知识）多少可以给我一些对敌力量的。我想拼这一天，把我的血肉与灵魂，放进这现实世界的磨盘里去捱，锯齿下去拉，——我就要尝那味儿！只有这样，我想，才可以期望我主办的刊物多少是一个有生命气息的东西；才可以期望在作者与读者间发生一种活的关系；才可以期望读者们觉着这一长条报纸与黑的字印的背后，的确至少有一个活着的人与一个动着的心，他的把握是在你的腕上，他的呼吸吹在你的脸上，他的欢喜，他的惆怅，他的迷惑，他的伤悲，就比是你自己的，的确是从一个可认识的主体上发出来的变化——是站在台上人的姿态，——不是投射在白幕上的虚影。

并且我当初也并不是没有我的信念与理想。有我崇拜的德性，有我信仰的原则，有我爱护的事物，也有我痛疾的事物。往理性的方向走，往爱心与同情的方向走，往光明的方向走，往真的方向走，往健康快乐的方向走，往生命，更多更大更高的生命方向走——这是我那时的一点"赤子之心"。我恨的是这时代的病象，什么都是病象：猜忌，诡诈，小巧，倾轧，挑拨，残杀，互杀，自杀，忧愁，作伪，肮脏。我不是医生，不会治病；我就有一双手，趁它们活灵的时候，我想，或许可以替这时代打开几扇窗，多少让空气流通些，浊的毒性的出去，清醒的洁净的进来。

但紧接着我的狂妄的招摇，我最敬畏的一个前辈（看了我的吊刘叔和文）就给我当头一棒：

……既立意来办报而且郑重宣言"决意改变我对人的态度"，那么自己的思想就得先磨冶一番，不能单凭主觉，随便说了就算完事。迎上前去，不要又退了回来！一时的兴奋，是无用的，说话越觉得响亮起劲，跳踯有力，其实即是内心的虚弱，何况说出衰颓懊丧的语气，教一般青年看了，更给他们以可怕的影响，似乎不是志摩这番挺身出马的本意！……

迎上前去，不要又退了回来！这一喝这几个月来就没有一天不在我"虚弱的内心"里回响。实际上自从我喊出"迎上前去"以后，即使不曾撑开了往后退，至少我自己觉不得我的脚步曾经向前挪动。今天我再不能容我自己这梦梦的下去。算清亏欠，在还算得清的时候，总比窝着浑着强。我不能不自剖。冒着"说出衰颓懊丧的语气"的危险，我不能不利用这反省的锋刃，劈去纠着我心身的累赘，淤积，或许这来倒有自我真得解放的希望！

　　想来这做人真是奥妙。我信我们的生活至少是复性的。看得见，觉得着的生活是我们的显明的生活，但同时另有一种生活，跟着知识的开豁逐渐胚胎，成形，活动，最后支配前一种的生活，比是我们投在地上的身影，跟着光亮的增加渐渐由模糊化成清晰，形体是不可捉的，但它自有它的奥妙的存在，你动它跟着动，你不动它跟着不动。在实际生活的匆遽中，我们不易辨认另一种无形的生活的并存，正如我们在阴地里不见我们的影子；但到了某时候某境地忽的发见了它，不容否认的踵接着你的脚跟，比如你晚间步月时发见你自己的身影。它是你的性灵的或精神的生活。你觉到你有超实际生活的性灵生活的俄顷，是你一生的一个大关键！你许到极迟才觉悟（有人一辈子不得机会），但你实际生活中的经历，动作，思想，没有一丝一屑不同时在你那跟着长成的性灵生活中留着"对号的存根"，正如你的影子不放过你的一举一动，虽则你不注意到或看不见。

　　我这时候就比是一个人初次发见他有影子的情形。惊骇，讶异，迷惑，耸悚，猜疑，恍惚同时并起，在这辨认你自身另有一个存在的时候。我这辈子只是在生活的道上盲目的前冲，一时踬入一个泥潭，一时踏折一枝草花，只是这无目的的奔驰；从那里来，向那里去，现在在那里，该怎么走，这些根本的问题却从不曾到我的心上。但这时候突然的，恍然的我惊觉了。仿佛是一向跟着我形体奔波的影子忽然阻住了我的前路，责问我这匆匆的究竟是为什么！

　　一种新意识的诞生。这来我再不能盲冲，我至少得认明来踪与去迹，该怎样走法如其有目的地，该怎样准备如其前程还在遥远？

　　啊，我何尝愿意吞这果子，早知有这多的麻烦！现在我第一要考查明白的是这"我"究竟是怎么一回事；然后再决定掉落在这生活道上的"我"的赶路方法。以前种种动作是没有这新意识作主宰的；此后，什么都得由它。

四月五日

想　飞

假如这时候窗子外有雪——街上，城墙上，屋脊上，都是雪，胡同口一家屋檐下偎着一个戴黑兜帽的巡警，半拢着睡眼，看棉团似的雪花在半空中跳着玩……假如这夜是一个深极了的啊，不是壁上挂钟的时针指示给我们看的深夜，这深就比是一个山洞的深，一个往下钻螺旋形的山洞的深……

假如我能有这样一个深夜，它那无底的阴森捻起我遍体的毫管；再能有窗子外不住往下筛的雪，筛淡了远近间飐动的市谣，筛泯了在泥道上挣扎的车轮。筛灭了脑壳中不妥协的潜流……

我要那深，我要那静。那在树荫浓密处躲着的夜鹰轻易不敢在天光还在照亮时出来睁眼。思想：它也得等。

青天里有一点子黑的。正冲着太阳耀眼，望不真，你把手遮着眼，对着那两株树缝里瞧，黑的，有橙子来大，不，有桃子来大——嘿，又移着往西了！

我们吃了中饭出来到海边去。（这是英国康槐尔极南的一角，三面是大西洋。）勖丽丽的叫响从我们的脚底下匀匀的往上颤，齐着腰，到了肩高，过了头顶，高入了云，高出了云。啊，你能不能把一种急震的乐音想象成一阵光明的细雨，从蓝天里冲着这平铺着青绿的地面不住的下？不，那雨点都是跳舞的小脚，安琪儿的。云雀们也吃过了饭,离开了它们卑微的地巢飞往高处做工去。上帝给它们的工作,替上帝做的工作。瞧着,这儿一只,那边又起了两[只]!一起就冲着天顶飞,小翅膀动活的多快活,圆圆的,不踌躇的飞,——它们就认识青天。一起就开口唱,小嗓子动活的多快活,一颗颗小精圆珠子直往外唾,亮亮的唾,脆脆的唾,——它们赞美的是青天。瞧着,这飞得多高,有豆大,有芝麻大,黑刺刺的一屑,直顶着无底的天顶细细的摇,——这全看不见了,影子都没了!但这光明的细雨还是不住的下着……

飞。"其翼若垂天之云……背负苍天,而莫之夭阏者":那不容易见着。我们镇上东关庙外有一座黄泥山,山顶上有一座七层的塔,塔尖顶着天。塔院里常常打钟,钟声响动时,那在太阳西晒的时候多,一枝艳艳的大红花贴在西山的鬓边回照着塔山上的云彩,——钟声响动时,绕着塔顶尖,摩着塔顶天,穿着塔顶云,有一只两只有时三只四只有时五只六只蜷着爪往地面瞧的"饿老鹰",撑开了它们灰苍苍的大翅膀没挂恋似的在盘旋,在半空中浮着,在晚风中泅着,仿佛是按着塔院钟的波荡来练习圆舞似的。那是我做孩子时的"大鹏"。有时好天抬头不见一瓣云的时候听着貅忧忧的叫响,我们就知道那是宝塔上的饿老鹰寻食吃来了,一想象半天里秃顶圆睛的英雄,我们背上的小翅膀骨上就仿佛豁出了一铿铿铁刷似的羽毛,摇起来呼呼响的,只一摆就冲出了书房门,钻入了玳瑁镶边的白云里玩儿去,谁耐烦站在先生书桌前晃着身子背早上的多难背的书!啊飞!不是那在树枝上矮矮的跳着的麻雀儿的飞;不是那发天黑从堂扁后背冲出来赶蚊子吃的蝙蝠的飞;也不是那软尾巴软嗓子做窠在堂檐上的燕子的飞。要飞就得满天飞,风拦不住云挡不住的飞,一翅膀就跳过一座山头,影子下来遮得阴二十亩稻田的飞,到天晚飞倦了就来绕着那塔顶尖顺着风向打圆圈做梦……听说饿老鹰会抓小鸡!

飞。人们原来都是会飞的。天使们有翅膀,会飞,我们初来时也有翅膀,会飞。我们最初来就是飞了来的,有的做完了事还是飞了去,他们是可羡慕的。但大多数人是忘了飞的,有的翅膀上吊了毛不长再也飞不起来,有的翅膀叫胶水给胶住了再也拉不开,有的羽毛叫人给修短了像鸽子似的只会在地上跳,有的拿背上一对翅膀上当铺去典钱使过了期再也赎不回……真的,我们一过了做孩子的日子就掉了飞的本领。但没了翅膀或是翅膀坏了不能用是一件可怕的事。因为你再也飞不回去,你蹲在地上呆望着飞不上去的天,看旁人有福气的一程一程的在青云里逍遥,那多可怜。而且翅膀又不比是你脚上的鞋,穿烂了可以再问妈要一双去,翅膀可不成,折了一根毛就是一根,没法给补的。还有,单顾着你翅膀也还不定规到时候能飞,你这身子要是不谨慎养太肥了,翅膀力量小再也拖不起,也是一样难不是?一对小翅膀驮不起一个胖肚子,那情形多可笑!到时候你听人家高声的招呼说,朋友,回去罢,趁这天还有紫色的光,你听他们的翅膀在半空中沙沙的摇响,朵朵的春云跳过来推着他们的肩背,望着最光明的来处翩翩的,冉冉的,轻烟似的化出了你的视域,像云雀似的只留下一泻光明的骤雨——"Thou art unseen, but yet I hear thy shrill delight."① ——那你,独自在泥途里淹着,够多难受,够多懊恼,够多寒伧!趁早留神你的翅膀,朋友。

是人没有不想飞的。老是在这地面上爬着够多厌烦,不说别的。飞出这圈子,飞出这圈子!到云端里去,到云端里去!那个心里不成天千百遍的这么想?飞上天空去浮着;看地球这弹丸在太空里滚着,从陆地看到海,从海再看回陆地。凌空去看一个明白——这才是做人的趣味,做人的权威,做人的交代。这皮囊要是太重挪不动,就掷了它,可能的话,飞出这圈子,飞出这圈子!

人类初发明用石器的时候,已经想长翅膀。想飞。原人洞壁上画的四不像,它的背上掮着翅膀;拿着弓箭赶野兽的,他那肩背上也给安了翅膀。小爱神是有一对粉嫩的肉翅的。挨开拉斯(Icarus)② 是人类飞行史里第一个英雄,第一次牺牲。安琪儿(那是理想化的人)第

---

① "我看不到你的形象,但能听见你欢乐的尖声歌唱。"引自雪莱的《致云雀》。

② Icarus:今译伊卡罗斯,希腊神话中的巧匠代达罗斯之子,与其父一起以蜡翼粘身飞离克里特岛,因不听其父警告飞得太高,蜡翼被阳光熔化,坠入海中而死。

一个标记是帮助他们飞行的翅膀。那也有沿革——你看西洋画上的表现。最初像是一对小精致的令旗,蝴蝶似的粘在安琪儿们的背上,像真的,不灵动。渐渐的翅膀长大了,地位安准了,毛羽丰满了。画图上的天使们长上了真的可能的翅膀。人类初次实现了翅膀的观念,彻悟了飞行的意义。挨开拉斯闪不死的灵魂,回来投生又投生。人类最大的使命,是制造翅膀,最大的成功是飞!理想的极度,想象的止境,从人到神!诗是翅膀上出世的;哲理是在空中盘旋的。飞:超脱一切,笼盖一切,扫荡一切,吞吐一切。

　　你上那边山峰顶上试去,要是度不到这边山峰上,你就得到这万丈的深渊里去找你的葬身地!"这人形的鸟会有一天试他第一次的飞行,给这世界惊骇,使所有的著作赞美,给他所从来的栖息处永久的光荣。"啊达文謇!
　　但是飞?自从挨开拉斯以来,人类的工作是制造翅膀,还是束缚翅膀?这翅膀,承上了文明的重量,还能飞吗?都是飞了来的,还都能飞了回去吗?钳住了,烙住了,压住了,——这人形的鸟会有试他第一次飞行的一天吗?……

　　同时天上那一点子黑的已经迫近在我的头顶,形成了一架鸟形的机器,忽的机沿一侧,一球光直往下注,嗷的一声炸响,——炸碎了我在飞行中的幻想,青天里平添了几堆破碎的浮云。

十四～十六日

求 医

To understand and that the sky is everywhere blue, it is not necessary to have travelled all round the world. ——Goethe①

新近有一个老朋友来看我,在我寓里住了好几天。彼此好久没有机会谈天,偶尔通信也只泛泛的;他只从旁人的传说中听到我生活的梗概,又从他所听到的推想及我更深一义的生活的大致。他早把我看作"丢了"。谁说空闲时间不能离间朋友间的相知?但这一次彼此又检起了,理清了早年息息相通的线索,这是一个愉快!单说一件事:他看看我四月间副刊上的两篇《自剖》,他说他也有文章做了,他要写一篇《剖志摩的自剖》。他却不曾写;我几次逼问他,他说一定在离京前交卷。有一天他居然谢绝了约会,躲在房子里装病,想试他那柄解剖的刀。晚上见他的时候,他文章不曾做起,脸上倒真的有了病容!"不成功,"他说,"不要说剖,我这把刀,即使有,早就在刀鞘里锈住了,我怎么也拉它不出来!我倒自己发生了恐怖,这回回去非发奋不可。"打了全军覆没的大败仗回来的,也没有他那晚谈话时的

---

① "没有必要游遍全世界,才能知道天到处都是蓝的。"——歌德

沮丧!

但他这来还是帮了我的忙;我们俩连着四五晚通宵的谈话,在我至少感到了莫大的安慰。我的朋友正是那一类人,说话是绝对不敏捷的,他那永远茫然的神情与偶尔激出来的几句话,在当时极易招笑,但在事后往往透出极深刻的意义,在听着的人的心上不易磨灭;别看他说话的外貌乱石似的粗糙,它那核心里往往藏着直觉的纯璞。他是那一类的朋友,他那不浮夸的同情心在无形中启发你思想的活动,引逗你心灵深处的"解严";"你尽量披露你自己",他仿佛说,"在这里你没有被误解的恐怖。"我们俩的谈话是极不平等的;十分里有九分半的时光是我占据的,他只贡献简短的评语,有时修正,有时赞许,有时引申我的意思;但他是一个理想的"听者",他能尽量的容受,不论对面来的是细流或是大水。

我的自剖文不是解嘲体的闲文,那是我个人真的感到绝望的呼。"这篇文章是值得写的,"我的朋友说,"因为你这来冷酷的操刀,无顾恋的劈剖你自己的思想,你至少摸着了现代的意识的一角;你剖的不仅是你,我也叫你剖着了,正如葛德说的'要知道天到处是碧蓝,并用不着到全世界去绕行一周'。你还得往更深处剖,难得你有勇气下手;你还得如你说的,犯着恶心呕苦水似的呕,这时代的意识是完全叫种种相冲突的价值的尖刺给交占住,支离了缠昏了的,你希冀回复清醒与健康先得清理你的外邪与内热。至于你自己,因为发见病象而就放弃希望,当然是不对的;我可以替你开方。你现在需要的没有别的,你只要多多的睡!休息,休养,到时候你自会强壮。我是开口就会牵到葛德的,你不要笑;葛德就是懂得睡的秘密的一个。他每回觉得他的创作活动有退潮的趋向,他就上床去睡,真的放平了身子的睡,不是喻言,直睡到精神回复了,一线新来的波澜逼着他再来一次发疯似的创作。你近来的沉闷,在我看,也只是内心需要休息的符号。正如潮水有涨落的现象,我们劳心的也不免同样受这自然律的支配。你怎么也不该挫气,你正应得利用这时期;休息不是工作的断绝,它是消极的活动;这正是你吸新营养取得新生机的机会。听凭地面上风吹的怎样尖利,霜盖得怎么严密,你只要安心在泥土里等着,不愁到时候没有再来一次爆发的惊喜。"

这是他开给我的药方。后来他又跟别的朋友谈起,他说我的病——如其是病——有两味药可医,一是"隐居",一是"上帝"。烦闷是起源于精神不得充分的怡养;烦嚣的生活是劳心人最致命的伤,离开了就有办法,最好是去山林静僻处躲起。但这环境的改变,虽则重要,还只是消极的一面;为要启发性灵,一个人还得积极的寻求。比性爱更超越更不可摇动的一个精神的寄托——他得自动去发见他的上帝。

上帝这味药是不易配得的,我们姑且放开在一边(虽则我们不能因他字面的兀突就忽略他的深刻的涵义,那就是说这时代的苦闷现象隐示一种渐次形成宗教性大运动的趋向);暂时脱离现社会去另谋隐居生活那味药,在我不但在事实上有要得到的可能,并且正合我新近一天迫似一天的私愿,我不能不计较一下。

我们都是在生活的蜘网中胶住了的细虫,有的还在勉强挣扎,大多数是早已没了生气,只当着风来吹动网丝的时候顶可怜相的晃动着,多经历一天人事,做人不自由的感觉也跟着真似一天。人事上的关连一天加密一天,理想的生活上的依据反而一天远似一天,尽是这飘忽忽的,仿佛是一块石子在一个无底的深潭中无穷尽的往下坠着似的——有到底的一天吗,天知道!实际的生活逼得越紧,理想的生活窅得越空,你这空手仆仆的不"丢"怎么着?你睁开眼来看看,见着的只是一个悲惨的世界。我们这倒运的民族眼下只有两种人可分,一种是在死的边沿过活的,又一种简直是在死里面过活:你不能不发悲心不是,可是你有什么能耐能抵挡这普遍"死化"的凶潮。太凄惨了呀这"人道的幽微的悲切的音乐"!那么你闭上眼罢,你只是发见另一个悲惨的世界:你的感情,你的思想,你的意志,你的经验,你的理想,有那一样调谐的,有那一样容许你安舒的?你想要——但是你的力量?你仿佛是掉落在一个井里,四边全是光油油不可攀援的陡壁,你怎么想上得来?就我个人说,所谓教育只是"画皮"的勾当,我何尝得到一点真的知识?说经验吧,不错,我也曾进货似的运得一部分的经验,但这都是硬性的,杂乱的,不经受意识渗透的;经验自经验,我自我,这一屋子满满的生客只使主人觉得迷惑,慌张,害怕。不,我不但不曾"找到"我自己;我竟疑心我是"丢"定了的。

曼殊斐儿在她的日记里写——

"我不是晶莹的透澈。"

"我什么都不愿意的〈写〉。全是灰色的；重的，闷的。……我要生活，这话怎么讲？单说是太易了。可是你有什么法子？"

"所有我写下的，所有我的生活，全是在海水的边沿上。这仿佛是一种玩艺。我想把我所有的力量全给放上去，但不知怎的我做不到。"

"前这几天，最使人注意的是蓝的色彩。蓝的天，蓝的山——一切都是神异的蓝！……但深黄昏的时刻才真是时光的时光。当着那时候，面前放着非人间的美景，你不难领会到你应分走的道儿有多远。珍重你的笔，得不辜负那上升的明月，那白的天光。你得够'简洁'的。正如你在上帝跟前得简洁。"

"我方才细心的刷净收拾我的水笔。下回它再要是漏，那它就不够格儿！"

"我觉得我总不能给我自己一个沉思的机会，我正需要那个。我觉得我的心地不够清白，不谦卑，不①兴。这底里的渣子新近又漾了起来。我对着山看，我见的就是山。说实话？我念不相干的书……不经心，随意？是的，就是这情形。心思乱，含糊，不积极，尤其是躲懒，不够用工——白费时光！我早就这么喊着——现在还是这呼声。为什么这阑珊的，你？啊，究竟为什么？"

"我一定得再发心一次，我得重新来过。我再来写一定得简洁的，充实的，自由的写，从我心坎里出来的。平心静气的，不问成功或是失败，就这往前去做去。但是这回得下决心了！尤其得跟生活接近。跟这天，这月，这些星，这些冷落的坦白的高山。"

"我要是身体健，"曼殊斐儿在又一处写，"我就一个人跑到一个

---

① 此处疑缺一字。

地方，在一株树下坐着去。"她这苦痛的企求内心的莹澈与生活的调谐，那一个字不在我此时比她更"散漫，含糊，不积极"的心境里引起同情的回响！啊，谁不这样想：我要是能，我一定跑到一个地方在一株树下坐着去。但是你能吗？

辑二　行旅漫录

印度洋上的秋思

　　昨夜中秋。黄昏时西天挂下一大帘的云母屏，掩住了落日的光潮，将海天一体化成暗蓝色，寂静得如黑衣尼在圣座前默祷。过了一刻，即听得船梢布篷上悉悉索索啜泣起来，低压的云夹着迷濛的雨色，将海线逼得像湖一般窄，沿边的黑影，也辨认不出是山是云，但涕泪的痕迹，却满布在空中水上。

　　又是一番秋意！那雨声在急骤之中，有零落萧疏的况味，连着阴沉的气氲，只是在我灵魂的耳畔私语道："秋！"我原来无欢的心境，抵御不住那样温婉的浸润，也就开放了春夏间所积受的秋思，和此时外来的怨艾构合，产出一个弱的婴儿——"愁"。

　　天色早已沈黑，雨也已休止。但方才啜泣的云，还疏松地幕在天空，只露着些惨白的微光，预告明月已经装束齐整，专等开幕。同时船烟正在莽莽苍苍地吞吐，筑成一座蟒鳞的长桥，直联及西天尽处，和船轮泛出的一流翠波白沫，上下对照，留恋西来的踪迹。

　　北天云幕豁处，一颗鲜翠的明星，喜孜孜地先来问探消息，像新嫁媳的侍婢，也穿扮得遍体光艳。但新娘依然姗姗未出。

　　我小的时候，每于中秋夜，呆坐在楼窗外等看"月华"。若然天上有云雾缭绕，我就替"亮晶晶的月亮"担忧，若然见了鱼鳞似的云彩，我的小心就欣欣怡悦，默祷着月儿快些开花，因为我常听人说只要有"瓦楞"云,就有月华;但在月光放彩以前,我母亲早已逼我去上床,所以月华只是我脑筋里一个不曾实现的想象,直到如今。

现在天上砌满了瓦楞云彩,霎时间引起了我早年许多有趣的记忆——但我的纯洁的童心,如今那里去了!

月光有一种神秘的引力。她能使海波咆哮,她能使悲绪生潮。月下的喟息可以结聚成山,月下的情泪可以培畤百亩的畹兰,千茎的紫琳耿。我疑悲哀是人类先天的遗传,否则,何以我们儿年不知悲感的时期,有时对着一泻的清辉,也往往凄心滴泪呢?

但我今夜却不曾流泪。不是无泪可滴,也不是文明教育将我最纯洁的本能锄净,却为是感觉了神圣的悲哀,将我理解的好奇心激动,想学契古特白登来解剖这神秘的"眸冷骨累"。冷的智永远是热的情的死仇。他们不能相容的。

但在这样浪漫的月夜,要来练习冷酷的分析,似乎不近人情,所以我的心机一转,重复将锋快的智刃锯起,让沈醉的情泪自然流转,听他产生什么音乐,让缱绻的诗魂漫自低回,看他寻出什么梦境。

明月正在云岩中间,周围有一圈黄色的彩晕,一阵阵的轻霭,在她面前扯过。海上几百道起伏的银沟,一齐在微叱凄其的音节,此外不受清辉的波域,在暗中愤愤涨落,不知是怨是慕。

我一面将自己一部分的情感,看入自然界的现象,一面拿着纸笔,痴望着月彩,想从她明洁的辉光里,看出今夜地面上秋思的痕迹,希冀他们在我心里,凝成高洁情绪的菁华。因为她光明的捷足,今夜遍走天涯,人间的恩怨,那一件不经过她的慧眼呢?

印度的 Ganges①(堩奇)河边有一座小村落,村外一个榕绒密绣的湖边,坐着一对情醉的男女,他们中间草地上放着一尊古铜香炉,烧着上品的水息,那温柔婉恋的烟篆,沈馥香浓的热气,便是他们爱感的象征——月光从云端里轻俯下来,在那女子胸前的珠串上,水息的烟尾上,印下一个慈吻,微哂,重复登上她的云艇,上前驶去。

一家别院的楼上,窗帘不曾放下,几枝肥满的桐叶正在玻璃上摇

---

① Ganges:今译恒河。

曳斗趣，月光窥见了窗内一张小蚊床上紫纱帐里，安眠着一个安琪儿似的小孩，她轻轻挨进身去，在他温软的眼睫上，嫩桃似的腮上，抚摩了一会。又将她银色的纤指，理齐了他脐圆的额发，霭然微哂着，又回她的云海去了。

一个失望的诗人，坐在河边一块石头上，满面写着幽郁的神情，他爱人的情影，在他胸中像河水似的流动，他又不能在失望的渣滓里榨出些微甘液，他张开两手，仰着头，让大慈大悲的月光，那时正在过路，洗沐他泪腺湿肿的眼眶，他似乎感觉到清心的安慰，立即摸出一管笔，在白衣襟上写道：

"月光，
你是失望儿的乳娘！"

面海一座柴屋的窗棂里，望得见屋里的内容：一张小桌上放着半块面包和几条冷肉，晚餐的剩余。窗前几上开着一本家用的《圣经》，炉架上两座点着的烛台，不住地在流泪，旁边坐着一个绉面驼腰的老妇人，两眼半闭不闭地落在伏在她膝上悲泣的一个少妇，她的长裙散在地板上像一只大花蝶。老妇人掉头向窗外望，只见远远海涛起伏，和慈祥的月光在拥抱密吻，她叹了声气向着斜照在《圣经》上的月彩嗫道：

"真绝望了！真绝望了！"

她独自在她精雅的书室里，把灯火一齐熄了，倚在窗口一架藤椅上，月光从东墙肩上斜泻下来，笼住她的全身，在花瓶上幻出一个窈窕的情影，她两根垂辫的发梢，她微澹的媚唇，和庭前几茎高峙的玉兰花，都在静谧的月色中微颤，她加她的呼吸，吐出一股幽香，不但邻近的花草，连月儿闻了，也禁不住迷醉，她腮边天然的妙涡，已有好几日不圆满：她瘦损了。但她在想什么呢？月光，你能否将我的梦魂带去，放在离她三五尺的玉兰花枝上。

威尔斯西境一座矿床附近，有三个工人，口衔着笨重的烟斗，在月光中闲坐。他们所能想到的话都已讲完，但这异样的月彩，在他们对面的松林，左首的溪水上，平添了不可言语比说的妩媚，惟有他们工余倦极的眼珠不阔，彼此不约而同今晚较往常多抽了两斗的烟，但他们矿火熏黑，煤块擦黑的面容，表示他们心灵的薄弱，在享乐烟斗以外；虽经秋月溪声的戟刺，也不能有精美情绪之反感。等月影移西一些，他们默默地扑出了一斗灰，起身进屋，各自登床睡去。月光从屋背飘眼望进去，只见他们都已睡熟；他们即使有梦，也无非矿内矿外的景色！

月光渡过了爱尔兰海峡，爬上海尔佛林的高峰，正对着静默的红潭。潭水凝定得像一大块冰，铁青色。四围斜坦的小峰，全都满铺着蟹青和蛋白色的岩片碎石，一株矮树都没有。沿潭间有些丛草，那全体形势，正像一大青碗，现在满盛了清洁的月辉，静极了，草里不闻虫吟，水里不闻鱼跃；只有石缝里潜涧沥渐之声，断续地作响，仿佛一座大教堂里点着一星小火，益发对照出静穆宁寂的境界，月儿在铁色的潭面上，倦倚了半晌，重复扱起她的银泻，过山去了。

昨天船离了新加坡以后，方向从正东改为东北，所以前几天的船梢正对落日，此后"晚霞的工厂"渐渐移到我们船向的左手来了。

昨夜吃过晚饭上甲板的时候，船右一海银波，在犀利之中涵有幽秘的彩色，凄清的表情，引起了我的凝视。那放银光的圆球正挂在你头上，如其起靠着船头仰望。她今夜并不十分鲜艳；她精圆的芳容上似乎轻笼着一层藕灰色的薄纱；轻漾着一种悲喟的音调；轻染着几痕泪化的露霭。她并不十分鲜艳，然而她素洁温柔的光线中，犹之少女浅蓝妙眼的斜瞟；犹之春阳融解在山颠白云反映的嫩色，含有不可解的迷力，媚态，世间凡具有感觉性的人，只要承沐着她的清辉，就发生也是不可理解的反应，引起隐复的内心境界的紧张，——像琴弦一样，——人生最微妙的情绪，戟震生命所蕴藏高洁名贵创现的冲动。有时在心理状态之前，或于同时，撼动躯体的组织，使感觉血液中突起冰流之冰流，嗅神经难禁之酸辛，内藏汹涌之跳动，泪腺之骤热与润湿。那就是秋月兴起的秋思——愁。

昨晚的月色就是秋思的泉源，岂止，直是悲哀幽骚悱怨沉郁的象征，是季候运转的伟剧中最神秘亦最自然的一幕，诗艺界最凄凉亦最微妙的一个消息。

今夜月明人尽望,不知秋思在谁家。

中国字形具有一种独一的妩媚,有几个字的结构,我看来纯是艺术家的匠心:这也是我们国粹之尤粹者之一。譬如"秋"字,已经是一个极美的字形;"愁"字更是文字史上有数的杰作:有石开湖晕,风扫松针的妙处,这一群点画的配置,简直经过柯罗的书篆,米仡朗其罗的雕圭,Chopin① 的神感;像——用一个科学的比喻——原子的结构,将旋转宇宙的大力收缩成一个无形无纵的电核;这十三笔造成的象征,似乎是宇宙和人生悲惨的现象和经验,咜喟和涕泪,所凝成最纯粹精密的结晶,满充了催迷的秘力。你若然有高蒂闲(Gautier)②异超的知感性,定然可以梦到,愁字变形为秋霞黯绿色的通明宝玉,若用银槌轻击之,当吐银色的幽咽电蛇似腾入云天。

我并不是为寻秋意而看月,更不是为觅新愁而访秋月;蓄意沉浸于悲哀的生活,是丹德所不许的。我盖见月而感秋色,因秋窗而拈新愁:人是一簇脆弱而富于反射性的神经!

我重复回到现实的景色,轻裹在云锦之中的秋月,像一个遍体蒙纱的女郎,她那团圆清朗的外貌像新娘,但同时她幂弦的颜色,那是藕灰,她踟躅的行踵,掩泣的痕迹,又使人疑是送丧的丽姝。所以我曾说:

"秋月呀!

我不盼望你团圆。"

这是秋月的特色,不论她是悬在落日残照边的新镰,与"黄昏晓"竞艳的眉钩,中宵斗没西陲的金碗,星云参差间的银床,以至一轮腴满的中秋,不论盈昃高下,总在原来澄爽明秋之中,遍洒着一种我只能称之为"悲哀的轻霭",和"传愁的以太"。即使你原来无愁,

---

① Chopin:今译肖邦(1810—1849),波兰作曲家、钢琴家,1831年后定居法国,其音乐灵感源于自己和波兰的悲剧性经历,兼具浪漫气质和古典法度。

② Gautier:今译戈蒂埃(1811—1872),法国诗人、小说家、评论家、新闻记者,早期参与浪漫主义运动,后在长篇小说《莫班小姐》的前言中首先提出"为艺术而艺术"的唯美主义主张。另有诗集《珐琅与玉雕》等。

见此也禁不得沾染那"灰色的音调",渐渐兴感起来!
　　秋月呀!
　　谁禁得起银指尖儿
　　浪漫地搔爬呵!
　　不信但看那一海的轻涛,可不是禁不住她玉指的抚摩,在那里低徊饮泣呢!就是那
　　无聊的云烟,
　　秋月的美满,
　　熏暖了飘心冷眼,
　　也清冷地穿上了轻缟的衣裳,
　　来参与这
　　美满的婚姻和丧礼。

十月六日

山中来函

剑三，我还活着；但是我至少是一个"出家人"。我住在我们镇上的一个山里，这里有一个新造的祠堂，叫做"三不朽"，这名字肉麻得凶，其实只是一个乡贤祠的变名：我就寄宿在这里。你不要见笑徐志摩活着就进了祠堂，而且是三不朽！这地方倒不坏，我现在坐在写字的窗口，正对着山景，烧剩的庙，精光的树，常青的树，石牌坊戏台，怪形的石错落在树木间，山顶上的宝塔，塔顶上徘徊着的"饿老鹰"有时卖弄着他们穿天响的怪叫，累累的坟堆，亭亭，白木的与包著芦席的棺材，都在嫩色的朝阳里浸著。隔壁是祠堂的大厅，供着历代的忠臣孝子清客书生大官富翁棋国手（陈子仙）数学家（李善兰壬叔）以及我自己的祖宗，他们为什么"不朽"我始终没有懂；再隔壁是节孝祠，多是些跳井的投河的上吊的吞金的服盐卤的也许吃生鸦片吃火柴头的烈女烈妇以及无数咬紧牙关的"望门寡"，抱牌位做亲的，教子成名的，节妇孝妇，都是牺牲了生前的生命来换死后的冷猪头肉，也还不很靠得住的；再隔壁是东寺，外边墙壁已是半烂殿上神像只剩了的泥灰。前窗望出去是一条小河的尽头，一条藤萝满攀着磊石的石桥，一条狭堤，过堤一潭清水，不知是血污还是蓄荷池（土音同），一个鬼客栈（厝所）一片荒场也是墓墟累累的；再望去是硖石镇的房屋了。这里时常过路的是：香客，挑菜担的乡下人，青布包头的妇人，背着黄叶篓子的童子，戴黑布风帽手提灯笼的和尚，方巾的道士，寄宿在戏台下与我们守望相助的丐翁，牧羊的童子与他的可爱的白山羊，到山上去寻柴，掘树根，或掠干草的，送羹饭与叫姓的（现在眼前就是，真妙，前面一个男子手里拿著一束稻柴口里喊着病人的名字叫他到"屋里来"，后面跟着一个著红棉袄绿背心的老妇人，撑着一把雨伞，低声的答应着那男子的叫唤。）晚上只听见各种的声响，塔院里的钟声，林子里的风响，寺角上的铃声，远处小儿啼声，狗吠声，枭鸟的咒诅声，石路上行人的脚步声——点缀这山脚下深夜的沈静，管祠管人的屋子里，不时还闹鬼，差不多每天有鬼话听！

这是我的寓处。世界，热闹的世界，离我远得很；北京的灰砂也吹不到我这里来——博生真鄙吝，连一份《晨报》附张都舍不得寄给我；朋友的信息更是杳然了。今天我偶尔高兴，写成了三段"东山小曲"，现在寄给你，也许可以补补空白。

我唯一的希望只是一场大雪。

         志摩问安 一月二十日

小曲是要打我们土白念或是唱，才有神气。

契诃夫的墓园

　　诗人们在这喧嚣的市街上不能不感寂寞；因此"伤时"是他们怨怼的发泄，"吊古"是他们柔情的寄托。但"伤时"是感情直接的反动：子规的清啼容易转成夜鸦的急调，吊古却是情绪自然的流露，想象已往的韶光，慰藉心灵的幽独；在墓墟间，在晚风中，在山一边，在水一角，慕古人情，怀旧光华；像是朵朵出岫的白云，轻沾斜阳的彩色，冉冉的卷，款款的舒，风动时动，风止时止。

　　吊古便不得不憬悟光阴的实在：随你想象它是汹涌的洪湖，想象它是缓渐的流水，想象它是倒悬的急湍，想象它是无踪迹的尾闾，只要你见到它那水花里隐现着的骸骨，你就认识它那无顾恋的冷酷，它那无限量的破坏的馋欲；桑田变沧海，红粉变枯骸，青梗变枯柴，帝国变迷梦，梦变烟，火变灰，石变砂，玫瑰变泥，一切的纷争消纳在无声的墓窟里……那时间人生的来踪与去迹，它那色调与波纹，便如夕照晚霭中的山岭融成了青紫一片，是邱是壑，是林是谷，不再分明，但它那大体的轮廓却亭亭的刻画在天边，给你一个最清切的辨认。这一辨认就相联的唤起了疑问：人生究竟是什么？你得加下你的按语，你得表示你的"观"。陶渊明说大家在这一条水里浮沉，总有一天浸没在里面，让我今天趁南山风色好，多种一棵菊花，多喝一杯甜酿；李太白，苏东坡，陆放翁都回响说不错，我们的"观"就在这酒杯里。古诗十九首说这一生一扯即过，不过也得过，想长生的是傻子，抓住这现在的现在尽量的享福寻快乐是真的——"不如饮美酒，被服纨与素"，曹子建望着火烧了的洛阳，免不得动感情；他对着渺渺的人生也是绝望——转蓬离本根，飘飘随长风，何意回飙举，吹我入云中，高高上无极，天路安可穷。光阴"悠悠"的神秘警觉了陈元龙：人们在世上都是无俦伴的独客，各个，在他觉悟时，都是寂寞的灵魂。庄子也没奈何这悠悠的光阴，他借重一个调侃的枯髅，设想另一个宇宙，那边生的进行不再受时间的制限。

所以吊古——尤其是上坟——是中国文人的一个癖好。这癖好想是遗传的；因为就我自己说，不仅每到一处地方爱去郊外冷落处寻墓园消遣，那坟墓的意象竟仿佛在我每一个思想的后背阑着，——单这馒形的一块黄土在我就有无穷的意趣——更无须蔓草，凉风，白杨，青磷等等的附带。坟的意象与死的概念当然不能差离多远，但在我，坟与死的关系却并不密切：死仿佛有附着或有实质的一个现象，坟墓只是一个美丽的虚无。在这静定的意境里，光阴仿佛止息了波动，你自己的思感也收敛了震悸，那时你的性灵便可感到最纯净的慰安，你再不要什么。还有一个原因为什么我不爱想死，是为死的对象就是最恼人不过的生，死止是中止生，不是解决生，更不是消灭生，止是增剧生的复杂，并不清理它的纠纷。坟的意象却不暗示你什么对举或比称的实体，它没有远亲，也没有近邻，它只是它，包涵一切，覆盖一切，调融一切的一个美的虚无。

我这次到欧洲来倒像是专做清明来的；我不仅上知名的或与我有关系的坟（在莫斯科上契诃夫、克鲁泡德金的坟，在柏林上我自己儿子的坟，在枫丹薄罗上曼殊斐儿的坟，在巴黎上茶花女、哈哀内的坟；上菩特莱《恶之花》的坟；上凡尔泰、卢骚、嚣俄的坟；在罗马上雪莱、基茨的坟；在翡冷翠上勃郎宁太太的坟，上密仡郎其罗、梅迪启家的坟；日内到 Ravenna① 去还得上丹德的坟，到 Assisi② 上法

---

① Ravenna：拉文纳，又译腊万纳，意大利东北部港市。
② Assisi：意大利翁布里亚区城镇。

兰西士的坟,到Mantua①上浮吉尔(Virgil②)的坟)。我每过不知名的墓园也往往进去留连,那时情绪不定是伤悲,不定是感触,有风随风,在块块的墓碑间且自徘徊,等斜阳淡了再计较回家。

你们下回到莫斯科去,不要贪看列宁,那无非是一个像活的死人放着做广告的(口孽罪过!),反而忘却一个真值得去的好所在——那是在雀山山脚下的一座有名的墓园,原先是贵族埋葬的地方,但契诃夫的三代与克鲁泡德金也在里面,我在莫斯科三天,过得异常的昏闷,但那一个向晚,在那噤寂的寺园里,不见了莫斯科的红尘,脱离了犹太人的怖梦,从容的怀古,默默的寻思,在他人许有更大的幸福,在我已经知足。那庵名像是Monesiere Vinozositch(可译作圣贞庵),但不敢说是对的,好在容易问得。

我最不能忘情的坟山是日本神户山上专葬僧尼那地方,一因它是依山筑道,林荫花草是天然的,二因南侧引泉,有不绝的水声,三因地位高亢,望见海涛与对岸山岛。我最不喜欢的是巴黎Montmartre③的那个墓园,虽则有茶花女的芳邻我还是不愿意,因为它四周是市街,驾空又是一架走电车的大桥,什么清宁的意致都叫那些机轮轧成了断片,我是立定主意不去的;罗马雪莱、基茨的坟场也算是不错,但这留着以后再讲;莫斯科的圣贞庵,是应得赞美的,但躺到那边去的机会似乎不多!

那圣贞庵本身是白石的,葫芦顶是金的,旁边有一个极美的钟塔,红色的,方的,异常的鲜艳,远望这三色——白,金,红——的配置,极有风趣;墓碑与坟亭密密的在这塔影下散布着,我去的那天正当傍晚,地下的雪一半化了水,不穿胶皮套鞋是不能走的;电车直到庵前,后背望去森森的林山便是拿破仑退兵时曾经回望的雀山,庵门内的空气先就不同,常青的树荫间,雪铺的地里,悄悄的屏息着各式的墓碑:青石的平台,镂像的长碣,嵌金的塔,中空的享亭,有高

---

① Mantua:曼图亚,意大利北部城市。
② Virgil:今译维吉尔(公元前70—19),古罗马诗人,作品有《牧歌》10首、《农事诗》4卷和史诗《埃涅阿斯纪》。
③ Montmartre:蒙马特尔,巴黎的一个区。

踢的,有低伏的,有雕饰繁复的,有平易的;但他们表示的意思却只是极简单的一个,古诗说的"下有陈死人,杳杳即长暮,潜寐黄泉下,千载永不寤"。

我们向前走不久便发现了一个颇堪惊心的事实:有不少极庄严的碑碣倒在地上的,有好几处坚致的石栏与铁栏打毁了的;你们记得在这里埋着的贵族居多,近几年来风水转了,贵族最吃苦,幸而不毁,也不免亡命,阶级的怨毒在这墓园里都留下了痕迹——楚平王死得快还是逃不了尸体受刑——虽则有标记与无标记,有祭扫与无祭扫,究竟关不关这底下陈死人的痛痒,还是不可知的一件事;但对于虚荣心重实的活人,这类示威的手段却是一个警告。

我们摸索了半天,不曾寻着契诃夫;我的朋友上那边问去了,我在一个转角站着等,那时候忽的眼前一亮(那天本是阴沈),夕阳也不知从那边过来,正照着金顶与红塔,打成一片不可信的辉煌;你们没见过大金顶的,不易想象他那回光的力量,平常玻窗上的返光已够你的耀眼,何况偌大一个纯金的圆穹,我不由得不感谢那建筑家的高见,我看了《西游记》《封神传》渴慕的金光神霞,到这里见着了!更有那秀挺的绯红的高塔,也在这俄顷间变成了絮花摇曳的长虹,仿佛脱离了地面,将次凌空飞去。

契诃夫的墓上(他父亲与他并肩)只是一块瓷青色的石碑,刻着他名字与生死的年分,有铁栏围着,栏内半化的雪里有几瓣小青叶,旁边树上掉下去的,在那里微微的转动。

我独自倚着铁栏,沉思契诃夫今天要是在着,他不知怎样;他是最爱"幽默",自己也是最有谐趣的一位先生:他的太太告诉我们他临死的时候还要她讲笑话给他听;有幽默的人是不易做感情的奴隶的,但今天俄国的情形,今天世界的情形,他要是看了还能笑否,还能拿着他的灵活的笔继续写他灵活的小说否?……我正想着,一阵异样的声浪从园的那一角传过来打断了我的盘算,那声音在中国是听惯了的,但到欧洲来是不提防的;我转过去看时有一位黑衣的太太站在一个坟前,她旁边一个服装古怪的牧师(像我们的游方和尚)高声念着经咒,在晚色团聚时,在森森的墓门间,听着那异样的音调(语尾曼长向上曳作顿),你知道那怪调是念给墓中人听的,这一想毛发间就起了作用,仿佛底下的一大群全爬了上来在你的周围站着倾听似的。同时钟声响动,那边庵门开了,门前亮着一星的油灯,里面出来成行列的尼僧,向另一屋子走去,一体的黑衣黑兜,悄悄的在雪地里走去……

克鲁泡德金的坟在后园,只一块扁平的白石,指示这伟大灵魂遗蜕的歇处,看着颇觉凄惘,关门铃已经摇过,我们又得回红尘去了。

翡冷翠山居闲话

在这里出门散步去，上山或是下山，在一个晴好的五月的向晚，正像是去赴一个美的宴会，比如去一果子园，那边每株树上都是满挂着诗情最秀逸的果实，假如你单是站着看还不满意时，只要你一伸手就可以采取，可以恣尝鲜味，足够你性灵的迷醉。阳光正好暖和，决不过暖；风息是温驯的，而且往往因为他是从繁花的山林里吹度过来，他带来一股幽远的澹香，连着一息滋润的水气，摩挲着你的颜面，轻绕着你的肩腰，就这单纯的呼吸已是无穷的愉快；空气总是明净的，近谷内不生烟，远山上不起霭，那美秀风景的全部正像画片似的展露在你的眼前，供你闲暇的鉴赏。

作客山中的妙处，尤在你永不须踌躇你的服色与体态；你不妨摇曳着一头的蓬草，不妨纵容你满腮的苔藓；你爱穿什么就穿什么；扮一个牧童，扮一个渔翁，装一个农夫，装一个走江湖的桀卜闪，装一个猎户；你再不必提心整理你的领结，你尽可以不用领结，给你的颈根与胸膛一半日的自由，你可以拿一条这边艳色的长巾包在你的头上，学一个太平军的头目，或是拜伦那埃及装的姿态；但最要紧的是穿上你最旧的旧鞋，别管他模样不佳，他们是顶可爱的好友，他们承着你的体重却不叫你记起你还有一双脚在你的底下。

这样的玩顶好是不要约伴，我竟想严格的取缔，只许你独身；因为有了伴多少总得叫你分心，尤其是年轻的女伴，那是最危险最专制不过的旅伴，你应得躲避她像你躲避青草里一条美丽的花蛇！平常我们从自己家里走到朋友的家里，或是我们执事的地方，那无非是在同一个大牢里从一间狱室移到另一间狱室去，拘束永远跟着我们，自由永远寻不到我们；但在这春夏间美秀的山中或乡间你要是有机会独身闲逛时，那才是你福星高照的时候，那才是你实际领受，亲口尝味，自由与自在的时候，那才是你肉体与灵魂行动一致的时候；朋友们，我们多长一岁年纪往往只是加重我们头上的枷，加紧我们脚胫上的链，我们见小孩子在草里在沙堆里在浅水里打滚作乐，或是看见小猫追他自己的尾巴，何尝没有羡慕的时候，但我们的枷，我们的链永远是制定我们行动的上司！所以只有你单身奔赴大自然的怀抱时，像一个裸体的小孩扑入他母亲的怀抱时，你才知道灵魂的愉快是怎样的，单是活着的快乐是怎样的，单就呼吸单就走道单就张眼看耸耳听的幸福是怎样的。因此你得严格的为己，极端的自私，只许你，体魄与性灵，与自然同在一个脉搏里跳动，同在一个音波里起伏，同在一个神奇的宇宙里自得。我们浑朴的天真是像含羞草似的娇柔，一经同伴的抵触，他就卷了起来，但在澄静的日光下，和风中，他的姿态是自然的，他的生活是无阻碍的。

你一个人漫游的时候，你就会在青草里坐地仰卧，甚至有时打滚，因为草的和暖的颜色自然的唤起你童稚的活泼；在静僻的道上你就会不自主的狂舞，看着你自己的身影幻出种种诡异的变相，因为道旁树木的阴影在他们于〈纡〉徐的婆娑里暗示你舞蹈的快乐；你也会得信口的歌唱，偶尔记起断片的音调，与你自己随口的小曲，因为树林中的莺燕告诉你春光是应得赞美的；更不必说你的胸襟自然会跟着漫长的山径开拓，你的心地会看着澄蓝的天空静定，你的思想和着山壑间的水声，山罅里的泉响，有时一澄到底的清澈，有时激起成章的波动，流，流，流入凉爽的橄榄林中，流入妩媚的阿诺河去……

并且你不但不须应伴，每逢这样的游行，你也不必带书。书是理想的伴侣，但你应得带书，是在火车上，在你住处的客室里，不是在你独身漫步的时候。什么伟大的深沉的鼓舞的清明的优美的思想的根源不是可以在风籁中,云彩里,山势与地形的起伏里,花草的颜色与香息里寻得?自然是最伟大的一部书,葛德说,在他每一页的字句里我们读得最深奥的消息。并且这书上的文字是人人懂得的;阿尔帕斯与五老峰,雪西里与普陀山,莱茵河与扬子江,梨梦湖与西子湖,建兰与琼花,杭州西溪的芦雪与威尼市夕照的红潮,百灵与夜莺,更不提一般黄的黄麦,一般紫的紫藤,一般青的青草同在大地上生长,同在和风中波动——他们应用的符号是永远一致的,他们的意义是永远明显的,只要你自己性灵上不长疮瘢,眼不盲,耳不塞,这无形迹的最高等教育便永远是你的名分,这不取费的最珍贵的补剂便永远供你的受用;只要你认识了这一部书,你在这世界上寂寞时便不寂寞,穷困时不穷困,苦恼时有安慰,挫折时有鼓励,软弱时有督责,迷失时有南针。

十四年七月

巴黎的鳞爪

咳巴黎!到过巴黎的一定不会再希罕天堂;尝过巴黎的,老实说,连地狱都不想去了。整个的巴黎就像是一床野鸭绒的垫褥,衬得你通体舒泰,硬骨头都给薰酥了的——有时许太热一些。那也不碍事,只要你受得住。赞美是多余的,正如赞美天堂是多余的;咒诅也是多余的,正如咒诅地狱是多余的。巴黎,软绵绵的巴黎,只在你临别的时候轻轻地嘱咐一声:"别忘了,再来!"其实连这都是多余的,谁不想再去?谁忘得了?

香草在你的脚下,春风在你的脸上,微笑在你的周遭。不拘束你,不责备你,不督饬你,不窘你,不恼你,不揉你。它搂着你,可不缚住你:是一条温存的臂膀,不是根绳子。它不是不让你跑,但它那招逗的指尖却永远在你的记忆里晃着。多轻盈的步履,罗袜的丝光随时可以沾上你记忆的颜色!

但巴黎却不是单调的喜剧。赛因河的柔波里掩映着罗浮宫的倩影,它也收藏着不少失意人最后的呼吸。流着,温驯的水波;流着,缠绵的恩怨。咖啡馆:和着交颈的软语,开怀的笑响,有踞坐在屋隅里蓬头少年计较自毁的哀思。跳舞场:和着翻飞的乐调,迷醇的酒香,有独自支颐的少妇思量着往迹的怆心。浮动在上一层的许是光明,是欢畅,是快乐,是甜蜜,是和谐;但沉淀在底里阳光照不到的才是人事经验的本质：说重一点是悲哀，说轻一点是惆怅；谁不愿意永远在轻快的流波里漾着，可得留神了你往深处去时的发见！

　　一天一个从巴黎来的朋友找我闲谈，谈起了劲，茶也没喝，烟也没吸，一直从黄昏谈到天亮，才各自上床去躺了一歇，我一阖眼就回到了巴黎，方才朋友讲的情境惝恍的把我自己也缠了进去；这巴黎的梦真醇人，醇你的心，醇你的意志，醇你的四肢百体，那味儿除是亲尝过的谁能想象！——我醒过来时还是迷糊的忘了我在那儿，刚巧一个小朋友进房来站在我的床前笑吟吟喊我，"你做什么梦来了，朋友，为什么两眼潮潮的像哭似的？"我伸手一摸，果然眼里有水，不觉也失笑了——可是朝来的梦，一个诗人说的，同是这悲凉滋味，正不知这泪是为那一个梦流的呢！

　　下面写下的不成文章，不是小说，不是写实，也不是写梦，——在我写的人只当是随口曲，南边人说的"出门不认货"，随你们宽容的读者们怎样看罢。

　　出门人也不能太小心了，走道总得带些探险的意味。生活的趣味大半就在不预期的发见，要是所有的明天全是今天刻板的化身，那我们活什么来了？正如小孩子上山就得采花，到海边就得检贝壳，书呆子进图书馆想捞新智慧——出门人到了巴黎就想……

　　你的批评也不能过分严正不是？少年老成——什么话！老成是老年人的特权，也是他们的本分；说来也不是他们甘愿，他们是到了年纪不得不。少年人如何能老成？老成了才是怪哪！

　　放宽一点说，人生只是个机缘巧合；别瞧日常生活河水似的流得平顺，它那里面多的是潜流，多的是漩涡——轮着的时候谁躲得了给卷了进去？那就是你发愁的时候，是你登仙的时候，是你辨着酸的时候，是你尝着甜的时候。

　　巴黎也不定比别的地方怎样不同：不同就在那边生活流波里的潜流更猛，漩涡更急，因此你叫给卷进去的机会也就更多。

　　我赶快得声明我是没有叫巴黎的漩涡给淹了去——虽则也就够

险。多半的时候我只是站在赛因河岸边看热闹,下水去的时候也不能说没有,但至多也不过在靠岸清浅处溜着,从没敢往深处跑——这来漩涡的纹螺,势道,力量,可比远在岸上时认清楚多了。

一、九小时的萍水缘

我忘不了她。她是在人生的急流里转着的一张萍叶,我见着了它,掬在手里把玩了一响,依旧交还给它的命运,任它飘流去——它以前的飘泊我不曾见来,它以后的飘泊,我也见不着,但就这曾经相识匆匆的恩缘——实际上我与她相处不过九小时——已在我的心泥上印下踪迹,我如何能忘,在忆起时如何能不感须臾的惆怅?

那天我坐在那热闹的饭店里瞥眼看着她,她独坐在灯光最暗漆的屋角里,这屋内那一个男子不带媚态,那一个女子的胭脂口上不沾笑容,就只她:穿一身淡素衣裳,戴一顶宽边的黑帽,在鬈密的睫毛上隐隐闪亮着深思的目光——我几乎疑心她是修道院的女僧偶尔到红尘里随喜来了。我不能不接着注意她,她的别样的支颐的倦态,她的曼长的手指,她的落寞的神情,有意无意间的叹息,在在都激发我的好奇——虽则我那时左边已经坐下了一个瘦的,右边来了肥的,四条光滑的手臂不住的在我面前晃着酒杯。但更使我奇异的是她不等跳舞开始就匆匆的出去了,好像害怕或是厌恶似的。第一晚这样,第二晚又是这样:独自默默的坐着,到时候又匆匆的离去。到了第三晚她再来的时候我再也忍不住不想法接近她。第一次得着的回音,虽则是"多谢好意,我再不愿交友"的一个拒绝,只是加深了我的同情好奇。我再不能放过她。巴黎的好处就在处处近人情;爱慕的自由是永远容许的。你见谁爱慕谁想接近谁,决不是犯罪,除非你在经程中泄漏了你的粗气暴气,陋相或是贫相,那不是文明的巴黎人所能容忍的。只要你"识相",上海人说的,什么可能的机会你都可以利用。对方人理你不理你,当然又是一回事;但只要你的步骤对,文明的巴黎人决不让你难堪。

我不能放过她。第二次我大胆写了个字条付中国人——店主人——交去。我心里直怔怔的怕讨没趣。可是回话来了——她就走了,你跟着去吧。

她果然在饭店门口等着我。

你为什么一定要找我说话,先生,像我这再不愿意有朋友的人?

她张着大眼看我,口唇微微的颤着。

我的冒昧是不望恕的,但是我看了你忧郁的神情我足足难受了三天,也不知怎的我就想接近你,和你谈一次话,如其你许我,那就是我的想望,再没有别的意思。

真的她那眼内绽出了泪来,我话还没说完。

想不到我的心事又叫一个异邦人看透了……她声音都哑了。

我们在路灯的灯光下默默的互注了一晌,并着肩沿马路走去,走不到多远她说不能走,我就问了她的允许雇车坐下,直望波龙尼大林园清凉的暑夜里兜去。

原来如此,难怪你听了跳舞的音乐像是厌恶似的,但既然不愿意何以每晚还去?

那是我的感情作用;我有些舍不得不去,我在巴黎一天,那是我最初遇见——他的地方,但那时候的我……可是你真的同情我的际遇吗,先生?我快有两个月不开口了,不瞒你说,今晚见了你我再也不能制止,我爽性说给你我的生平的始末吧,只要你不嫌。我们还是回那饭庄去罢。

你不是厌烦跳舞的音乐吗?

她初次笑了。多齐整洁白的牙齿,在道上的幽光里亮着!有了你我的生气就回复了不少,我还怕什么音乐?

我们俩重进饭庄去选一个基角坐下,喝完了两瓶香槟,从十一时舞影最凌乱时谈起,直到早三时客人散尽侍役打扫屋子时才起身走,我在她的可怜身世的演述中遗忘了一切,当前的歌舞再不能分我丝毫的注意。

下面是她的自述。

我是在巴黎生长的。我从小就爱读《天方夜谭》的故事,以及当代描写东方的文学;啊,东方,我的童真的梦魂那一刻不在它的玫瑰园中留恋?十四岁那年我的姊姊带我上北京去住,她在那边开一个时式的帽铺，有一天我看见一个小身材的中国人来买帽子，我就觉着奇怪，一来他长得异样的清秀，二来他为什么要来买那样时式的女帽；到了下午一个女太太拿了方才买去的帽子来换了，我姊姊就问她那中国人是谁，她说是她的丈夫，说开了头她就讲她当初怎样为爱他触怒了自己的父母，结果断绝了家庭和他结婚，但她一点也不追悔，因为她的中国丈夫待她怎样好法，她不信西方人会得像他那样体贴，那样温存。我再也忘不了她说话时满心怡悦的笑容。从此我仰慕东方的私衷又添深了一层颜色。

我再回巴黎的时候已经长成了，我父亲是最宠爱我的，我要什么他就给我什么。我那时就爱跳舞，啊，那些迷醉轻易的时光，巴黎那一处舞场上不见我的舞影。我的妙龄，我的颜色，我的体态，我的聪慧，尤其是我那媚人的大眼——啊，如今你见的只是悲惨的余生再不留当时的丰韵——制定了我初期的堕落。我说堕落不是？是的，堕落，人生那处不是堕落，这社会那里容得一个有姿色的女人保全她的清洁？我正快走入险路的时候，我那慈爱的老父早已看出我的倾向，私下安排了一个机会，叫我与一个有爵位的英国人接近。一个十七岁的女子那有什么主意，在两个月内我就做了新娘。

说起那四年结婚的生活，我也不应得过分的抱怨，但我们欧洲的势利的社会实在是树心里生了蠹，我怕再没有回复健康的希望。我到伦敦去做贵妇人时我还是个天真的孩子，那有什么机心，那懂得虚伪的卑鄙的人间的底里，我又是个外国人，到处遭受嫉忌与批评。还有我那叫名的丈夫。他娶我究竟为什么动机我始终不明白，许贪我年轻贪我貌美带回家去广告他自己的手段，因为真的我不曾感着他一息的真情；新婚不到几时他就对我冷淡了，其实他就没有热心，碰巧我是个傻孩子，一天不听着一半句软语，不受些温柔的怜惜，到晚上我就不自制的悲伤。他有的是钱，有的是趋奉谄媚，成天在外打猎作乐，我愁了不来慰我，我病了不来问我，连着三年抑郁的生涯完全消灭了我原来活泼快乐的天机，到第四年实在耽不住了，我与他吵一场回巴黎再见我父亲的时候，他几乎不认识我了。我自此就永别了我的英国丈夫。因为虽则实际的离婚手续在他方面到前年方始办理，他从我走了后也就不再来顾问我——这算是欧洲人夫妻的情分!

我从伦敦回到巴黎,就比久困的雀儿重复飞回了林中,眼内又有了笑,脸上又添了春色,不但身体好多,就连童年时的种种想望又在我心头活了回来。三四年结婚的经验更叫我厌恶西欧,更叫我神往东方。东方,啊,浪漫的多情的东方!我心里常常的怀念着。有一晚,那一个运定的晚上,我就在这屋子内见着了他,与今晚一样的歌声,一样的舞影,想起还不就是昨天,多飞快的光阴,就可怜我一个单薄的女子,无端叫运神摆布,在情网里颠连,在经验的苦海里沉沦,朋友,我自分是已经埋葬了的活人,你何苦又来逼着我把往事掘起,我的话是简短的,但我身受的苦恼,朋友,你信我,是不可量的;你望我的眼里看,凭着你的同情你可以在刹那间领会我灵魂的真际!

他是菲利滨人,也不知怎的我初次见面就迷了他。他肤色是深黄的,但他的性情是不可信的温柔;他身材是短的,但他的私语有多叫人魂销的魔力?啊,我到如今还不能怨他;我爱他太深,我爱他太真,我如何能一刻忘他,虽则他到后来也是一样的薄情,一样的冷酷。你不倦么,朋友,等我讲给你听?

我自从认识了他我便倾注给他我满怀的柔情,我想他,那负心的他,也够他的享受,那三个月神仙似的生活!我们差不多每晚在此聚会的。密谈是他与我,欢舞是他与我,人间再有更甜美的经验吗?朋友你知道痴心人赤心爱恋的疯狂吗?因为不仅满足了我私心的想望,我十多年梦魂缭绕的东方理想的实现。有他我什么都有了,此外我更有什么沾恋?因此等到我家里为这事情与我开始交涉的时候,我更不踌躇的与我生身的父母根本决绝。我此时又想起了我垂髫时在北京见着的那个嫁中国人的女子,她与我一样也为了痴情牺牲一切,我只希冀她这时还能保持着她那纯爱的生活,不比我这失运人成天在幻灭的辛辣中回味。

我爱定了他。他是在巴黎求学的,不是贵族,也不是富人,那更使我放心,因为我早年的经验使我迷信真爱情是穷人才能供给的。谁知他骗了我——他家里也是有钱的,那时我在热恋中抛弃了家,牺牲了名誉,跟了这黄脸人离却巴黎,辞别欧洲,经过一个月的海程,我就到了我理想的灿烂的东方。啊,我那时的希望与快乐!但才出了红海,他就上了心事,经我再三的逼他才告诉他家里的实情,他父亲是菲利滨最有钱的土著,性情是极严厉的,他怕轻易不能收受我进他们的家庭。我真不愿意把此后可怜的身世烦你的听,朋友,但那才是我痴心人的结果,你耐心听着吧!

东方,东方才是我的烦恼!我这回投进了一个更陌生的社会,呼吸更沉闷的空气;他们自己中间也许有他们温软的人情,但轮着我的却一样还只是猜忌与讥刻,更不容情的刺袭我的孤独的性灵。果然他的家庭不容我进门,把我看作一个"巴黎淌来的可疑的妇人"。我为爱他也不知忍受了多少不可忍的侮辱,吞了多少悲泪,但我自慰的是他对我不变的恩情。因为在初到的一时他还是不时来慰我——我独自赁屋住着。但慢慢的也不知是人言浸润还是他原来爱我不深,他竟然表示割绝我的意思。朋友,试想我这孤身女子牺牲了一切为的还不是他的爱,如今连他都离了我,那我更有什么生机?我怎的始终不曾自毁,我至今还不信,因为我那时真的是没路走了。我又没有钱,他狠心丢了我,我如何能再去缠他,这也许是我们白种人的倔强,我不久便揩干了眼泪,出门去自寻活路。我在一个菲美合种人的家里寻得了一个保姆的职务;天幸我生性是耐烦领小孩的——我在伦敦的日子没孩子管我就养猫弄狗——救活我的是那三五个活灵的孩子,黑头发短手指的乖乖。在那炎热的岛上我是过了两年没颜色的生活,得了一次凶险的热病,从此我面上再不存青年期的光彩。我的心境正稍稍回复平衡的时候两件不幸的事情又临着了我:一件是我那他与另一女子的结婚,这消息使我昏厥了过去;一件是被我弃绝的慈父也不知怎的问得了我的踪迹来电说他老病快死要我回去。啊,天罚我!等我赶回巴黎的时候正好赶着与老人诀别,忏悔我先前的造孽!

从此我在人间还有什么意趣?我只是个实体的鬼影,活动的尸体;我的心也早就死了,再也起不了波澜;在初次失望的时候我想象中还有个辽远的东方,但如今东方只在我的心上留下一个鲜明的新伤,我更有什么希冀，更有什么心情？但我每晚还是不自主的到这饭店里来小坐，正如死去的鬼魂忘不了他的老家！我这一生的经验本不想再向人前吐露的，谁知又碰着了你，苦苦的追着我，逼我再一度撩拨死尽的火灰，这来你够明白了，为什么我老是这落寞的神情，我猜你也是过路的客人，我深深自幸又接近一次人情的温慰，但我不敢希望什么，我的心是死定了的，时候也不早了，你看方才舞影凌乱的地板上现在只剩一片冷淡的灯光，侍役们已经收拾干净，我们也该走了，再会吧，多情的朋友！

二、"先生，你见过艳丽的肉没有？"

我在巴黎时常去看一个朋友，他是一个画家，住在一条老闻着鱼腥的小街底头一所老屋子的顶上一个 A 字式的尖阁里，光线暗惨得怕人，白天就靠两块日光胰子大小的玻璃窗给装装幌，反正住的人不嫌就得，他是照例不过正午不起身，不近天亮不上床的一位先生，下午他也不居家，起码总得上灯的时候他才脱下了他的外褂露出两条破烂的臂膀埋身在他那艳丽的垃圾窝里开始他的工作。

艳丽的垃圾窝——它本身就是一幅妙画！我说给你听听。贴墙有精窄的一条上面盖着黑毛毡的算是他的床，在这上面就准你规规矩矩的躺着，不说起坐一定扎脑袋，就连翻身也不免冒犯斜着下来永远不退让的屋顶先生的身份！承着顶尖全屋子顶宽舒的部分放着他的书桌——我捏着一把汗叫它书桌，其实还用提吗，上边什么法宝都有，画册子，稿本，黑炭，颜色盘子，烂袜子，领结，软领子，热水瓶子压瘪了的，烧干了的酒精灯，电筒，各色的药瓶，彩油瓶，脏手绢，断头的笔杆，没有盖的黑水瓶子，一柄手枪，那是瞒不过我花七法郎在密歇耳大街路旁旧货摊上换来的，照相镜子，小手镜，断齿的梳子，蜜膏，晚上喝不完的咖啡杯，详梦的小书，还有——还有可疑的小纸盒儿，凡士林一类的油膏……一只破木板箱一类漆着名字上面蒙着一块灰色布的是他的梳妆台兼书架，一个洋瓷面盆半盆的胰子水似乎都叫一部旧版的卢骚集子给饕了去，一顶便帽套在洋瓷长堤壶的耳柄上，从袋底里倒出来的小铜钱错落的散着像是土耳其人的符咒，几只稀小的烂苹果围着一条破香蕉像是一群大学教授们围着一个教育次长索薪……

壁上看得更斑斓了：这是我顶得意的一张庞那的底稿当废纸买来的，这是我临蒙内的裸体，不十分行，我来撩起灯罩你可以看清楚一点，草色太浓了，那膝部画坏了。这一小幅更名贵，你认是谁，罗丹的！那是我前年最大的运气，也算是错来的，老巴黎就是这点子便宜，挨了半年八个月的饿不要紧，只要有机会捞着真东西，这还不值得！那边一张挤在两幅油画缝里的，你见了没有，也是有来历的，那是我前年趁马克倒霉路过佛兰克福德时夹手抢来的，是真的孟察尔都难说，就差糊了一点，现在你给三千佛郎我都不卖，加倍再加倍都值，你信不信？再看那一长条……在他那手指东点西的卖弄他的家珍的时候，你竟会忘了你站着的地方是不够六尺阔的一间阁楼，倒像跨在你头顶那两片斜着下来的屋顶也顺着他那艺术谈法术似的隐了去，露出一个爽恺的高天，壁上的疙瘩，壁蟢窠，霉块，钉疤，全化成了哥罗画帧中"飘摇欲化烟"的最美丽林树与轻快的流涧；桌上的破领带及手绢烂香蕉臭袜子等等也全变形成戴大阔边稻草帽的牧童们，偎着树打盹的，牵着牛在洞里喝水的，手反衬着脑袋放平在青草地上瞪眼看天的，斜眼溜着那边走进来的娘们手按着音腔吹横笛的——可不是那边来了一群娘们，全是年岁轻轻的，露着胸膛，散着头发，还有光着白腿的在青草地上跳着来了？……嗐！小心扎脑袋，这屋子真扁纽，你出什么神来了？想着你的 Bel Ami 对不对？你到巴黎快半个月，该早有落儿了，这年头收成真容易——呒，太容易了！谁说巴黎不是理想的地狱？你吸烟斗吗？这儿有自来火。对不起，屋子里除了床，就是那张弹簧早经追悼过了的沙发，你坐坐吧，给你一个垫子，这是全屋子顶温柔的一样东西。

不错，那沙发，这阁楼上要没有那张沙发，主人的风格就落了一个极重要的元素。说它肚子里的弹簧完全没了劲，在主人说是太谦，在我说是简直污蔑了它。因为分明有一部分内簧是不曾死透的，那在正中间，看来倒像是一座分水岭，左右都是往下倾的，我初坐下时不提防它还有弹力，倒叫我骇了一下；靠手的套布可真是全霉了，露着黑黑黄黄不知是什么货色,活像主人衬衫的袖子。我正落了座,他咬了咬嘴唇翻一翻眼珠微微的笑了。笑什么了你?我笑——你坐上沙发那样儿叫我想起爱菱。爱菱是谁?她呀——她是我第一个模特儿。模特儿?你的?你的破房子还有模特儿,你这穷鬼花得起……别急,究竟是中国初来的,听了模特儿就这样的起劲,看你那脖子都上了红印了!本来不算事,当然,可是我说像你这样的破鸡棚……破鸡棚便怎么样,耶稣生在马号里的,安琪儿们都在马矢里跪着礼拜哪!别忙,好朋友,我讲你听。如其巴黎人有一个好处,他就是不势利!中国人顶糟了,这一点;穷人有穷人的势利,阔人有阔人的势利,半不阑珊的有半不阑珊的势利——那才是半开化,才是野蛮!你看像我这样子,头发像刺猬,八九天不刮的破胡子,半年不收拾的脏衣服,鞋带扣不上的皮鞋——要在中国,谁不叫我外国叫花子,那配进北京饭店一类的势利场;可是在巴黎,我就这样儿随便问那一个衣服顶漂亮脖子搽得顶香的娘们跳舞,十回就有九回成,你信不信?至于模特儿,那更不成话,那有在巴黎学美术的,不论多穷,一年里不换十来个眼珠亮亮的来坐样儿?屋子破更算什么?波希民的生活就是这样,按你说模特儿就不该坐坏沙发,你得准备杏黄贡缎绣丹凤朝阳做垫的太师椅请她坐你才安心对不对?再说……

别再说了!算我少见世面,算我是乡下老戆,得了;可是说起模特儿,我倒有点好奇,你何妨讲些经验给我长长见识?有真好的没有?我们在美术院里见着的什么维纳丝得米罗,维纳丝梅第妻,还有铁青的,鲁班师的,鲍第千里的,丁稻来笃的,箕奥其安内的裸体实在是太美,太理想,太不可能,太不可思议;反面说,新派的比如雪尼约克的,玛提斯的,塞尚的,高耿的,弗朗刺马克的,又是太丑,太损,太不像人,一样的太不可能,太不可思议。人体美,究竟怎么一回事,我们不幸生长在中国女人衣服一直穿到下巴底下腰身与后部看不出多大分别的世界里,实在是太蒙昧无知,太不开眼。可是再说呢,东方人也许根本就不该叫人开眼的,你看过约翰巴里士那本沙扬娜拉没有,他那一段形容一个日本裸体舞女——就是一张脸子粉搽得像棺材里爬起来的颜色,此外耳朵以后下巴以下就比如一节蒸不透的珍珠米!——看了真叫人恶心。你们学美术的才有第一手的经验,我倒是……

你倒是真有点羡慕,对不对?不怪你,人总是人。不瞒你说,我学画画原来的动机也就是这点子对人体秘密的好奇。你说我穷相,不错,我真是穷,饭都吃不出,衣都穿不全,可是模特儿——我怎么也省不了。这对人体美的欣赏在我已经成了一种生理的要求,必要的奢侈,不可摆脱的嗜好;我宁可少吃俭穿,省下几个法郎来多雇几个模特儿。你简直可以说我是着了迷,成了病,发了疯,爱说什么就什么,我都承认——我就不能一天没有一个精光的女人躺在我的面前供养,安慰,喂饱我的"眼淫"。当初罗丹我猜也一定与我一样的狼狈,据说他那房子里老是有剥光了的女人,也不为坐样儿,单看她们日常生活"实际的"多变化的姿态——他是一个牧羊人,成天看着一群剥了毛皮的驯羊!鲁班师那位穷凶极恶的大手笔,说是常难为他太太做模特儿,结果因为他成天不断的画他太太竟许连穿裤子的空儿都难得有!但如果这话是真的鲁班师还是太傻,难怪他那画里的女人都是这剥白猪似的单调,少变化;美的分配在人体上是极神秘的一个现象,我不信有理想的全才,不论男女我想几乎是不可能的;上帝拿着一把颜色望地面上撒,玫瑰,罗兰,石榴,玉簪,剪秋罗,各样都沾到了一种或几种的彩泽,但决没有一种花包涵所有可能的色调的,那如其有,按理论讲,岂不是又得回复了没颜色的本相?人体美也是这样的,有的美在胸部,有的腰部,有的下部,有的头发,有的手,有的脚踝,那不可理解的骨格,筋肉,肌理的会合,形成各各不同的线条,色调的变化,皮面的涨度,毛管的分配,天然的姿态,不可制止的表情——也得你不怕麻烦细心体会发见去,上帝没有这样便宜你的事情,他决不给你一个具体的绝对美,如果有我们所有艺术的努力就没了意义;巧妙就在你明知这山里有金子,可是在那一点你得自己下工夫去找。啊!说起这艺术家审美的本能,我真要闭着眼感谢上帝——要不是它,岂不是所有人体的美,说窄一点,都变了古长安道上历代帝王的墓窟,全叫一层或几层薄薄的衣服给埋没了!回头我给你看我那张破床底下有一本宝贝,我这十年血汗辛苦的成绩——千把张的人体临摹,而且十分之九是在这间破鸡棚里钩下的,别看低我这张弹簧早经追悼了的沙发,这上面落座过至少一二百个当得起美字的女人!别提专门做模特儿的,巴黎那一个不知道俺家黄脸什么,那不算希奇,我自负的是我独到的发见:一半因为看多了缘故,女人肉的引诱在我差不多完全消灭在美的欣赏里面,结果在我这双"淫眼"看来,一丝不挂的女人就同紫霞宫里翻出来的尸首穿得重重密密的摇不动我的性欲,反面说当真穿着得极整齐的女人,不论她在人堆里站着,在路上走着,只要我的眼到,她的衣服的障碍就无形的消灭,正如老练的矿师一瞥就认出矿苗,我这美术本能也是一瞥就认出"美苗",一百次里错不了一次:每回发见了可能的时候,我就非想法找到她剥光了她叫我看个满意不成,上帝保佑这文明的巴黎,我失望的时候真难得有!我记得有一次在戏院子看着了一个贵妇人,实在没法想(我当然试来)我那难受就不用提了,比发疟疾还难受——她那特长分明是在小腹与……

够了够了!我倒叫你说得心痒痒的。人体美!这门学问,这门福气,我们不幸生长在东方谁有机会研究享受过来?可是我既然到了巴黎,又幸气碰着你,我倒真想叨你的光开开我的眼,你得替我想法,要找在你这宏富的经验中比较最贴近理想的一个看看……

你又错了!什么,你意思花就许巴黎的花香,人体就许巴黎的美吗?太灭自己的威风了!别信那巴理士什么沙扬娜拉的胡说;听我说,正如东方的玫瑰不比西方的玫瑰差什么香味,东方的人体在得到相当的栽培以后,也同样不能比西方的人体差什么美——除了天然的限度,比如骨格的大小,皮肤的色彩。同时顶要紧的当然要你自己性灵里有审美的活动,你得有眼睛,要不然这宇宙不论它本身多美多神奇在你还是白来的。我在巴黎苦过这十年,就为前途有一个宏愿:我要张大了我这经过训练的"淫眼"到东方去发见人体美——谁说我没有大文章做出来?至于你要借我的光开开眼,那是最容易不过的事情,可是我想想——可惜了!有个马达姆朗洒,原先在巴黎大学当物理讲师的,你看了准忘不了,现在可不在了,到伦敦去了;还有一个马达姆薛托漾,她是远在南边乡下开面包铺子的,她就够打倒你所有的丁稻来笃,所有的铁青,所有的箕奥其安内——尤其是给你这未入流看,长得太美了,她通体就看不出一根骨头的影子,全叫匀匀的肉给隐住的,圆的,润的,有一致节奏的,那妙是一百个哥蒂蔼也形容不全的,尤其是她那腰以下的结构,真是奇迹!你从意大利来该见过西龙尼维纳丝的残像,就那也只能仿佛,你不知道那活的气息的神奇,什么大艺术天才都没法移植到画布上或是石塑上去的(因此我常常自己心理辩论究竟是艺术高出自然还是自然高出艺术,我怕上帝僭先的机会毕竟比凡人多些);不提别的单就她站在那里你看,从小腹接桎上股那两条交荟的弧线起直往下贯到脚着地处止,那肉的浪纹就比是——实在是无可比——你梦里听着的音乐:不可信的轻柔,不可信的匀净,不可信的韵味——说粗一点,那两股相并处的一条线直贯到底,不漏一屑的破绽,你想通过一根发丝或是吹度一丝风息都是绝对不可能的——但同时又决不是肥肉的黏着,那就呆了。真是梦!唉,就可惜多美一个天才偏叫一个身高六尺三寸长红胡子的面包师给糟蹋了;真的这世上的因缘说来真怪,我很少看见美妇人不嫁给猴子类牛类河马类的丑男人!但这是支话。眼前我招得到的,够资格的也就不少——有了,方才你坐上这沙发的时候叫我想起了爱菱,也许你与她有缘分,我就为你招她去吧,我想应该可以容易招到的。可是上那儿呢?这屋子终究不是欣赏美妇人的理想背景,第一不够开展,第二光线不够——至少为外行人像你一类着想……我有了一个顶好的主意,你远来客,也该独出心裁招待你一次,好在爱菱与我特别的熟,我要她怎么她就怎么;暂且约定后天吧,你上午十二点到我这里来,我们一同到芳丹薄罗的大森林里去,那是我常游的地方,尤其是阿房奇石相近一带,那边有的是天然的地毯,这时是自然最妖艳的日子,草青得滴得出翠来,树绿得涨得出油来,松鼠满地满树都是,也不很怕人,顶好玩的,我们决计到那一带去秘密野餐吧——至于"开眼"的话,我包你一个百二十分的满足,将来一定是你从欧洲带回家最不易磨灭的一个印象!一切有我布置去,你要是愿意贡献的话,也不用别的,就要你多买大杨梅,再带一瓶橘子酒,一瓶绿酒,我们享半天闲福去。现在我讲得也累了,我得躺一会儿,我拿我床底下那本秘本给你先揣摹揣摹……

隔一天我们从芳丹薄罗林子里回巴黎的时候,我仿佛刚做了一个最荒唐,最艳丽,最秘密的梦。

十四年十二月二十一日

我所知道的康桥

一

我这一生的周折,大都寻得出感情的线索。不论别的,单说求学。我到英国是为要从罗素。罗素来中国时,我已经在美国。他那不确的死耗传到的时候,我真的出眼泪不够,还做悼诗来了。他没有死,我自然高兴。我摆脱了哥伦比亚大博士衔的引诱,买船票过大西洋,想跟这位二十世纪的福禄泰尔认真念一点书去。谁知一到英国才知道事情变样了:一为他在战时主张和平,二为他离婚,罗素叫康桥给除名了,他原来是 Trinity College① 的 fellow②,这来他的 fellowship③ 也给取消了。他回英国后就在伦敦住下,夫妻两人卖文章过日子。因此我也不曾遂我从学的始愿。我在伦敦政治经济学院里混了半年,正感着闷想换路走的时候,我认识了狄更生先生。狄更生——Galsworthy Lowes Dickinson④——是一个有名的作者,他的《一个中

---

① Trinity College:三清学院。
② fellow:研究员。
③ fellowship:研究员资格。
④ Galsworthy Lowes Dickinson:徐志摩在英国的朋友,剑桥大学教授,著有《一个中国人通信》、《一个现代聚餐谈话》等。

国人通信》(Letters From John Chinaman) 与《一个现代聚餐谈话》(A Modern Symposium) 两本小册子早得了我的景仰。我第一次会着他是在伦敦国际联盟协会席上,那天林宗孟先生演说,他做主席;第二次是宗孟寓里吃茶,有他。以后我常到他家里去。他看出我的烦闷,劝我到康桥去,他自己是王家学院（Kings College）的 fellow。我就写信去问两个学院,回信都说学额早满了,随后还是狄更生先生替我去在他的学院里说好了,给我一个特别生的资格,随意选科听讲。从此黑方巾黑披袍的风光也被我占着了。初起我在离康桥六英里的乡下叫沙士顿地方租了几间小屋住下,同居的有我从前的夫人张幼仪女士与郭虞裳君。每天一早我坐街车（有时自行车）上学,到晚回家。这样的生活过了一个春,但我在康桥还只是个陌生人,谁都不认识,康桥的生活,可以说完全不曾尝着,我知道的只是一个图书馆,几个课室,和三两个吃便宜饭的菜食铺子。狄更生常在伦敦或是大陆上,所以也不常见他。那年的秋季我一个人回到康桥,整整有一学年,那时我才有机会接近真正的康桥生活,同时我也慢慢的"发现"了康桥。我不曾知道过更大的愉快。

二

"单独"是一个耐寻味的现象。我有时想它是任何发现的第一个条件。你要发现你的朋友的"真",你得有与他单独的机会。你要发现你自己的真,你得给你自己一个单独的机会。你要发现一个地方（地方一样有灵性）,你也得有单独玩的机会。我们这一辈子,认真说,能认识几个人?能认识几个地方?我们都是太匆忙,太没有单独的机会。说实话,我连我的本乡都没有什么了解。康桥我要算是有相当交情的,再次许只有新认识的翡冷翠了。啊,那些清晨,那些黄昏,我一个人发痴似的在康桥!绝对的单独。

但一个人要写他最心爱的对象,不论是人是地,是多么使他为难的一个工作?你怕,你怕描坏了它,你怕说过分了恼了它,你怕说太谨慎了辜负了它。我现在想写康桥,也正是这样的心理,我不曾写,我就知道这回是写不好的——况且又是临时逼出来的事情。但我却不能不写,上期预告已经出去了。我想勉强分两节写,一是我所知道的康桥的天然景色,一是我所知道的康桥的学生生活。我今晚只能极简的写些,等以后有兴会时再补。

三

康桥的灵性全在一条河上;康河,我敢说,是全世界最秀丽的一条水。河的名字是葛兰大(Granta),也有叫康河(River Cam)的,许有上下流的区别,我不甚清楚。河身多的是曲折,上游是有名的拜伦潭——"Byron's Pool"——当年拜伦常在那里玩的;有一个老村子叫格兰骞斯德,有一个果子园,你可以躺在累累的桃李树阴下吃茶,花果会掉入你的茶杯,小雀子会到你桌上来啄食,那真是别有一番天地。这是上游;下游是从骞斯德顿下去,河面展开,那是春夏间竞舟的场所。上下河分界处有一个坝筑,水流急得很,在星光下听水声,听近村晚钟声,听河畔倦牛刍草声,是我康桥经验中最神秘的一种:大自然的优美、宁静,调谐在这星光与波光的默契中不期然的淹入了你的性灵。

但康河的精华是在它的中流,著名的"Backs"①,这两岸是几个最蜚声的学院的建筑。从上面下来是 Pembroke②, St. Katharine's③, King's④, Clare⑤, Trinity, St. John's⑥。最令人留连的一节是克莱亚与王家学院的毗连处,克莱亚的秀丽紧邻着王家教堂(King's Chapel)的宏伟。别的地方尽有更美更庄严的建筑,例如巴黎赛因河的罗浮宫一带,威尼斯的利阿尔多大桥的两岸,翡冷翠维基乌大桥的周遭;但康桥的"Backs"自有它的特长,这不容易用一二个状词来概括,它那脱尽尘埃气的一种清澈秀逸的意境可说是超出了画图而化生了音乐的

---

① Backs:英国剑桥大学的后花园,以景色优美著称。
② Pembroke:潘布鲁克学院。
③ St. Katharine's:圣凯瑟林学院。
④ King's:国王学院。
⑤ Clare:克莱尔(徐译克莱亚),即圣克莱尔学院。
⑥ St. John's:圣约翰学院。

神味。再没有比这一群建筑更调谐更匀称的了！论画，可比的许只有柯罗（Corot）的田野；论音乐，可比的许只有萧班（Chopin）的夜曲。就这也不能给你依稀的印象，它给你的美感简直是神灵性的一种。

假如你站在王家学院桥边的那棵大椈树阴下眺望，右侧面，隔着一大方浅草坪，是我们的校友居（Fellows Building），那年代并不早，但它的妩媚也是不可掩的，它那苍白的石壁上春夏间满缀着艳色的蔷薇在和风中摇颤，更移左是那教堂，森林似的尖阁不可浼的永远直指着天空；更左是克莱亚，啊！那不可信的玲珑的方庭，谁说这不是圣克莱亚（St. Clare）的化身，那一块石上不闪耀着她当年圣洁的精神？在克莱亚后背隐约可辨的是康桥最潢贵最骄纵的三清学院（Trinity），它那临河的图书楼上坐镇着拜伦神采惊人的雕像。

但这时你的注意早已叫克莱亚的三环洞桥魔术似的摄住。你见过西湖白堤上的西泠断桥不是（可怜它们早已叫代表近代丑恶精神的汽车公司给踩平了，现在它们跟着苍凉的雷峰永远辞别了人间）？你忘不了那桥上斑驳的苍苔，木栅的古色，与那桥拱下泄露的湖光与山色不是？克莱亚并没有那样体面的衬托，它也不比庐山栖贤寺旁的观音桥，上瞰五老的奇峰，下临深潭与飞瀑；它只是怯怜怜的一座三环洞的小桥，它那桥洞间也只掩映着细纹的波鳞与婆娑的树影，它那桥上栉比的小穿阑与阑节顶上双双的白石球，也只是村姑子头上不夸张的香草与野花一类的装饰；但你凝神的看着，更凝神的看着，你再反省你的心境，看还有一丝屑的俗念沾滞不？只要你审美的本能不曾泯灭时，这是你的机会实现纯粹美感的神奇！

但你还得选你赏鉴的时辰。英国的天时与气候是走极端的。冬天是荒谬的坏，逢着连绵的雾盲天你一定不迟疑的甘愿进地狱本身去试试；春天（英国是几乎没有夏天的）是更荒谬的可爱，尤其是它那四五月间最渐缓最艳丽的黄昏，那才真是寸寸黄金。在康河边上过一个黄昏是一服灵魂的补剂。啊！我那时蜜甜的单独，那时蜜甜的闲暇。一晚又一晚的，只见我出神似的倚在桥阑上向西天凝望——

> 看一回凝静的桥影,
> 数一数螺细的波纹:
> 我倚暖了石阑的青苔,
> 青苔凉透了我的心坎……

还有几句更笨重的怎能仿佛那游丝似轻妙的情景:

> 难忘七月的黄昏,远树凝寂,
> 像墨泼的山形,衬出轻柔暝色,
> 密稠稠,七分鹅黄,三分橘绿,
> 那妙意只可去秋梦边缘捕捉……

四

　　这河身的两岸都是四季常青最葱翠的草坪。从校友居的楼上望去,对岸草场上,不论早晚,永远有十数匹黄牛与白马,胫蹄没在恣蔓的草丛中,纵容的在咬嚼,星星的黄花在风中动荡,应和着它们尾鬃的扫拂。桥的两端有斜倚的垂柳与椈阴护住。水是澈底的清澄,深不足四尺,匀匀的长着长条的水草。这岸边的草坪又是我的爱宠,在清朝,在傍晚,我常去这天然的织锦上坐地,有时读书,有时看水,有时仰卧着看天空的行云,有时反仆着搂抱大地的温软。

　　但河上的风流还不止两岸的秀丽。你得买船去玩。船不止一种:有普通的双桨划船,有轻快的薄皮舟(Canoe),有最别致的长形撑篙船(Punt)。最末的一种是别处不常有的:约莫有二丈长,三尺宽,你站直在船梢上用长竿撑着走的。这撑是一种技术。我手脚太蠢,始终不曾学会。你初起手尝试时,容易把船身横住在河中,东颠西撞的狼狈。英国人是不轻易开口笑人的,但是小心他们不出声的皱眉! 也不知有多少次河中本来优闲的秩序叫我莽撞的外行给捣乱了。我真的始终不曾学会;每回我不服输跑去租船再试的时候,有一个白胡子的船家往往带讥讽的对我说:"先生,这撑船费劲,天热累人,还是拿个薄皮舟溜溜吧!"我那里肯听话,长篙子一点就把船撑了开去,结果还是把河身一段段的腰斩了去！

你站在桥上去看人家撑，那多不费劲，多美，尤其在礼拜天有几个专家的女郎，穿一身缟素衣服，裙裾在风前悠悠的飘着，戴一顶宽边的薄纱帽，帽影在水草间颤动，你看她们出桥洞时的姿态，捻起一根竟像没分量的长竿，只轻轻的，不经心的往波心里一点，身子微微的一蹲，这船身便波的转出了桥影，翠条鱼似的向前滑了去。她们那敏捷，那闲暇，那轻盈，真是值得歌咏的。

在初夏阳光渐暖时你去买一支小船，划去桥边阴下躺着念你的书或是做你的梦，槐花香在水面上飘浮，鱼群的唼喋声在你的耳边挑逗。或是在初秋的黄昏，近着新月的寒光，望上流僻静处远去。爱热闹的少年们携着他们的女友，在船沿上支着双双的东洋彩纸灯带着话匣子，船心里用软垫铺着，也开向无人迹处去享他们的野福——谁不爱听那水底翻的音乐在静定的河上描写梦意与春光！

住惯城市的人不易知道季候的变迁。看见叶子掉知道是秋，看见叶子绿知道是春；天冷了装炉子，天热了拆炉子；脱下棉袍，换上夹袍，脱下夹袍，穿上单袍；不过如此罢了。天上星斗的消息，地下泥土里的消息，空中风吹的消息，都不关我们的事。忙着哪，这样那样事情多着，谁耐烦管星星的移转，花草的消长，风云的变幻？同时我们抱怨我们的生活，苦痛，烦闷，拘束，枯燥，谁肯承认做人是快乐？谁不多少间咒诅人生？

但不满意的生活大都是由于自取的。我是一个生命的信仰者，我信生活决不是我们大多数人仅仅从自身经验推得的那样暗惨。我们的病根是在"忘本"。人是自然的产儿，就比枝头的花与鸟是自然的产儿；但我们不幸是文明人，入世深似一天，离自然远似一天。离开了泥土的花草，离开了水的鱼，能快活吗？能生存吗？从大自然，我们取得我们的生命；从大自然，我们应分取得我们继续的滋养。那一株婆娑的大木没有盘错的根柢深入在无尽藏的地里？我们是永远不能独立的。有幸福是永远不离母亲抚育的孩子，有健康是永远接近自然的人们。不必一定与鹿豕游，不必一定回"洞府"去；为医治我们当前生活的枯窘，只要"不完全遗忘自然"一张轻淡的药方我们的病象就有缓和的希望。在青草里打几个滚,到海水里洗几次浴,到高处去看几次朝霞与晚照——你肩背上的负担就会轻松了去的。

这是极肤浅的道理,当然。但我要没有过遇康桥的日子,我就不会有这样的自信。我这一辈子就只那一春,说也可怜,算是不曾虚度。就只那一春,我的生活是自然的,是真愉快的!(虽则碰巧那也是我最感受人生痛苦的时期。)我那时有的是闲暇,有的是自由,有的是绝对单独的机会。说也奇怪,竟像是第一次,我辨认了星月的光明,草的青,花的香,流水的殷勤。我能忘记那初春的睥睨吗?曾经有多少个清晨我独自冒着冷去薄霜铺地的林子里闲步——为听鸟语,为盼朝阳,为寻泥土里渐次苏醒的花草,为体会最微细最神妙的春信。啊,那是新来的画眉在那边凋不尽的青枝上试它的新声!啊,这是第一朵小雪球花挣出了半冻的地面!啊,这不是新来的潮润沾上了寂寞的柳条?

静极了,这朝来水溶溶的大道,只远处牛奶车的铃声,点缀这周遭的沉默。顺着这大道走去,走到尽头,再转入林子里的小径,往烟雾浓密处走去,头顶着交枝的榆阴,透露着漠楞楞的曙色;再往前走去,走尽这林子,当前是平坦的原野,望见了村舍,初青的麦田,更远三两个馒形的小山掩住了一条通道。天边是雾茫茫的,尖尖的黑影是近村的教寺。听,那晓钟和缓的清音。这一带是此邦中部的平原,地形像是海里的轻波,默沈沈的起伏;山岭是望不见的,有的是常青的草原与沃腴的田壤。登那土阜上望去,康桥只是一带茂林,拥戴着几处娉婷的尖阁。妩媚的康河也望不见踪迹,你只能循着那锦带似的林木想象那一流清浅。村舍与树林是这地盘上的棋子,有村舍处有佳荫,有佳荫处有村舍。这早起是看炊烟的时辰:朝雾渐渐的升起,揭开了这灰苍苍的天幕(最好是微霰后的光景),远近的炊烟,成丝的,成缕的,成卷的,轻快的,迟重的,浓灰的,淡青的,惨白的,在静定的朝气里渐渐的上腾,渐渐的不见,仿佛是朝来人们的祈祷,参差的翳入了天听。朝阳是难得见的,这初春的天气。但它来时是起早人莫大的愉快。顷刻间这田野添深了颜色,一层轻纱似的金粉掺上了这草,这树,这通道,这庄舍。顷刻间这周遭弥漫了清晨富丽的温柔。

顷刻间你的心怀也分润了白天诞生的光荣。"春"！这胜利的晴空仿佛在你的耳边私语。"春"！你那快活的灵魂也仿佛在那里回响。

……

伺候着河上的风光，这春来一天有一天的消息。关心石上的苔痕，关心败草里的花鲜，关心这水流的缓急，关心水草的滋长，关心天上的云霞，关心新来的鸟语。怯怜怜的小雪球是探春信的小使。铃兰与香草是欢喜的初声。窈窕的莲馨，玲珑的石水仙，爱热闹的克罗克斯，耐辛苦的蒲公英与雏菊——这时候春光已是缦烂在人间，更不须殷勤问讯。

瑰丽的春放。这是你野游的时期。可爱的路政，这里不比中国，那一处不是坦荡荡的大道？徒步是一个愉快，但骑自转车是一个更大的愉快。在康桥骑车是普遍的技术；妇人，稚子，老翁，一致享受这双轮舞的快乐。（在康桥听说自转车是不怕人偷的，就为人人都自己有车，没人要偷。）任你选一个方向，任你上一条通道，顺着这带草味的和风，放轮远去，保管你这半天的逍遥是你性灵的补剂。这道上有的是清荫与美草，随地都可以供你休憩。你如爱花，这里多的是锦绣似的草原。你如爱鸟，这里多的是巧啭的鸣禽。你如爱儿童，这乡间到处是可亲的稚子。你如爱人情，这里多的是不嫌远客的乡人，你到处可以"挂单"借宿，有酪浆与嫩薯供你饱餐，有夺目的果鲜恣你尝新。你如爱酒，这乡间每"望"都为你储有上好的新酿，黑啤如太浓，苹果酒姜酒都是供你解渴润肺的。……带一卷书，走十里路，选一块清静地，看天，听鸟，读书，倦了时，和身在草绵绵处寻梦去——你能想象更适情更适性的消遣吗？

陆放翁有一联诗句："传呼快马迎新月，却上轻舆趁晚凉"；这是做地方官的风流。我在康桥时虽没马骑，没轿子坐，却也有我的风流：我常常在夕阳西晒时骑了车迎着天边扁大的日头直追。日头是追不到的，我没有夸父的荒诞，但晚景的温存却被我这样偷尝了不少。有三两幅书画似的经验至今还是栩栩的留着。只说看夕阳，我们平常只知道登山或是临海，但实际只须辽阔的天际，平地上的晚霞有时也是一样的神奇。有一次我赶到一个地方，手把着一家村庄的篱笆，隔着一大田的麦浪，看西天的变幻。有一次是正冲着一条宽广的大道，过来一大群羊，放草归来的，偌大的太阳在它们后背放射着万缕的金辉，天上却是乌青青的，只剩这不可逼视的威光中的一条大路，一群生物！我心头顿时感着神异性的压迫，我真的跪下了，对着这冉冉渐翳的金光。再有一次是更不可忘的奇景，那是临着一大片望不到头的草原，满开着艳红的罂粟，在青草里亭亭的像是万盏的金灯，阳光从褐色云里斜着过来，幻成一种异样的紫色，透明似的不可逼视，刹那间在我迷眩了的视觉中，这草田变成了……不说也罢，说来你们也是不信的！

一别二年多了，康桥，谁知我这思乡的隐忧？也不想别的，我只要那晚钟撼动的黄昏，没遮拦的田野，独自斜倚在软草里，看第一个大星在天边出现！

十五年一月十五日

丑西湖

"欲把西湖比西子，浓妆淡抹总相宜"，我们太把西湖看理想化了。夏天要算是西湖浓妆的时候，堤上的杨柳绿成一片浓青。里湖一带的荷叶荷花也正当满艳，朝上的烟雾，向晚的晴霞，那样不是现成的诗料，但这西姑娘你爱不爱？我是不成，这回一见面我回头就逃！什么西湖这简直是一锅腥臊的热汤！西湖的水本来就浅，又不流通，近来满湖又全养了大鱼，有四五十斤的，把湖里袅婷婷的水草全给咬烂了。水浑不用说，还有那鱼腥味儿顶叫人难受。说起西湖养鱼，我听得有种种的说法，也不知那样是内情：有说养鱼甘脆是官家贸利，放着偌大一个鱼沼，养肥了鱼打了去卖不是顶现成的；有说养鱼是为预防水草长得太放肆了怕塞满了湖心；也有说这些大鱼都是大慈善家们为要延寿或是求子或是求财源茂盛特为从别地方买了来放生在湖里的，而且现在打鱼当官是不准的。不论怎么样，西湖确是变了鱼湖了。六月以来杭州据说一滴水都没有过，西湖当然水浅得像是个干血痨的美女，再加那腥味儿！今年南方的热，说来我们住惯北方的也不易信，白天热不说，通宵到天亮都不见放松，天天大太阳，夜夜满天星，节节高的一天暖似一天。杭州更比上海不堪，西湖那一洼浅水用不到几个钟头的晒就离滚沸不远什么，四面又是山，这热是来得去不得，一天不发大风打阵，这锅热汤，就永远不会凉。我那天到了晚上才雇了条船游湖，心想比岸上总可以凉快些。好，风不来还熬得，风一来可真难受极了，又热又带腥味儿，真叫你发眩作呕，我同船一个朋友当时就病了，我记得红海里两边的沙漠风都似乎较为可耐些！夜间十二点我们回家的时候都还是热虎虎的。还有湖里的蚊虫！简直是一群群的大水鸭子！你一坐定就活该。

这西湖是太难了，气味先就不堪。再说沿湖的去处，本来顶清澹宜人的一个地方是平湖秋月，那一方平台，几棵杨柳，几折回廊，在秋月清澈的凉夜去坐着看湖确是别有风味，更好在去的人绝少，你夜间去总可以独占，唤起看守的人来泡一碗清茶，冲一杯藕粉，和几个朋友闲谈着消磨他半夜，真是清福。我三年前一次去有琴友有笛师，躺平在杨树底下看揉碎的月光，听水面上翻响的幽乐，那逸趣真不易。西湖的俗化真是一日千里，我每回去总添一度伤心：雷峰也羞跑了，断桥拆成了汽车桥，哈得在湖心里造房子，某家大少爷的汽油船在三尺的柔波里兴风作浪，工厂的烟替代了出岫的霞，大世界以及什么舞台的锣鼓充当了湖上的啼莺，西湖，西湖，还有什么可留恋的！这回连平湖秋月也给糟蹋了，你信不信？"船家，我们到平湖秋月去，那边总还清静。""平湖秋月？先生，清静是不清静的，格歇开了酒馆，酒馆着实闹忙哩，你看，望得见的，穿白衣服的人多煞勒瞎，扇子搧得活血血的，还有唱唱的，十七八岁的姑娘，听听看——是无锡山歌哩，胡琴都蛮清爽的……"

那我们到楼外楼去吧。谁知楼外楼又是一个伤心！原来楼外楼那一楼一底的旧房子斜斜的对着湖心亭，几张揩抹得发白光的旧桌子，一两个上年纪的老堂倌，活络络的鱼虾，滑齐齐的莼菜，一壶远年，一碟盐水花生，我每回到西湖往往偷闲独自跑去领略这点子古色古香，靠在阑干上从堤边杨柳阴里望滟滟的湖光，晴有晴色，雨雪有雨雪的景致，要不然月上柳梢时意味更长，好在是不闹，晚上去也是独占的时候多，一边喝着热酒，一边与老堂倌随便讲讲湖上风光，鱼虾行市，也自有一种说不出的愉快。但这回连楼外楼都变了面目！地址不曾移动，但翻造了三层楼带屋顶的洋式门面，新漆亮光光的刺眼，在湖中就望见楼上电扇的疾转，客人闹盈盈的挤着，堂倌也换了，穿上西崽的长袍,原来那老朋友也看不见了,什么闲情逸趣都没了!我们没办法移一个桌子在楼下马路边吃了一点东西,果然连小菜都变了,真是可伤。泰谷尔来看了中国,发了很大的感慨。他说,"世界上再没有第二个民族像你们这样蓄意的制造丑恶的精神"。怪不得老头牢骚,他来时对中国是怎样的期望(也许是诗人的期望),他看到的又是怎样一个现实!狄更生先生有一篇绝妙的文章,是他游泰山以后的感想,他对照西方人的俗与我们的雅,他们的唯利主义与我们的闲暇精神。他说只有中国人才真懂得爱护自然,他们在山水间的点缀是没有一点辜负自然的;实际上他们处处想法子增添自然的美,他们不容许煞风景的事业。他们在山上造路是依着山势回环曲折,铺上本山的石子,就这山道就饶有趣味,他们宁可牺牲一点便利,不愿斫丧自然的和谐。所以他们造的是妩媚的石径;欧美人来时不开马路就来穿山的电梯。他们在原来的石块上刻上美秀的诗文,漆成古色的青绿,在苔藓间掩映生趣;反之在欧美的山石上只见雪茄烟与各种生意的广告。他们在山林丛密处透出一角寺院的红墙,西方人起的是几层楼嘈杂的旅馆。听人说中国人处处得效法欧西,我不知道应得自觉虚心做学徒的究竟是谁!

这是十五年前狄更生先生来中国时感想的一节。我不知道他现在要是回来看看西湖的成绩,他又有什么妙文来颂扬我们的美德!

说来西湖真是个爱伦内。论山水的秀丽,西湖在世界上真有位置。那山光,那水色,别有一种醉人处,叫人不能不生爱。但不幸杭州的人种(我也算是杭州人),也不知怎的,特别的来得俗气来得陋相。不读书人无味,读书人更可厌,单听那一口杭白,甲隔甲隔的,就够人心烦!看来杭州人话会说(杭州人真会说话!),事也会做,近年来就"事业"方面看,杭州的建设的确不少,例如西湖堤上的六条桥就全给拉平了替汽车公司帮忙;但不幸经营山水的风景是另一种事业,决不是开铺子,做官一类的事业,平常布置一个小小的园林,我们尚且说总得主人胸中有些丘壑,如今整个的西湖放在一班大老的手里,他们脑子里平常想些什么我不敢猜度,但就成绩看,他们的确是只图每年"我们杭州"商界收入的总数增加多少的一种头脑!开铺子的老班〔板〕们也许沾了光，但是可怜的西湖呢？分明天生俊俏的一个少女，生生的叫一群蠢汉去替她涂脂抹粉，就说没有别的难堪情形，也就够煞风景又煞风景！天啊，这苦恼的西子！

但是回过来说，这年头那还顾得了美不美！江南总算是天堂，到今天为止。别的地方人命只当得虫子，有路不敢走，有话不敢说，还来搭什么臭绅士的架子，挑什么够美不够美的鸟眼？

八月七日

天目山中笔记

> 佛于大众中　　说我当作佛
> 闻如是法音　　疑悔悉已除
> 初闻佛所说　　心中大惊疑
> 将非魔作佛　　恼乱我心耶
>
> ——莲华经譬喻品

　　山中不定是清静。庙宇在参天的大木中间藏着，早晚间有的是风，松有松声，竹有竹韵，鸣的禽，叫的虫子，阁上的大钟，殿上的木鱼，庙身的左边右边都安着接泉水的粗毛竹管，这就是天然的笙箫，时缓时急的掺和着天空地上种种的鸣籁。静是不静的；但山中的声响，不论是泥土里的蚯蚓叫或是轿夫们深夜里"唱宝"的异调，自有一种各别处：它来得纯粹，来得清亮，来得透彻，冰水似的沁入你的脾肺；正如你在泉水里洗濯过后觉得清白些，这些山籁，虽则一样是音响，也分明有洗净的功能。

　　夜间这些清籁摇着你入梦，清早上你也从这些清籁的怀抱中苏醒。

　　山居是福，山上有楼住更是修得来的。我们的楼窗开处是一片蓊葱的林海；林海外更有云海！日的光，月的光，星的光：全是你的。

从这三尺方的窗户你接受自然的变幻；从这三尺方的窗户你散放你情感的变幻。自在；满足。

今早梦回时睁眼见满帐的霞光。鸟雀们在赞美；我也加入一份。它们的是清越的歌唱，我的是潜深一度的沉默。

钟楼中飞下一声宏钟，空山在音波的磅礴中震荡。这一声钟激起了我的思潮。不，潮字太夸；说思流罢。耶教人说阿门，印度教人说"欧姆"（O—m），与这钟声的嗡嗡，同是从撮口外摄到阖口内包的一个无限的波动：分明是外扩，却又是内潜；一切在它的周缘，却又在它的中心；同时是皮又是核，是轴亦复是廓。这伟大奥妙的"Om"使人感到动，又感到静；从静中见动，又从动中见静。从安住到飞翔，又从飞翔回复安住；从实在境界超入妙空，又从妙空化生实在：

"闻佛柔软音，深远甚微妙。"

多奇异的力量！多奥妙的启示！包容一切冲突性的现象，扩大霎那间的视域，这单纯的音响，于我是一种智灵的洗净。花开，花落，天外的流星与田畦间的飞萤，上绾云天的青松，下临绝海的巉岩，男女的爱，珠宝的光，火山的溶液：一如婴儿在它的摇篮中安眠。

这山上的钟声是昼夜不间歇的，平均五分钟打一次。打钟的和尚独自在钟楼上住着，据说他已经不间歇的打了十一年钟，他的愿心是打到他不能动弹的那天。钟楼上供着菩萨，打钟人在大钟的一边安着他的"座"，他每晚是坐着安神的，一只手挽着钟棰的一头，从长期的习惯，不叫睡眠耽误他的职司。"这和尚，"我自忖，"一定是有道理的！和尚是没道理的多：方才那知客僧想把七窍蒙充六根，怎么算总多了一个鼻孔或是耳孔；那方丈师的谈吐里不少某督军与某省长的点缀；那管半山亭的和尚更是贪嗔的化身，无端摔破了两个无辜的茶碗。但这打钟和尚，他一定不是庸流不能不去看看！"他的年岁在五十开外，出家有二十九年，这钟楼，不错，是他管的，这钟是他打的（说着他就过去撞了一下），他每晚，也不错，是坐着安神的，但此外，可怜，我的俗眼竟看不出什么异样。他拂拭着神龛，神座，拜垫，换上香烛，掇一盂水，洗一把青菜，捻一把米，擦干了手接受香客的布施,又转身去撞一声钟。他脸上看不出修行的清癯,却没有失眠的倦态,倒是满满的不时有笑容的展露;念什么经;不,就念阿弥陀佛,他竟许是不认识字的。"那一带是什么山,叫什么,和尚?""这里是天目山。"他说。"我知道,我说的是那一带的。"我手点着问。"我不知道。"他回答。

山上另有一个和尚,他住在更上去昭明太子读书台的旧址,盖着几间屋,供着佛像,也归庙管的,叫作茅棚。但这不比得普渡山上的真茅棚,那看了怕人的,坐着或是偎着修行的和尚没一个不是鹄形鸠面,鬼似的东西。他们不开口的多,你爱布施什么就放在他跟前的簸子或是盘子里,他们怎么也不睁眼,不出声,随你给的是金条或是铁条。人说得更奇了。有的半年没有吃过东西,不曾挪过窝,可还是没有死,就这冥冥的坐着。他们大约离成佛不远了,单看他们的脸色,就比石片泥土不差什么,一样这黑刺刺,死僵僵的。"内中有几个,"香客们说,"已经成了活佛,我们的祖母早三十年来就看见他们这样坐着的!"

但天目山的茅棚以及茅棚里的和尚,却没有那样的浪漫出奇。茅棚是尽够蔽风雨的屋子,修道的也是活鲜鲜的人,虽则他并不因此减却他给我们的趣味。他是一个高身材,黑面目,行动迟缓的中年人;他出家将近十年,三年前坐过禅关,现在这山上茅棚里来修行;他在俗家时是个商人,家中有父母兄弟姊妹,也许还有自身的妻子;他不曾明说他中年出家的缘由,他只说"俗业太重了,还是出家从佛的好",但从他沉着的语音与持重的神态中可以觉出他不仅是曾经在人事上受过磨折,并且是在思想上能分清黑白的人。他的口,他的眼,都泄露着他内里强自抑制,魔与佛交斗的痕迹;说他是放过火杀过人的忏悔者,可信;说他是个回头的浪子,也可信。他不比那钟楼上人的不着颜色,不露曲折:他分明是色的世界里逃来的一个囚犯。三年的禅关,三年的草棚,还不曾压倒,不曾灭净,他肉身的烈火。"俗业太重了,不如出家从佛的好";这话里岂不战栗着一往忏悔的深心?我觉得好奇;我怎么能得知他深夜趺坐时意念的究竟?

佛于大众中	说我当作佛
闻如是法音	疑悔悉已除
初闻佛所说	心中大惊疑
将非魔所说	恼乱我心耶

但这也许看太奥了。我们承受西洋人生观洗礼的，容易把做人看太积极，入世的要求太猛烈，太不肯退让，把住这热虎虎的一个身子一个心放进生活的轧床去，不叫他留存半点汁水回去；非到山穷水尽的时候，决不肯认输，退后，收下旗帜；并且即使承认了绝望的表示，他往往直接向生存本体作取决，不来半不阑珊的收回了步子向后退：宁可自杀，甘脆的生命的断绝，不来出家，那是生命的否认。不错，西洋人也有出家做和尚做尼姑的，例如亚佩腊与爱洛绮丝，但在他们是情感方面的转变，原来对人的爱移作对上帝的爱，这知感的自体与它的活动依旧不含糊的在着；在东方人，这出家是求情感的消灭，皈依佛法或道法，目的在自我一切痕迹的解脱。再说，这出家或出世的观念的老家，是印度不是中国，是跟着佛教来的；印度何以曾发生这类思想，学者们自有种种哲理上乃至物理上的解释，也尽有趣味的。中国何以能容留这类思想，并且在实际上出家做尼僧的今天不比以前少（我新近一个朋友差一点做了小和尚！）这问题正值得研究，因为这分明不仅仅是个知识乃至意识的浅深问题，也许这情形尽有极有趣味的解释的可能，我见闻浅，不知道我们的学者怎样想法，我愿意领教。

十五年九月

泰山日出

振铎来信要我在《小说月报》的"太戈尔号"上说几句话。我也曾答应了，但这一时游济南游泰山游孔陵，太乐了，一时竟拉不拢心思来做整篇的文字，一直挨到现在期限快到，只得勉强坐下来，把我想得到的话不整齐的写出。

我们在泰山顶上看出太阳。在航过海的人，看太阳从地平线下爬上来，本不是奇事；而且我个人是曾饱饫过江海与印度洋无比的日彩的。但在高山顶上看日出，尤其在泰山顶上，我们无餍的好奇心，当然盼望一种特异的境界，与平原或海上不同的。果然，我们初起时，天还暗沉沉的，西方是一片的铁青，东方些微有些白意，宇宙只是——如用旧词形容——一体莽莽苍苍的。但这是我一面感觉劲烈的晓寒，一面睡眼不曾十分醒豁时的约略的印象。等到留心回览时，我不由得大声的狂叫——因为眼前只是一个见所未见的境界。原来昨夜整夜暴风的工程，却砌成一座普遍的云海。除了日观峰与我们所在的玉皇顶以外，东西南北只是平铺着弥漫的云气，在朝旭未露前，宛似无量数厚氄长绒的绵羊，交颈接背的眠着，卷耳与弯角都依稀辨认得出。那时候在这茫茫的云海中，我独自站在雾霭溟濛的小岛上，发生了奇异的幻想——

我躯体无限的长大，脚下的山峦比例我的身量，只是一块拳石；

这巨人披着散发,长发在风里像一面墨色的大旗,飒飒的在飘荡。这巨人竖立在大地的顶尖上,仰面向着东方,平拓着一双长臂,在盼望,在迎接,在催促,在默默的叫唤;在崇拜,在祈祷,在流泪——在流久慕未见而将见悲喜交互的热泪……

这泪不是空流的,这默祷不是不生显应的。

巨人的手,指向着东方——

东方有的,在展露的,是什么?

东方有的是瑰丽荣华的色彩,东方有的是伟大普照的光明——出现了,到了,在这里了……

玫瑰汁,葡萄浆,紫荆液,玛瑙精,霜枫叶——大量的染工,在层累的云底工作;无数蜿蜒的鱼龙,爬进了苍白色的云堆。

一方的异彩,揭去了满天的睡意,唤醒了四隅的明霞——光明的神驹,在热奋地驰骋……

云海也活了;眠熟了兽形的涛澜,又回复了伟大的呼啸,昂头摇尾的向着我们朝露染青馒形的小岛冲洗,激起了四岸的水沫浪花,震荡着这生命的浮礁,似在报告光明与欢欣之临在……

再看东方——海句力士已经扫荡了他的阻碍,雀屏似的金霞,从无垠的肩上产生,展开在大地的边沿。起……起……用力,用力,纯焰的圆颅,一探再探的跃出了地平,翻登了云背,临照在天空……

歌唱呀,赞美呀,这是东方之复活,这是光明的胜利……

散发祷祝的巨人,他的身彩横亘在无边的云海上,已经渐渐的消翳在普遍的欢欣里;现在他雄浑的颂美的歌声,也已在霞彩变幻中,普澈了四方八隅……

听呀,这普澈的欢声;看呀,这普照的光明!

这是我此时回忆泰山日出时的幻想,亦是我想望太戈尔来华的颂词。

雨后虹

我记得儿时在家塾中读书,最爱夏天的打阵。塾前是一个方形铺石的"天井",其中有石砌的金鱼潭,周围杂生花草,几个积水的大缸,几盆应时的鲜花,——这是我们的"大花园"。南边的夏天下午,蒸热得厉害,全靠傍晚一阵雷雨,来驱散暑气。黄昏时满天星出,凉风透院,我常常袒胸跣足和姊嫂兄弟婢仆杂坐在门口"风头里",随便谈笑,随便歌唱,算是绝大的快乐。但在白天不论天热得连气都转不过来,可怜的"读书官官"们,还是照常临帖习字,高喊着"黄鸟黄鸟","不亦说乎";虽则手里一把大蒲扇,不住地扇动,满须满腋的汗,依旧蒸炉似透发,先生亦还是照常抽他的大烟,哼他的"清平乐府"。在这样烦溽的时候,对面四丈高白墙上的日影忽然隐息,清朗的天上忽然满布了乌云,花园里的水缸盆景,也沈静暗澹,仿佛等候什么重大的消息,书房里的光线也渐渐减淡,直到先生榻上那只烟灯,原来只像一磷鬼火,大放光明,满屋子里的书桌,墙上的字画,天花板上挂的方玻璃灯,都像变了形,怪可怕的。突然一股尖劲的凉风,穿透了重闷的空气,从窗外吹进房来,吹得我们毛骨悚然,满身腻烦的汗,几乎结冰,这感觉又痛快又难过;但我们那时的注意,却不在身体上,而在这凶兆所预告的大变,我们新学得的什么:洪水泛滥、混沌、天翻地覆、皇天震怒等等字句,立刻在我们小脑子的内库里跳了出来,益发引起孩子们只望烟头起的本性。我们在这阴迷的时刻，往往相顾悍然，热性放开，大噪狂读，身子也狂摇得连座椅都磔格作响。

同时沈闷的雷声，已经在屋顶发作，再过几分钟，只听得庭心里石板上劈拍有声，仿佛马蹄在那里踢踏；重复停了；又是一小阵沥淅；如此作了几次阵势，临了紧接着坍天破地的一个或是几个雳霹——我们孩子早把耳朵堵住——扁豆大的雨块，就狠命狂倒下来，屋溜屋檐，屋顶，墙角里的碎碗破铁罐，一齐同情地反响；楼上婢仆争收晒件的慌张咒笑声关窗声；间壁小孩的欢叫；雷声不住地震吼；天井里的鱼潭小缸，早已像煮沸的小壶，在那里狂流溢——我们很替可怜的金鱼们担忧；那几盆嫩好的鲜花，也不住地狂颤；阴沟也来不及收吸这汤汤的流水，石天井顷刻名副其实，水一直满出尺半了的阶沿，不好了！书房里的地平砖上都是水了！闪电像蛇似钻入室内，连先生肮脏的炕床都照得铄亮；有时外面厅梁上住家的燕子，也进我们书房来避难，东扑西投，情形又可怜又可笑。

在这一团和糟之中，我们孩子反应的心理，却并不简单。第一我们当然觉得好玩，这里品林嘭朗、那里也品林嘭朗，原来又炎热又乏味的下午忽然变得这样异乎寻常地闹热，小孩那一个不欢迎。第二，天空一打阵，大家起劲看，起劲关窗户，起劲听，当然写字的阁笔，念书的闭口，连先生（我们想）有时也觉得好玩！然而我记得我个人从前亲切的心理反应。仿佛猪八戒听得师父被女儿国招了亲，急着要散伙的心理。我希望那样半混沌的情形继续，电光永闪着，雨永倒着，水永没上阶沿，漏入室内，因此我们读书写字的责务也永远止歇！孩子们照例怕拘束，最爱自由，爱整天玩，最恨坐定读书，最厌这牢狱一般的书房——犹之猪八戒一腔野心，其实不愿意跟着穷师父取穷经整天只吃些穷斋。所以关入书房的孩子，没有一个心愿的，底里没有一个不想造反；就是思想没有连贯力，同时书房和牢房收敛野性的效力也逐渐进大，所以孩子们至多短期逃学，暗祝先生生瘟病，很少敢昌言从此不进书房的革命谈。但暑天的打阵，却符合了我们潜伏的希冀，俄顷之间，天地变色，书房变色，有时连先生亦变色，无怪这聚锢的叛儿，这勉强修行的猪八戒，感觉到十二分的畅快，甚至盼望天从此再不要清明，雷雨从此再不要休止！

我生平最纯粹可贵的教育是得之于自然界，田野，森林，山谷，湖，草地，是我的课室；云彩的变幻，晚霞的绚烂，星月的隐现，田里的麦浪是我的功课；瀑吼，松涛，鸟语，雷声是我的教师，我的官觉是他们忠谨的学生，爱教的弟子。

大部分生命的觉悟，只是耳目的觉悟；我整整过了二十多年含糊生活，疑视疑听疑嗅疑觉的一个生物！我记得我十三岁那年初次发现我的眼是近视，第一副眼镜配好的时候，天已昏黑，那时我在泥城桥附近和一个朋友走路，我把眼镜试带上去，仰头一望，异哉！好一个伟大蓝净不相熟的天，张着几千百只指光闪烁的神眼，一直穿过我眼镜眼睛直贯我灵府深处，我持永不得大声叫道，好天，今天才规复我眼睛的权利！

但眼镜虽好，只能助你看，而不能使你看；你若然不愿意来看，来认识，来享乐你的自然界，你就带十副二十副托立克、克立托也是无效！

我到今日才再能大声叫道，"好天，今日才知道使用我生命的权利！"

我不抱歉"叫"得迟，我只怕配准了眼镜不知道"看"。

我方才记起小时在私塾里夏天打阵的往迹，我现在想记我二日前冒阵待虹的经验。

猫最好看的情形，是在春天下午她从地毡上午寐醒来，回头还想伸懒腰，出去游玩，猛然看见五步之内，站着一只傲梗不参的野狗，她不禁大怒，把她二十个利爪一起尽性放开，搇紧在地毡上，把她的背无限地高控，像一个桥洞，尾巴旗杆似笔直竖起，满身的猫毛也满溢着她的义愤，她圆睁了她的黄睛，对准她的仇敌，从口鼻间哈出一声威吓。这是猫的怒，在旁边看她的人虽则很体谅她的发脾气，总觉得有趣可笑。我想我们站得远远地看人类的悲剧，有时也只觉得有趣可笑。我们在稳固的山楼上，看疾风暴雨，看牛羊牧童在雷震电飚中飞奔躲避，也只觉得有趣可笑。

笑，柏格森说，纯粹是智慧的，示深切的同情感兴，不能同时并存。所以我们需要领会悲剧或深的情感——不论是事实或表现在文字里的——的意义，最简捷的方法是将我们自身和经验的对象同化，开振我们的同情力来替他设身处地。你体会伟大情感的程度愈高,你了解人道的范围亦愈广。我们对待自然界我以为也是如此。我们爱寻常上原,不如我们爱高山大水,爱市河庸沼,不如流涧大瀑,爱白日广天,不如朝彩晚霞,爱细雨微风,不如疾雷迅雨。

简言之,我们也爱自然界情感奋切的际会,他所行动的情绪,当然也不是平常庸汔。

所以我十数年前私塾爱打阵,如今也还是爱打阵,不过这爱字意义不尽同就是。

有一天我正在房里看书,列兰(房东的小女孩,她每次见天象变迁总来报告我,我看见两个最富贵的落日,都是她的功劳)跑来说天快打阵了。我一看窗外果然完全矿灰色,一阵阵的灰在街心里卷起,路上的行人都急忙走着,天上已经叠好无数的雨饼,此等信号一动就下,我赶快穿了雨衣,外加我们的袍,戴上方帽,出门骑上自行车,飞快向我校背赶去。一路雨点已经雹块似抛下。河边满树开花的栗树,曼陀罗,紫丁香,一齐俯首觳觫,专待恣暴,但他们芬芳的呼吸,却彻浃重实的空气,似乎向孟浪的狂且,乞情求免。

我到校门的时候,满天几乎漆黑,雷声已动,门房迎着笑道:"呀,你到得真巧,再过一分钟,你准让阵雨漫透!"我笑答道,"我正为要漫透来的!"

我一口气跑到河边,四围估量了一下,觉得还是桥上的地位最好,我就去靠在桥栏上老等,我头顶正是那株靠河最大的橘树,对面是棵柳树,从柳丝里望见先华亚学院的一角,和我们著名教堂的后背(King's Chapel)①;两树的中间,正对校友居(Fellows' Building)的大部,中隔着百码见方齐整匀净葱翠的草庭。这是在我的右边。从柳树的左手望见亭亭倩倩三环洞的先华亚桥,她的妙景,整整地印在平静的康河里,河左岸的牧场上,依旧有几匹马几条黄白花牛在那里吃草,啮啮有声,完全不理会天时的变迁,只晓得勤拂着马鬃牛尾,驱逐愈很的马蝇牛虫。此时天色虽阴沉可怕,然我眼前绝美的一幅图画——绝色的建筑,庄严的寺角,绝色的绿草,绝色的河与桥,绝色

---

① King's Chapel:国王小教堂。

的垂柳高桥〈橘〉——只是一片异样恬静,绝不露仓皇形色。草地上有三两只小雀,时常地跳跃;平常高唱好画者黑雀却都住了口,大约伏在巢里看光景,只远处偶然的鸦啼,散沙似从半天里撒下。

记得,桥上有我站着。

来了!雷雨都到了猖獗的程度,只听见自然界一体的喧哗;雷是鼓,雨落草地是沈溜的弦声,雨落水面是急珠走盘声,雨落柳上是疏郁的琴声,雨落桥栏是击草声。

西南角——牧场那一边我的左手,正对校友居——的云堆里,不时放射出电闪,穿过树林,仿佛好几条紧缠的金蛇掠过光景,一直打到教堂的颜色玻璃和校友居的青藤白石和凹屈别致的窗坡上,像几条铜扁担,同时打一块磨石大的火石,金花四射,光惊骇目。

雨忽注不休。云色虽稍开明,但四周都是雨激起的烟雾苍茫,克莱亚的一面几乎看不清楚。我仰庇掬〈橘〉老翁的高荫,身上并不大湿,但桥上的水,却分成几道泥沟,急冲下来,我站在两条泥沟的中间,所以鞋也没有透水。同时我很高兴发现离我十几码一棵大榆树底下,也有两个人站着,但他们分明是避雨,不是像我来看来经验打阵。他们在那里划火抽烟,想等过这阵急寐。

那边牧场方才不管天时变迁尽吃的朋友,此时也躲在场中间两枝榆树底下,马低着头,牛昂着头,在那里抱怨或是崇拜老天的变怒。

雨已经下了十几分钟,益发大了。雷电都已经休止,天色也更清明了。但我所仰庇的掬〈橘〉老翁,再也不能继续荫庇我,他老人家自己的胡髭,也支不住淋漓起来,结果是我浑身增加好几斤重量。有时作恶的水一直灌进我的领子,直溜到背上,寒透肌骨;桥栏也全没了;我脚下的干土,也已经渐次灭迹,几条泥沟,已经进成一大股浑流,踊跃进行,我下体也增加了重量,连胫骨都湿了。到这个时候,初阵的新奇已经过去,满眼只是一体的雨色,满耳只是一体的雨声,满身只是一体的雨感觉,我独身——避雨那两位已逃入邻近的屋子里——在大雨里听淹,头上的方巾已成了湿巾,前后左右淋个不住,倒觉得无聊起来。

但我有希望,西天的云已经开解不少,露出夕阳的预兆,我想这雨一停一定有奇景出现——我于是立定主意与雨赌耐心。我向地上看，看无数的榆钱在急涡里乱转，还有几个不幸的虫蚁也葬身在这横流之中，我忽然想起道施滔奄夫斯基的一部小说里的一个设想，他说你若然发现你自己在一沧海中一块仅仅容足的拳石上，浪涛像狮虎似向你身上扑来，你在这完全绝望的境地，你还想不想活命？我又想起康赖特的《大风》，人和自然原质的决斗。我又想象我在西伯利亚大雪地，穿着皮裘，手拿牧杖，站在一大群绵羊中间。我想战阵是冒险，恋爱是更大的冒险，死是最大的冒险。我想起耶稣，魔鬼，薇纳司，福贺司德；我想飞出这雨圈，去踏在雨云的背上，看他们工作。我想……半点钟已过，我心海里至少涌起了几万种幻想，但雨还是倒个不住。

又过了足足十分钟，雨势方才收敛。满林的鸟雀都出了家门，使劲的欢呼高唱；此时云彩很别致，东中北三路，还是满布着厚云，并且极低，似乎紧罩在教堂的H形尖阁上，但颜色已从乌黑转入青灰，西南隅的云已经开张了一只大口，从月牙形的云絮背后冲射出一海的明霞，仿佛菩萨背后的万道佛光，这精悍的烈焰，和方才初雨时的电闪一样，直照在教堂和校友居的上楼，将一带白玻璃窗尽打成纯粹的黄金，教堂颜色玻璃窗上的反射更为强烈，那些画中人物都像穿扮整齐，在金河里游泳跳舞。妙处尤在这些高宇的后背及顶头，只是一片深青，越显得西天云罅月漏的精神，彩焰奔腾的气象。

未雨之先，万象都只是静，现在雨一过，风又敛迹，天上虽在那里变化，地上还是一体的静；就是阵前的静，是空气空实的现象，是严肃的静，这静是大动大变的符号先声，是火山将炸裂前的静；阵雨后的静不同，空气里的浊质，已经彻底洗净，草青树绿经过了恐怖，重复清新自喜，益发笑容可掬，四围的水气雾意也完全灭迹，这静是清的静，是平静，和悦安舒的静。在这静里，流利的鸟语，益发调新韵切，宛似金匙击玉罄，清脆无比。我对此自然从大力里产出的美，从剧变里透出的和谐，从纷乱中转出的恬静，从暴怒中映出的微笑，从迅奋里结成的安闲，只觉得胸头塞满——喜悦惊讶，爱好，崇拜，感奋的情绪，满身神经都感受强烈痛快的震撼，两眼火热地蓄泪欲流，声音肢体愿随身旁的飞禽歌舞；同时，我自顶至踵完全湿透浸透，方巾上还不住地滴水，假如有人见我，一定疑心我落了水，但我那时绝对不觉得体外的冷,只觉得体内高乐的热。(我也没有受寒。)

我正注目看西方渐次扫荡满天云锢的太阳,偶然转过身来,不禁失声惊叫。原来从校友居的正中起直到河的左岸,已经筑起一条鲜明五彩的虹桥!

八月六日

辑三　英雄崇拜

曼殊斐尔[①]

> 这心灵深处的欢畅,
> 这情绪境界的壮旷:
> 任天堂沉沦,地狱开放,
> 毁不了我内府的宝藏!
>
> ——康河晚照即景

美感的记忆,是人生最可珍的产业。认识美的本能,是上帝给我们进天堂的一把秘钥。

有人的性情,例如我自己的,如以气候作喻,不但是阴晴相间,而且常有狂风暴雨,也有最艳丽蓬勃的春光。有时遭逢幻灭,引起厌世的悲观,铅般的重压在心上,比如冬令阴霾,到处冰结,莫有些微生气;那时便怀疑一切:宇宙,人生,自我,都只是幻的妄的;人情,希望,理想,也只是妄的幻的。

> Ah, human nature, how,
> If utterly frail thou art and vile,

[①] 曼殊斐儿:今译曼斯菲尔德(Katharine Mansfield,1888—1923),英国女作家,短篇小说大师。

> If dust thou art and ashes, is thy heart so great?
> If thou art noble in part,
> How are thy loftiest and impulses and thoughts
> By so ignoble causes kindled and put out?
> "Sopra un ritratto di una bella donna."①

这几行是最深入的悲观派诗人理巴第（Leopardi）②的诗。一座荒坟的墓碑上，刻着冢中人生前美丽的肖像，激起了他这根本的疑问——若说人生是有理可寻的，何以到处只是矛盾的现象；若说美是幻的，何以引起的心灵反动能有如此之深刻，若说美是真的，何以也与常物同归腐朽？但理巴第探海灯似的智力虽则把人间种种事物虚幻的外象，一一给褫剥了，连宗教都剥成了个赤裸的梦，他却没有力量来否认美，美的创现他只能认为神奇的；他也不能否认高洁的精神恋，虽则他不信女子也能有同样的境界。在感美感恋最纯粹的一刹那间，理巴第不能不承认是极乐天国的消息，不能不承认是生命中最宝贵的经验。所以我每次无聊到极点的时候，在层冰般严封的心河底里，突然涌起一股消融一切的热流，顷刻间消融了厌世的凝晶，消融了烦恼的苦冻：那热流便是感美感恋最纯粹的一俄顷之回忆。

> To see a world in a grain of sand,
> And a Heaven in a wild flower,
> Hold Infinity in the palm of your hand,
> And eternity in an hour...
>
> （Auguries of Innocence：William Blake）

---

① 啊，人性，如果/你是脆弱与卑下的话，/如果你是尘与灰的话，为何你的心却如此伟大？/如果你部分是高尚的话，/为何你最崇高的冲动和思想/却由如此卑贱的原因引起和扑灭？/ "Sopra un ritratto di una bella donna." （最后一行似为拉丁文，无法翻译。）

② Leopardi：理巴第（1798—1837），意大利诗人、哲学家，以抒情诗著称，所写名篇有政治抒情诗《致意大利》、《但丁纪念诗》等。

从一颗沙里看出世界，
天堂的消息在一朵野花，
将无限存在你的掌上，
刹那间涵有无穷的边涯……

这类神秘性的感觉，当然不是普遍的经验，也不是常有的经验。凡事只讲实际的人，当然嘲讽神秘主义，当然不能相信科学可解释的神经作用，会发生科学所不能解释的神秘感觉。但世上"可为知者道不可与不知者言"的事正多着哩！

从前在十六世纪，有一次有一个意大利的牧师学者到英国乡下去，见了一大片盛开的苜蓿在阳光中竟同一湖欢舞的黄金，他只惊喜得手足无措，慌忙跪在地上，仰天祷告，感谢上帝的恩典，使他见得这样的美，这样的神景。他这样发疯似的举动，当时一定招起在旁乡下人的哗笑。我这篇要讲的经历，恐怕也有些那牧师狂喜的疯态，但我也深信读者里自有同情的人，所以我也不怕遭乡下人的笑话！

去年七月中有一天晚上，天雨地湿，我独自冒着雨在伦敦的海姆司堆特 Hampstead 问路警，问行人，在寻彭德街第十号的屋子。那就是我初次，不幸也是末次，会见曼殊斐尔——"那二十分不死的时间！"——的一晚。

我先认识麦雷君 John Middleton Murry，他是 Athenaeum① 的总主笔，诗人，著名评衡家，也是曼殊斐尔一生最后十余年间最密切的伴侣。

他和她自一九一三年起，即夫妇相处，但曼殊斐尔却始终用她到英国以后的"笔名"Katharine Mansfield。她生长于纽新兰 New Zealand，原名是 Kathleen Beanchamp，是纽新兰银行经理 Sir Harold Beanchamp 的女儿。她十五年前离开了本乡，同着三个小妹子到英国，进伦敦大学皇后学院读书。她从小就以美慧著名，但身体也从小即很怯弱。她曾在德国住过，那时她写她的第一本小说"In a German

---

① Athenaeum：《雅典娜神殿》，杂志名。

Pension"①。大战期内她在法国的时候多。近几年她也常在瑞士、意大利及法国南部。她常住外国,就为她身体太弱,禁不得英伦雾迷雨苦的天时,麦雷为了伴她,也只得把一部分的事业放弃,("Athenaeum"之所以并入"London Nation"就为此。)跟着他安琪儿似的爱妻,寻求健康。据说可怜的曼殊斐尔战后得了肺病证明以后,医生明说她不过两三年的寿限,所以麦雷和她相处有限的光阴,真是分秒可数。多见一次夕照,多经一次朝旭,她优昙似的余荣,便也消减了如许的活力,这颇使人想起茶花女一面吐血一面纵酒恣欢时的名句:

"You know I have not long to live, therefore I will live fast!"——你知道我是活不久长的,所以我存心喝他一个痛快!

我正不知道多情的麦雷,眼看这艳丽无双的夕阳,渐渐消翳,心里"爱莫能助"的悲感,浓烈到何等田地!

但曼殊斐尔的"活他一个痛快"的方法,却不是像茶花女的纵酒恣欢,而是在文艺中努力;她像夏夜榆林中的鹃鸟,呕出缕缕的心血来制成无双的情曲,便唱到血枯音嘶,也还不忘她的责任是牺牲自己有限的精力,替自然界多增几分的美,给苦闷的人间几分艺术化精神的安慰。

她心血所凝成的便是两本小说集,一本是"Bliss"②,一本是去年出版的"Garden Party"③。凭这两部书里的二三十篇小说,她已经在英国的文学界里占了一个很稳固的位置。一般的小说只是小说,她的小说是纯粹的文学,真的艺术;平常的作者只求暂时的流行,博群众的欢迎,她却只想留下几小块"时灰"掩不暗的真晶,只要得少数知音者的赞赏。

但唯其是纯粹的文学,她的著作的光彩是深蕴于内而不是显露于外的,其趣味也须读者用心咀嚼,方能充分的理会。我承作者当面许可选择她的精品,如今她去世,我更应当珍重实行我翻译的特权,虽则我颇怀疑我自己的胜任。我的好友陈通伯他所知道的欧洲文学恐怕在北京比谁都更渊博些,他在北大教短篇小说,曾经讲过曼殊斐尔

---

① In a German Pension:《在德国公寓里》,曼斯菲尔德的短篇小说集。
② Bliss:《幸福》,曼斯菲尔德的短篇小说集。
③ Garden Party:《园会》,曼斯菲尔德的短篇小说集。

的,这很使我欢喜。他现在也答应也来选译几篇,我更要感谢他了。关于她短篇艺术的长处,我也希望通伯能有机会说一点。

现在让我讲那晚怎样的会晤曼殊斐尔。早几天我和麦雷在 Charing Cross①背后一家嘈杂的 A. B. C. 茶店里,讨论英法文坛的状况,我乘便说起近几年中国文艺复兴的趋向,在小说里感受俄国作者的影响最深,他喜的几乎跳了起来,因为他们夫妻最崇拜俄国的几位大家,他曾经特别研究过道施滔庖符斯基,著有一本"Dostoevsky: A Critical Study"②,曼殊斐尔又是私淑契诃甫(Tchekhov)的,他们常在抱憾俄国文学始终不曾受英国人相当的注意,因之小说的质与式,还脱不尽维多利亚时期的 Philistinism③。我又乘便问起曼殊斐尔的近况,他说她一时身体颇过得去,所以此次敢伴着她回伦敦住两星期,他就给了我他们的住址,请我星期四晚上去会她和他们的朋友。

所以我会见曼殊斐尔,真算是凑巧的凑巧。星期三那天我到惠尔斯(H. G. Wells)乡里的家去了(Eastern Glebe),下一天和他的夫人一同回伦敦,那天雨下得很大,我记得回寓时浑身全淋湿了。

他们在彭德街的寓处,很不容易找(伦敦寻地方总是麻烦的,我恨极了那回街曲巷的伦敦),后来居然寻着了,一家小小一楼一底的屋子,麦雷出来替我开门,我颇狼狈的拿着雨伞,还拿着一个朋友还我的几卷中国字画。进了门,我脱了雨具,他让我进右首一间屋子,我到那时为止对于曼殊斐尔只是对于一个有名的年轻女子作者的景仰与期望;至于她的"仙姿灵态"我那时绝对没有想到,我以为她只是与 Rose Macaulay④, Virginia Woolf⑤, Roma Wilon⑥, Vanessa Bell⑦

---

① Charing Cross:伦敦一街名,为旧书店集中的所在。

② Dostoievsky: A Critical Study:《陀思妥耶夫斯基:批评的研究》。

③ Philistinism:庸俗。

④ Rose Macaulay:麦考利(1881—1958),著有小说《我的荒芜世界》、游记《他们去葡萄牙》及文学评论集、诗集等。

⑤ Virginia Woolf:伍尔芙(1882—1941),英国女小说家、评论家,运用内心独白和意识流手法写作,著有长篇小说《黛洛维夫人》《到灯塔去》等。

⑥ Roma Wilon:不详。(疑有拼法错误。)

⑦ Vanessa Bell:贝尔(1879—1961),英国女画家,小说家伍尔芙之姊。

几位女文学家的同流人物。平常男子文学家与美术家，已经尽够怪僻，近代女子文学家更似乎故意养成怪僻的习惯，最显著的一个通习是装饰之务淡朴，务不入时，务"背女性"；头发是剪了的，又不好好的收拾，一团和糟的散在肩上；袜子永远是粗纱的；鞋上不是沾有泥就是带灰，并且大都是最难看的样式；裙子不是异样的短就是过分的长，眉目间也许有一两圈"天才的黄晕"，或是带着最可厌的美国式龟壳大眼镜，但她们的脸上却从不见脂粉的痕迹，手上装饰亦是永远没有的，至多无非是多烧了香烟的焦痕；哗笑的声音，十次有九次半盖过同座的男子；走起路来也是挺胸凸肚的，再也辨不出是夏娃的后身；开起口来大半是男子不敢出口的话；当然最喜欢讨论是Freudian Complex①，Birth Control②，或是George Moore③与James Joyce④私人印行的新书，例如"A Story-teller's Holiday"⑤与"Ulysses"⑥。总之她们的全人格只是一幅妇女解放的讽刺画。（Amy Lowell⑦听说整天的抽大雪茄！）和这一班立意反对上帝造人的本意的"唯智的"女子在一起，当然也有许多有趣味的地方，但有时总不免感觉她们矫揉造作的痕迹过深，引起一种性的憎忌。

我当时未见曼殊斐尔以前，固然没有想她是这样一流的Futuristic⑧，但也绝对没有梦想到她是女性的理想化。

所以我推进那门时我就盼望她——一个将近中年和蔼的妇人——

---

① Freudian Complex：弗洛依德情结。

② Birth Control：节育。

③ George Moore：穆尔（1852—1933），爱尔兰小说家，将自然主义笔法引入英国小说，主要作品有小说《埃斯特·沃特斯》和自传体小说《欢呼与告别》三部曲等。

④ James Joyce：乔伊斯（1882—1941），爱尔兰小说家，多用"意识流"手法，后期著作语言晦涩。主要作品有《一个青年艺术家的画像》、《都柏林人》和《尤利西斯》等。

⑤ A Story-teller's Holiday：《一个小说家的假日》。

⑥ Ulysses：《尤利西斯》，乔伊斯的长篇小说。

⑦ Amy Lowell：洛威尔（1874—1925），美国女作家，意象派诗歌的代表，著有诗集《彩色玻璃大厦》、《几点钟》等。

⑧ Futuristic：未来主义的，未来派的。

笑盈盈的从壁炉前沙发上站起来和我握手问安。

但房里——一间狭长的壁炉对门的房——只见鹅黄色恬静的灯光,壁上炉架上杂色的美术的陈设和画件,几张有彩色画套的沙发围列在炉前,却没有一半个人影。麦雷让我一张椅上坐了,伴着我谈天,谈的是东方的观音和耶教的圣母,希腊的 Virgin Diana①,埃及的 Isis②,波斯的 Mithraism③ 里的 Virgin④ 等等之相仿佛,似乎处女的圣母是所有宗教里一个不可少的象征……我们正讲着,只听门上一声剥啄,接着进来了一位年轻的女郎,含笑着站在门口。"难道她就是曼殊斐尔——这样的年轻……"我心里在疑惑,她一头的褐色卷发,盖着一张小圆脸,眼极活泼,口也很灵动,配着一身极鲜艳的衣装——漆鞋,绿丝长袜,银红绸的上衣,酱紫的丝绒裙,——亭亭的立着,像一棵临风的郁金香。

麦雷起来替我介绍,我才知道她不是曼殊斐尔,而是屋主人,不知是密司 B—什么,我记不清了,麦雷是暂寓在她家的;她是个画家,壁上挂的画,大都是她自己的作品。她在我对面的椅子上坐了。她从炉架上取下一个小发电机似的东西拿在手里,头上又戴了一个接电话生戴的听箍,向我凑得很近的说话,我先还当是无线电的玩具,随后方知这位秀美的女郎的听觉是有缺陷的!

她正坐定,外面的门铃大响——我疑心她的门铃是特别响些。来的是我在法兰先生(Roger Fry)⑤ 家里会过的 Sydney Waterloo⑥,极

---

① Virgin Diana:处女狄安娜。但狄安娜实为罗马神话中对月亮和狩猎女神的称呼,希腊神话中称为阿尔特弥斯。

② Isis:伊希斯,古代埃及司生育和繁殖的女神,其形象是给一个圣婴哺乳的圣母。

③ Mithraism:密特拉教,流行于帝国时期的罗马密传宗教之一。密特拉(Mithra)原为上古印度—波斯神灵之一,传入罗马后被奉为主神而形成密特拉教。

④ Virgin:处女。这里可能指阿娜希塔(Anahita),古波斯女神,主管河川、丰产和生育。

⑤ Roger Fry:今译弗赖(1866—1934),英国画家、美术评论家,推崇塞尚及后期印象派画家,曾任剑桥大学美术教授。

⑥ Sydney Waterloo:不详。

诙谐的一位先生,有一次他从巨大的口袋里一连掏出了七八支的烟斗,大的小的长的短的,各种颜色的,叫我们好笑。他进来就问麦雷,迦赛林①今天怎样,我竖了耳朵听他的回答。麦雷说:"她今天不下楼了,天气太坏,谁都不受用……"华德鲁先生就问他可否上楼去看她,麦说可以的。华又问了密司 B 的允许站了起来,他正要走出门,麦雷又赶过去轻轻的说:"Sydney, don't talk too much!"②

楼上微微听得步响,W 已在迦赛林房中了。一面又来了一两个客,一个短的 M 才从游希腊回来,一个轩昂的美丈夫,就是 London Nation and Athenaeum③ 里每周做科学文章署名 S 的 Sullivan。M 就讲他游历希腊的情形,尽背着古希腊的史迹名胜,Parnassus④ 长,Mycenae⑤ 短,讲个不住。S 也问麦雷迦赛琳如何,麦雷说今晚不下楼,W 现在楼上。过了半点钟模样,W 笨重的足音下来了,S 问他迦赛林倦了没有,W 说:"不,不像倦,可是我也说不上,我怕她累,所以我下来了。"再等一歇,S 也问了麦雷的允许上楼去,麦也照样叮咛他不要让她乏了。麦问我中国的书画,我乘便就拿那晚带去的一幅赵之谦的"草书法画梅",一幅王觉斯的草书,一幅梁山舟的行书,打开给他们看,讲了些书法大意,密司 B 听得高兴,手捧着她的听盘,挨近我身旁坐着。

但我那时心里却颇觉失望,因为冒着雨存心要来一会 Bliss 的作者,偏偏她不下楼,同时 W,S,麦雷的烘云托月,又增了我对她的好奇心。我想运气不好,迦赛琳在楼上,老朋友还有进房去谈的特权,我是外国人的生客,一定是没有分的了。时已十时过半了,我只得起身告别,走出房门,麦雷陪出来帮我穿雨衣。我一面穿衣,一面说我很抱歉,今晚密司曼殊斐尔不能下来,否则我是很想望会她一面

---

① Katharine,曼斯菲尔德的名。
② Sydney, don't talk too much:锡德尼,不要谈得太多!
③ London Nation and Athenaeum:伦敦的《国家与雅典娜神殿》杂志。
④ Parnassus:帕纳塞斯山,位于希腊中部,古时被认作太阳神和文艺女神们的灵地。
⑤ Mycenae:迈锡尼,希腊南部古城,是希腊大陆青铜晚期时代文化的主要遗址。

的，不意麦雷竟很诚恳的说，"如其你不介意，不妨请上楼去一见。"我听了这话喜出望外，立即将雨衣脱下，跟着麦雷一步一步地走上楼梯……

上了楼梯，叩门，进房，介绍，S告辞，和M一同出房，关门，她请我坐下，我坐下，她也坐下……这么一大串繁复的手续我只觉得是像电火似的一扯过，其实我只推想应有这些的经过，却并不曾觉到；当时只觉得一阵模糊。事后每次回想也只觉得是一阵模糊，我们平常从黑暗的街上走进一间灯烛辉煌的屋子，或是从光薄的屋子里出来骤然对着盛烈的阳光，往往觉得耀光太强，头晕目眩的，得定一定神，方能辨认眼前的事物。用英文说就是 Senses overwhelmed by excessive light①；不仅是光，浓烈的颜色有时也有"潮没"官觉的效能。我想我那时，虽不定是被曼殊斐尔人格的烈光所潮没，她房里的灯光陈设以及她自身衣饰种种各品浓艳灿烂的颜色，已够使我不预防的神经，感觉刹那间的淆惑，那是很可理解的。

她的房给我的印象并不清切，因为她和我谈话时，不容我去认记房中的布置，我只知道房是很小，一张大床差不多就占了全房大部分的地位，壁是用画纸裱的，挂得好几幅油画大概也是主人画的。她和我同坐在床左贴壁一张沙发榻上，因为我斜椅她正坐的缘故，她似乎比我高得多（在她面前那一个不是低的，真是!）。我疑心那两盏电灯是用红色罩的，否则何以我想起那房，便联想起"红烛高烧"的景象？但背景究属不甚重要，重要的是给我最纯粹的美感的——The purest aesthetic feeling②——她；是使我使用上帝给我那把进天国的秘钥的——她；是使我灵魂的内府里，又增加了一部宝藏的——她。但要用不驯服的文字来描写那晚的她！不要说显示她人格的精华，就是单只忠实地表现我当时的单纯感象，恐怕就够难的了。从前一个人有一次做梦，进天堂去玩了，他异样的欢喜，明天一起身就到他朋友那里去，想描写他神妙不过的梦境。但是，他站在朋友面前，结住舌头，一个字都说不出来，因为他要说的时候，才觉得他所学的在人间适用

---

① Senses overwhelmed by excessive light：过强的光线使感官觉得晕眩。
② The purest aesthetic feeling：最纯粹的美感。

的字句，绝对不能表现他梦里所见天堂的景色，他气得从此不开口，后来抑郁而死。我此时妄想用字来活现出一个曼殊斐尔，也差不多有同样的感觉，但我却宁可冒猥渎神灵的罪，免得像那位诚实君子活活的闷死。她的打扮与她的朋友 B 女士相像：也是铄亮的漆皮鞋，闪色的绿丝袜，枣红丝绒的围裙，嫩黄薄绸的上衣，领口是尖开的，胸前挂着一串细珍珠，袖口只齐及肘弯。她的发是黑的，也同密司 B 一样剪短的，但她栉发的样式，却是我在欧美从没有见过的。我疑心她是有心仿效中国式，因为她的发不但纯黑，而且直而不卷，整整齐齐的一圈，前面像我们十余年前的"刘海"，梳得光滑异常；我虽则说不出所以然，但觉得她发之美也是生平所仅见。

至于她眉目口鼻之清之秀之明净，我其实不能传神于万一；仿佛你对着自然界的杰作，不论是秋水洗净的湖山，霞彩纷披的夕照，或是南洋莹澈的星空，或是艺术界的杰作，培德花芬的沁芳，南怀格纳的奥配拉，密克朗其罗的雕像，卫师德拉（Whistler）① 或是柯罗（Corot）② 的画；你只觉得他们整体的美，纯粹的美，完全的美，不能分析的美，可感不可说的美；你仿佛直接无碍的领会了造化最高明的意志，你在最伟大深刻的戟刺中经验了无限的欢喜，在更大的人格中解化了你的性灵。我看了曼殊斐尔像印度最纯澈的碧玉似的容貌，受着她充满了灵魂的电流的凝视，感着她最和软的春风似的神态，所得的总量我只能称之为一整个的美感。她仿佛是个透明体，你只感讶她粹极的灵澈性，却看不见一些杂质。就是她一身的艳服，如其别人穿着，也许会引起琐碎的批评，但在她身上，你只是觉得妥帖，像牡丹的绿叶，只是不可少的衬托，汤林生（H. M. Tomlingson，她生前的一个好友），以阿尔帕斯山岭万古不融的雪，来比拟她清极超俗的美，我以为很有意味的；他说：

---

① Whistler：惠斯勒（1834—1903），徐译"卫师德拉"，美国画家，长期侨居英国，提出"为艺术而艺术"的主张，对欧美画家有较大影响。
② Corot：柯罗（1796—1875），法国画家，使法国风景画从传统的历史风景画过渡到现实主义风景画的代表人物。

曼殊斐尔以美称，然美固未足以状其真，世以可人为美，曼殊斐尔固可人矣，然何其脱尽尘寰气，一若高山琼雪，清澈重霄，其美可惊，而其凉亦可感。艳阳被雪，幻成异彩，亦明明可识，然亦似神境在远，不隶人间。曼殊斐尔肌肤明皙如纯牙，其官之秀，其目之黑，其颊之腴，其约发环整如髹，其神态之闲静，有华族粲者之明粹，而无西艳伉杰之容；其躯体尤苗约，绰如也，若明蜡之静焰，若晨星之澹妙，就语者未尝不自讶其吐息之重浊，而虑是静且澹者之宜神化……

汤林生又说她锐敏的目光，似乎直接透入你的灵府深处，将你所蕴藏的秘密，一齐照澈，所以他说她有鬼气，有仙气；她对着你看，不是见你的面之表，而是见你心之底，但她却不是侦刺你的内蕴，不是有目的的搜罗，而只是同情的体贴。你在她面前，自然会感觉对她无缜密的必要；你不说她也有数，你说了她不会惊讶。她不会责备，她不会怂恿，她不会奖赞，她不会代你出什么物质利益的主意，她只是默默的听，听完了然后对你讲她自己超于善恶的见解——真理。

这一段从长期的交谊中出来深入的话，我与她仅仅一二十分钟的接近当然不会体会到，但我敢说从她神灵的目光里推测起来，这几句话不但是可能，而且是极近情的。

所以我那晚和她同坐在蓝丝绒的榻上，幽静的灯光，轻笼住她美妙的全体，我像受了催眠似的，只是痴对她神灵的妙眼，一任她利剑似的光波，妙乐似的音浪，狂潮骤雨似的向我灵府泼淹。我那时即使有自觉的感觉，也只似开茨 Keats[①] 听鹃啼时的：

> My heart aches, and a drowsy numbness pains
> My sense, as though of hemlock I had drunk...
> Tis not through envy of thy happy lot.

---

① Keats：济慈（1795—1821），徐译"开茨"，英国浪漫主义诗人，著名作品有《夜莺颂》、《希腊古瓮》、《秋颂》等，年仅26岁时死于肺病。

But being too happy in thy happiness...①

　　曼殊斐尔的声音之美，又是一个 Miracle②。一个个音符从她脆弱的声带里颤动出来，都在我习于尘俗的耳中，启示着一种神奇的异境，仿佛蔚蓝的天空中一颗一颗的明星先后涌现。像听音乐似的，虽则明明你一生从不曾听过，但你总觉得好像曾经闻过的，也许在梦里，也许在前生。她的，不仅引起你听觉的美感，而竟似直达你的心灵底里，抚摩你蕴而不宣的苦痛，温和你半冷半僵的希望，洗涤你窒碍性灵的俗累，增加你精神快乐的情调，仿佛凑住你灵魂的耳畔私语你平日所冥想不到的仙界消息。我便此时回想，还不禁内动感激的悲慨，几于零泪；她是去了，她的音声笑貌也似蜃彩似的一瞥不再，我只能学 Abt Vogler③之自慰，虔信：

　　Whose voice has gone forth, but each survives for the melodist when eternity affirms the conception of an hour.
......
　　Enough that he heard it once, we shall hear it by & by.④

　　曼殊斐尔，我前面说过，是病肺痨的，我见她时正离她死不过半年，她那晚说话时，声音稍高，肺管中便如获管似的呼呼作响。她每句语尾收顿时，总有些气促，颧颊间便也多添一层红润，我当时听出了她肺弱的音息，便觉得切心的难过，而同时她天才的兴奋，偏是逼迫她音度的提高，音愈高，肺嘶亦更呖呖，胸间的起伏，亦隐约可辨，可怜！我无奈何，只得将自己的声音特别的放低，希冀她也跟着放低些。果然很应效，她也放低了不少，但不久她又似内感思想的戟

---

　　① "我的心在痛，困顿麻木折磨着/我的知觉，我仿佛饮了毒鸩/⋯⋯/这并非我嫉妒你的好运，/而是你的快乐使我太欢欣。"引自济慈诗《夜莺颂》。
　　② Miracle：奇迹。
　　③ Abt Vogler：英国诗人罗伯特·布朗宁的一首诗。
　　④ 她的声音已经飘逝，但每个音符对作曲家来说仍存在，他会让一个小时变成永恒⋯⋯只要让他听见过一次就够了，我们就会再有机会听见。

刺，重复节节的高引。最后我再也不忍因我而多耗她珍贵的精力，并且也记得麦雷再三叮嘱 W 与 S 的话，就辞了出来，总计我进房至出房——她站在房口送我——不过二十分的时间。

我与她所讲的话也很有意味，但大部分是她对于英国当时最风行的几个小说家的批评——例如 Rebecca West①, Romer Wilson②, Hutchingson③, Swinnerton④, 等——恐怕因为一般人不稔悉，那类简约的评语不能引起相当的兴味所以从略。麦雷自己是现在英国中年的评衡家最有学有识的一人——他去年在牛津大学讲的"The problem of style⑤"有人誉为安诺德（Mathew Arnold）⑥ 以后评衡界最重要的一部贡献——而他总常常推尊曼殊斐尔，说她是评衡的天才，有言必中肯的本能，所以我此刻要把她那晚随兴月旦的珠沫，略过不讲，很觉得有些可惜。她说她方才从瑞士回来，在那里和罗素夫妇寓所相距颇近，常常说起东方的好处，所以她原来对中国景仰，更一进而为爱慕的热忱。她说她最爱读 Arthur Waley⑦ 所翻的中国诗，她那样的艺术在西方真是一个 Wonderful Revelation⑧，她说新近 Amy Lowell 译的很使她失望，她这里又用她爱用的短句 That's not the thing!⑨ 她问我译过没有，她再三劝我应当试试，她以为中国诗

---

① Rebecca West：韦斯特（1892—1983），英国小说家、评论家，原名 Cecily Isabel Fairfield Andrews，作品有长篇小说《士兵归来》、《法官》等。

② Romer Wilson：威尔森（1891—1930），英国小说家，1921 年获霍桑顿奖。

③ Hutchingson：赫金森（1907—1975），英国小说家，作品有《未被遗忘的囚徒》和《继母》等。

④ Swinnerton：斯温纳顿（1884—1982），英国小说家和评论家，作品有小说《夜曲》、《戈登广场的一月》等。

⑤ The problem of style：风格的问题。

⑥ Mathew Arnold：阿诺德（1822—1888），英国维多利亚时代的诗人和评论家，主要著作有抒情诗集《多佛海滩》、叙事诗《邵莱布和罗斯托》及论著《文化与无政府状态》等。

⑦ Arthur Waley：韦利（1889—1966），英国汉学家、汉语和日语翻译家，译作有《汉诗 170 首》等。

⑧ Wonderful Revelation：奇妙的启示。

⑨ That's not the thing：不是那么回事。

只有中国人能译得好的。

她又问我是否也是写小说的,她又问中国顶喜欢契诃甫的那几篇,译得怎么样,此外谁最有影响。

她问我最喜欢读那几家小说,我说哈代,康德拉,她的眉梢耸了一耸笑道:

"Isn't it! We have to go back to the old masters for good literature——the real thing!"①

她问我回中国去打算怎么样,她希望我不进政治,她愤愤地说现代政治的世界,不论哪一国,只是一乱堆的残暴和罪恶。

后来说起她自己的著作。我说她的太是纯粹的艺术,恐怕一般人反而不认识,她说:

"That's just it, then of course, popularity is never the thing for us."②

我说我以后也许有机会试翻她的小说,愿意先得作者本人的许可。她很高兴地说她当然愿意,就怕她的著作不值得翻译的劳力。

她盼望我早日回欧洲,将来如到瑞士再去找她,她说怎样的爱瑞士风景,琴妮湖怎样的妩媚,我那时就仿佛在湖心柔波间与她荡舟玩景:

"Clear, placid Leman!…

Thy soft murmuring sounds sweet as if a sister's voice reproved.

That I with stern delights should ever have been so moved…"③

---

① 是啊!我们必须回到过去的大师们那里,才能读到真正的好文学!
② 确实如此。但流行从来不是我们追求的东西。
③ "清澈、平静的莱蒙湖啊!/……你那温柔的波涛声/就像姐妹的责备声那样动听,/对这种严厉我从未这样快乐与感动过。"引自拜伦诗《恰尔德·哈罗德游记》第三诗章第85节。拜伦(1788—1824),英国浪漫主义诗人,代表作有《恰尔德·哈罗德游记》、《唐璜》等。

我当时就满口的答应，说将来回欧一定到瑞士去访她。
　　末了我恐怕她已经倦了，深恨与她相见之晚，但盼望将来还有再见的机会。她送我到房门口，与我很诚挚地握别。
　　将近一月前我得到曼殊斐尔已经在法国的芳丹卜罗去世。这一篇文字，我早已想写出来，但始终为笔懒，延到如今，岂知如今却变了她的祭文了！

太戈尔来华

太戈尔在中国，不仅已得普遍的知名，竟是受普遍的景仰。问他爱念谁的英文诗，十余岁的小学生，就自信不疑的答说太戈尔。在新诗界中，除了几位最有名神形毕肖的太戈尔的私淑弟子以外，十首作品里至少有八九首是受他直接或间接的影响的。这是很可惊的状况，一个外国的诗人，能有这样普及的引力。

现在他快到中国来了，在他青年的崇拜者听了，不消说当然是最可喜的消息，他们不仅天天竖耳企踵的在盼望，就是他们梦里的颜色，我猜想，也一定多增了几分妩媚。现世界是个堕落沉寂的世界；我们往常要求一二伟大圣洁的人格，给我们精神的慰安时，每每不得已上溯已往的历史，与神化的学士艺才，结想象的因缘。哲士，诗人，与艺术家，代表一民族一时代特具的天才；可怜华族，千年来只在精神穷窭中度活，真生命只是个追忆不全的梦境，真人格亦只似昏夜池水里的花草映影，在有无虚实之间。谁不想念春秋战国才智之盛，谁不永慕屈子之悲歌，司马之大声，李白之仙音；谁不长念庄生之逍遥，东坡之风流，渊明之冲淡？我每想及过去的光荣，不禁疑问现时人荒心死的现象，莫非是噩梦的虚景，否则何以我们民族的灵海中，曾经有过偌大的潮迹，如今何至于沉寂如此？孔陵前子贡手植的楷树，圣庙中孔子手植的桧树，如其传说是可信的，过了二千几百年，经了几度的灾劫，到现在还不时有新枝从旧根上生发；我们华族天才的活力，难道还不如此桧此楷？

什么是自由？自由是不绝的心灵活动之表现。斯拉夫民族自开国起直至十九世纪中期，只是个庞大喑哑在无光的空气中苟活的怪物，但近六七十年来天才累出，突发大声，不但惊醒了自身，并且惊醒了所有迷梦的邻居。斯拉夫伟奥可怖的灵魂之发现，是百年来人类史上最伟大的一件事迹。华族往往以睡狮自比，这又泄露我们想象力之堕落；期望一民族回复或取得吃人噬兽的暴力者，只是最下流"富国强兵教"的信徒，我们希望以后文化的意义与人类的目的明定以后，这类的谬见可以渐渐的销匿。

精神的自由，决不有待于政治或经济或社会制度之妥协。我们且看印度。印度不是我们所谓已亡之国吗？我们常以印度朝鲜波兰并称，以为亡国的前例。我敢说我们见了印度人，不是发心怜悯，是意存鄙蔑。（我想印度是最受一班人误解的民族，虽则同在亚洲；大部分人以为印度人与马路上的红头阿三是一样同样的东西！）就政治看来，说我们比他们比较的有自由，这话勉强还可以说。但要论精神的自由，我们只似从前的俄国，是个庞大喑哑在无光的气圈中苟活的怪物，他们（印度）却有心灵活动的成绩，证明他们表面政治的奴溥〈仆〉非但不曾压倒，而且激动了他们潜伏的天才。在这时期他们连出了一个宗教性质的政治领袖——甘地——一个实行的托尔斯泰；两个大诗人，加立大塞 Kalidasa① 与太戈尔。单是甘地与太戈尔的名字，就是印度民族不死的铁证。

东方人能以人格与作为，取得普遍的崇拜与荣名者，不出在"国富兵强"的日本，不出在政权独立的中国，而出于亡国民族之印度——这不是应发人猛省的事实吗？

太戈尔在世界文学中，究占如何位置，我们此时还不能定，他的诗是否可算独立的贡献，他的思想是否可以代表印族复兴之潜流，他

---

① Kalidasa：今译迦梨陀娑（公元4—5世纪），印度笈多王朝诗人、剧作家，梵文古典文学代表作家之一，传世作品有剧作《沙恭达罗》等。

的哲学（如其他有哲学）是否有独到的境界——这些问题，我们没有回答的能力。但有一事我们敢断言肯定的，就是他不朽的人格。他的诗歌，他的思想，他的一切，都有遭遗忘与失时之可能，但他一生热奋的生涯所养成的人格，却是我们不易磨翳的纪念。〔太戈尔生平的经过，我总觉得非是东方的，也许印度原不能算东方（陈寅恪君在海外常常大放厥词，辩印度之为非东方的。）〕所以他这回来华，我个人最大的盼望，不在他更推广他诗艺的影响，不在传说他宗教的哲学的乃至于玄学的思想，而在他可爱的人格，给我们见得到他的青年，一个伟大深入的神感。他一生所走的路，正是我们现代努力于文艺的青年不可免的方向。他一生只是个不断的热烈的努力，向内开豁他天赋的才智，自然吸收应有的营养。他境遇虽则一流顺利，但物质生活的平易，并不反射他精神生活之不艰险。我们知道诗人艺术家的生活，集中在外人捉摸不到的内心境界。历史上也许有大名人一生不受物质的苦难，但决没有不经心灵界的狂风暴雨与沉郁黑暗时期者。葛德是一生不愁衣食的显例，但他在七十六岁那年对他的友人说他一生不曾有过四星期的幸福，一生只是在烦恼痛苦劳力中。太戈尔是东方的一个显例，他的伤痕也都在奥密的灵府中的。

我们所以加倍的欢迎太戈尔来华，因为他那高超和谐的人格，可以给我们不可计量的慰安，可以开发我们原来淤塞的心灵泉源，可以指示我们努力的方向与标准，可以纠正现代狂放恣纵的反常行为，可以摩挲我们想见古人的忧心，可以消平我们过渡时期张皇的意气，可以使我们扩大同情与爱心，可以引导我们入完全的梦境。

如其一时期的问题，可以综合成一个，现代的问题，就只是"怎样做一个人"？太戈尔在与我们所处相仿的境地中，已经很高尚的解决了他个人的问题，所以他是我们的导师，榜样。

他是个诗人，尤其是一个男子，一个纯粹的人；他最伟大的作品就是他的人格。这话是极普通的话，我所以要在此重复的说，为的是怕误解。人不怕受人崇拜，但最怕受误解的崇拜。葛德说，最使人难受的是无意识的崇拜。太戈尔自己也常说及。他最初最后只是个诗人——艺术家如其你愿意——他即使有宗教的或哲理的思想，也只是他诗心偶然的流露，决不为哲学家谈哲学，或为宗教而训宗教的。有人喜欢拿他的思想比这个那个西洋的哲学,以为他是表现东方一部的时代精神与西方合流的;或是研究他究竟有几分的耶稣教,几分是印度教,——这类的比较学也许在性质偏爱的人觉得有意思,但于太戈尔之为太戈尔,是绝对无所发明的。譬如有人见了他在山氏尼开顿 Santiniketan 学校里所用的晨祷——

"Thou are our Father. Do you help us to know thee as Father. We bow down to Thee. Do thou never afflict us, O Father, by causing a separation between Thee and us. O thou self-revealing One, O Thou Parent of the universe, purge away the multitude of our sins, and send unto us whatever is good and noble. To Thee, from whom spring joy and goodness, nay who art all goodness thyself, to Thee we bow down now and for ever."①

耶教人见了这段祷告一定拉本家,说太戈尔准是皈依基督的,但回头又听见他们的晚祷——

"The Deity who is in fire and water, nay, who pervades the Universe through and through, and makes His abode in tiny plants and towering forests——to such a Deity we bow down for ever & ever".②

---

① "您是我们的天父。请您帮助我们了解您。我们向您致敬。哦天父,请您不要把我们和您分开,让我们遭受痛苦。哦自我揭示者,哦宇宙之父,请荡涤我们的罪,赐予我们善良与高尚。幸福与善来源于您,不,您就是至善,我们向您永远致敬。"

② "火中与水中的神,不,充斥了全宇宙,并居住在细小的植物和高大的森林中的神——我们向这样的一个神永远致敬。"

这不是最明显的泛神论吗？这里也许有 Lucretius①，也许有 Spinoza②，也许有 Upanishads③，但决不是天父云云的一神教，谁都看得出来。回头在揭檀迦利的诗里，又发现什么 Lia 既不是耶教的，又不是泛神论。结果把一般专好拿封条拿题签来支配一切的，绝对的糊涂住了，他们一看这事不易办，就说太戈尔的宗教思想不彻底，等等。实际上惟一的解释是太戈尔是诗人，不是宗教家。也不是专门的哲学家。管他神是一个或是两个或是无数或是没有，诗人的标准，只是诗的境界之真；在一般人看来是不相容纳的冲突（因为他们只见字面），他看来只是一体的谐合（因为他能超文字而悟实在）。

同样的在哲理方面，也就有人分别研究，说他的人格论是近于讹的，说他的艺术论是受讹影响的……这也是劳而无功的。自从有了大学教授以来，尤其是美国的教授，学生忙的是：比较学，比较宪法学，比较人种学，比较宗教学，比较教育学，比较这样，比较那样，结果他们竟想把最高粹的思想艺术，也用比较的方法来研究——我看倒不如来一门比较大学教授学还有趣些！

思想之不是糟粕，艺术之不是凡品，就在他们本身有完全，独立，纯粹不可分析的性质。类不同便没有可比较性，拿西洋现成的宗教哲学的派别去比凑一个创造的艺术家，犹之拿唐采芝或王玉峰去比附真纯创造的音乐家，一样的可笑，一样的隔着靴子搔痒。

我们只要能够体会太戈尔诗化中的人格，与领略他满充人格的诗文，已经尽够的了，此外的事自有专门的书呆子去顾管，不劳我们费心。

我乘便又想起一件事。一九一三年太戈尔被选得诺贝尔奖金的电

---

① Lucretius：卢克莱修（约公元前93—约前50），拉丁诗人和伊壁鸠鲁学派哲学家，传世之作有长诗《物性论》。
② Spinoza：斯宾诺莎（1632—1677），荷兰哲学家，唯理论的代表之一，著有《神学政治论》和《伦理学》等。
③ Upanishads：《奥义书》，阐述印度教古代吠陀教义的思辨作品。

报到印度时，印度人听了立即发疯一般的狂喜，满街上小孩大人一齐欢呼庆祝，但诗人在家里，非但不乐，而且叹道："我从此没有安闲日子过了！"接着下年英政府又封他为爵士，从此，真的，他不曾有过安闲时日。他的山氏尼开顿竟变了朝拜的中心，他出游欧美时，到处受无上的欢迎，瑞典丹麦几处学生，好像都为他举行火把会与提灯会，在德国听他讲演的往往累万，美国招待他的盛况，恐怕不在英国皇太子之下。但这是诗人所心愿的幸福吗，固然我不敢说诗人便能完全免除虚荣心，但这类群众的哄动，大部分只是葛德所谓无意识的崇拜，真诗人决不会艳羡的。最可厌是西洋一般社交太太们，她们的宗教照例是英雄崇拜；英雄愈新奇，她们愈乐意，太戈尔那样的道貌岸然，宽袍布帽，当然加倍的搔痒了她们的好奇心，大家要来和这远东的诗圣，握握手，亲热亲热，说几句照例的肉麻话……这是近代享盛名的一点小报应，我想性爱恬淡的太戈尔先生，临到这种情形，真也是说不出的苦。据他的英友恩厚之告诉我们说他近来愈发厌烦嘈杂了，又且他身体也不十分能耐劳，但他就使不愿意却也很少显示于外，所以他这次来华，虽则不至受社交太太们之窘，但我们有机会瞻仰他言论丰采的人，应该格外的体谅他，谈论时不过分去劳乏他，演讲能节省处节省，使他和我们能如家人一般的相与，能如在家乡一般的舒服，那才对得他高年跋涉的一番至意。

七月六日

拜 伦

> 荡荡万斛船，影若扬白虹；
> 自非风动天，莫置大水中。
> ——杜甫

今天早上，我的书桌上散放著一垒书，我伸手提起一支毛笔蘸饱了墨水正想下笔写的时候，一个朋友走进屋子来，打断了我的思路。"你想做什么？"他说。"还债，"我说，"一辈子只是还不清的债，开销了这一个，那一个又来，像长安街上要饭的一样，你一开头就糟。这一次是为他。"我手点著一本书里 Westall 画的拜伦像（原本现在伦敦肖像画院）。"为谁，拜伦！"那位朋友的口音里夹杂了一些鄙夷的鼻音。"不仅做文章，还想替他开会哪。"我跟着说。"哼，真有工夫，又是戴东原那一套！"——那位先生发议论了——"忙着替死鬼开会演说追悼，哼！我们自己的祖祖宗宗的生忌死忌，春祭秋祭，先就忙不开，还来管姓呆姓摆的出世去世；中国鬼也就够受，还来张罗洋鬼！那国什么党的爸爸死了，北京也听见悲声，上海广东也听见哀声；书呆子的退伍总统死了，又来一个同声一哭。二百年前的戴东原还不是一个一头黄毛一身奶臭一把鼻涕一把尿的娃娃，与我们什么相干，又用得着我们的正颜厉色开大会做论文！现在真是愈出愈奇了，什么，连拜伦也得利益均沾，又不是疯了，你们无事忙的文学先生们！谁是拜伦？一个滥笔头的诗人，一个宗教家说的罪人，一个花花公子，一个贵族。就使追悼会纪念会是现代的时髦，你也得想想受追悼的配不配，也得想想跟你们所谓时代精神合式不合式，拜伦是贵族，你们贵国是一等的民主共和国，那里有贵族的位置？拜伦又没有发明什么苏维埃，又没有做过世界和平的大梦，更没有用科学方法整理过国故，他只是一个拐腿的纨绔诗人，一百年前也许出过他的风头，现在埋在英国纽斯推德（Newstead）的贵首头都早烂透了，为他也来开纪念会，哼，他配！讲到拜伦的诗你们也许与苏和尚的脾味合得上，看得出好处，这是你们的福气——要我看他的诗也不见得比他的骨头活得了多少。并且小心，拜伦倒是条好汉，他就恨盲目的崇拜，回头你们东抄西剿的忙着做文章想是讨好他，小心他的鬼魂到你梦里来大声的骂你一顿！"

那位先生大发牢骚的时候，我已经抽了半支的烟，眼看着缭绕的氤氲，耐心的挨他的骂，方才想好赞美拜伦的文章也早已变成了烟丝飞散：我呆呆的靠在椅背上出神了——

拜伦是真死了不是？全朽了不是？真没有价值，真不该替他揄扬传布不是？

眼前扯起了一重重的雾幔，灰色的，紫色的，最后呈现了一个惊人的造像，最纯粹，光净的白石雕成的一个人头，供在一架五尺高的檀木几上，放射出异样的光辉，像是阿博洛，给人类光明的大神，凡人从没有这样庄严的"天庭"，这样不可侵犯的眉宇，这样的头颅，但是不，不是阿博洛，他没有那样骄傲的锋芒的大眼，像是阿尔帕斯山南的蓝天，像是威尼市的落日，无限的高远，无比的壮丽，人间的万花镜的展览反映在他的圆睛中，只是一层鄙夷的薄翳；阿博洛也没有那样美丽的发卷，像紫葡萄似的一穗穗贴在花岗石的墙边；他也没有那样不可信的口唇，小爱神背上的小弓也比不上他的精致，口角边微露着厌世的表情，像是蛇身上的文彩，你明知是恶毒的，但你不能否认他的艳丽；给我们弦琴与长笛的大神也没有那样圆整的鼻孔，使我们想象他的生命的剧烈与伟大，像是大火山的决口……

不，他不是神，他是凡人，比神更可怕更可爱的凡人；他生前在红尘的狂涛中沐浴,洗涤他的遍体的斑点,最后他踏脚在浪花的顶尖,在阳光中呈露他的无瑕的肌肤,他的骄傲,他的力量,他的壮丽,是天上瑳奕司与玖必德的忧愁。

他是一个美丽的恶魔,一个光荣的叛儿。

一片水晶似的柔波,像一面晶莹的明镜,照出白头的"少女",闪亮的"黄金筐","快乐的阿翁"。此地更没有海潮的啸响,只有草虫的讴歌,醉人的树色与花香,与温柔的水声,小妹子的私语似的,在湖边吞咽。山上有急湍,有冰河,有幔天的松林,有奇伟的石景。瀑布像是疯癫的恋人,在荆棘丛中跳跃,从巉岩上滚坠,在垒石间震碎,激起无量数的珠子,圆的,长的,乳白的,透明的,阳光斜落在急流的中腰,幻成五彩的虹纹。这急湍的顶上是一座突出的危崖,像一个猛兽的头颅,两旁幽邃的松林,像是一颈的长鬣,一阵阵的瀑雷,像是他的吼声。在这绝壁的边沿站著一个丈夫,一个不凡的男子,怪石一般的峥嵘,朝旭一般的美丽,劲瀑似的桀骜,松林似的忧郁。他站着,交抱着手臂,翻起一双大眼,凝视着无极的青天,三个阿尔帕斯的鸷鹰在他的头顶不息的盘旋;水声,松涛的呜咽,牧羊人的笛声,前峰的崩雪声——他凝神的听著。

只要一滑足,只要一纵身,他想,这躯壳便崩雪似的坠入深潭,粉碎在美丽的水花中,这些大自然的谐音便是赞美他寂灭的丧钟。他是一个骄子:人间踏烂的蹊径不是为他准备的,也不是人间的镣链可以锁住他的鸷鸟的翅羽。他曾经丈量过巴南苏斯的群峰,曾经搏斗过海理士彭德海峡的凶涛,曾经在马拉松放歌,曾经在爱琴海边狂啸,曾经践踏过滑铁卢的泥土,这里面埋着一个败灭的帝国。他曾经实现过西撒凯旋时的光荣,丹桂笼住他的发卷,玫瑰承住他的脚踪;但他也免不了他的滑铁卢;运命是不可测的恐怖,征服的背后隐着僇辱的狞笑,御座的周遭显现了狌狂的幻景;现在他的遍体的斑痕,都是诽毁的箭镞,不更是繁花的装缀,虽则在他的无瑕的体肤上一样的不曾停留些微污损。……太阳也有他的淹没的时候,但是谁能忘记他临照时的光焰?

"What is life, what is death, and what are we,

That when the ship sinks, we no longer may be."①

虬哪 Juno② 发怒了。天变了颜色，湖面也变了颜色。四围的山峰都披上了黑雾的袍服，吐出迅捷的火舌，摇动着，仿佛是相互的示威，雷声像猛兽似的在山坳里咆哮，跳荡，石卵似的雨块，随着风势打击着一湖的粼光，这时候（一八一六年，六月，十五日）仿佛是爱俪儿（Ariel）的精灵耸身在绞绕的云中，默唪着咒语，眼看着——

  Jove's lightnings, the precursors
O'the dreadful thunder-claps…
  The fire, and cracks
Of sulphurous roaring, the most mighty Neptune
  Seem'd to besiege, and make his bold waves tremble,
  Yea his dread tridents shake.③

(Tempest)

在这大风涛中，在湖的东岸，龙河（Rhone）合流的附近，在小屿与白沫间，飘浮着一只疲乏的小舟，扯烂的布帆，破碎的尾舵，冲挡着巨浪的打击，舟子只是着忙的祷告，乘客也失去了镇定，都已脱卸了外衣，准备与涛澜搏斗。这正是卢骚的故乡，这小舟的历险处又恰巧是玖荔亚与圣潘罗（Julia and St. Preux）④ 遇难的名迹。舟中人有一个美貌的少年是不会泅水的，但他却从不介意他自己的骸骨的安全，他那时满心的忧虑，只怕是船翻时连累他的友人为他冒险，因为他的友人是最不怕险恶的。厄难只是他的雄心的激刺，他曾经狎侮爱

---

① 生是何物，死是何物，我们又是何物。/当船沉没的时候，我们就不再存在。
② Juno：朱诺，罗马神话中的主神朱庇特之妻。
③ "朱庇特的闪电，那/可怕的炸雷的先驱……/散发着硫磺味的火光与霹雳声/似乎在围攻那威风凛凛的海神，使他的怒涛颤抖/使他的三叉戟不禁摇晃。"引自莎士比亚《暴风雨》。
④ Julia and St. Preux：不详。

琴海与地中海的怒涛，何况这有限的梨梦湖中的掀动，他交叉着手，静看着萨福埃（Savoy）的雪峰，在云罅里隐现。这是历史上一个希有的奇逢，在近代革命精神的始祖神感的胜处，在天地震怒的俄顷，载在同一的舟中，一对共患难的，伟大的诗魂，一对美丽的恶魔，一对光荣的叛儿！

他站在梅锁朗奇（Mesolonghi）的滩边（一八二四年，一月，四至二十二日）。海水在夕阳光里起伏，周遭静瑟瑟的莫有人迹，只有连绵的砂碛，几处卑陋的草屋，古庙宇残圮的遗迹，三两株灰苍色的柱廊，天空飞舞着几只阔翅的海鸥，一片荒凉的暮景。他站在滩边，默想古希腊的荣华，雅典的文章，斯巴达的雄武，晚霞的颜色二千年来不曾消灭，但自由的鬼魂究不曾在海砂上留存些微痕迹……他独自的站着，默想他自己的身世，三十六年的光阴已在时间的灰烬中埋着，爱与憎，得志与屈辱，盛名与怨诅，志愿与罪恶，故乡与知友，威尼市的流水，罗马古剧场的夜色，阿尔帕斯的白雪，大自然的美景与恚怒，反叛的磨折与尊荣，自由的实现与梦境的消残……他看着海沙上映着的曼长的身形，凉风拂动着他的衣裾——寂寞的天地间的一个寂寞的伴侣——他的灵魂中不由的激起了一阵感慨的狂潮，他把手掌埋没了头面。此时日轮已经翳隐，天上星先后的显现，在这美丽的暝色中，流动着诗人的吟声，像是松风，像是海涛，像是蓝奥孔苦痛的呼声，像是海伦娜岛上绝望的吁叹——

> This time this heart should be unmoved,
>   Since others it hath ceased to move;
> Yet, though I cannot be beloved,
>   Still let me love!
> My days are in the yellow leaf;
>   The flowers and fruits of love are gone;
> The worm, the canker, and the grief;
>   Are mine alone!

The fire that on my bosom preys
    As lone as some volcanic isle
No torch is kindled at its blaze—
    A funeral pile!

The hope, the fear, the jealous care,
    The exalted portion of the pain
And power of love, I cannot share,
    But wear the chain.

But 'tis not thus—and' tis not here—
    Such thoughts should shake my soul, nor now.
Where glory decks the hero's bier
    Or binds his brow.

The sword, the banner, and the field,
    Glory and Grace, around me see!
The Spartan, born upon his shield,
    Was not more free.

Awake! (not Greece—she is awake!)
    Awake, my spirit! Think through whom
The life-blood tracks its parent lake,
    And then strike home!

Tread those reviving passions down;
    Unworthy manhood! —unto thee
Indifferent should the smile or frown
    Of beauty be.

If thou regret'st thy youth, why live;

>   The land of honorable death
> Is here：—up to the field, and give
>   Away thy breath!
>
> Seek out—less sought than found—
>   A soldier's grave for thee the best;
> Then look around, and choose thy ground,
>   And take thy rest.

年岁已经僵化我的柔心,
　　我再不能感召他人的同情;
但我虽则不敢想望恋与悯,
　　我不愿无情!

往日已随黄叶枯萎,飘零;
　　恋情的花与果更不留踪影,
只剩有腐土与虫与怆心,
　　长伴前途的光阴!

烧不尽的烈焰在我的胸前,
　　孤独的,像一个喷火的荒岛;
更有谁凭吊,更有谁怜——
　　一堆残骸的焚烧!

希冀,恐惧,灵魂的忧焦,
　　恋爱的灵感与苦痛与蜜甜,
我再不能尝味,再不能自傲——
　　我投入了监牢!

但此地是古英雄的乡国,
　　白云中有不朽的灵光,

我不当怨艾,惆怅,为什么
　　这无端的凄惶?

希腊与荣光,军旗与剑器,
　　古战场的尘埃,在我的周遭,
古勇士也应慕美我的际遇,
　　此地,今朝!

苏醒!不是希腊——她早已惊起!
　　苏醒,我的灵魂!问谁是你的
血液的泉源,休辜负这时机,
　　鼓舞你的勇气!

丈夫!休教已往的沾恋
　　梦魇似的压迫你的心胸,
美妇人的笑与颦的婉恋,
　　更不当容宠!

再休眷念你的消失的青年,
　　此地是健儿殉身的乡土,
听否战场的军鼓,向前,
　　毁灭你的体肤!

只求一个战士的墓窟,
　　收束你的生命,你的光阴;
去选择你的归宿的地域,
　　自此安宁。

　　他念完了诗句,只觉得遍体的狂热,壅住了呼吸,他就把外衣脱下,走入水中,向着浪头的白沫里纵身一窜,像一只海豹似的,鼓动着鳍脚,在铁青色的水波里泳了出去……

"冲锋，冲锋，跟我来！"

冲锋，冲锋，跟我来！这不是早一百年拜伦在希腊梅锁龙奇临死前昏迷时说的话？那时他的热血已经让冷血的医生给放完了，但是他的争自由的旗帜却还是紧紧的擎在他的手里……

再迟八年，一位八十二岁的老翁也在他的解脱前，喊一声，"Mere licht!"①

"不够光亮！""冲锋，冲锋，跟我来！"

火热的烟灰掉在我的手背上，惊醒了我的出神，我正想开口答复那位朋友的讥讽，谁知道睁眼看时，他早溜了！

十四年四月二日

---

① Mere licht：德文，"微弱的光芒"。徐译"不够光亮"。

罗曼·罗兰

罗曼·罗兰（Romain Rolland），这个美丽的音乐的名字，究竟代表些什么？他为什么值得国际的敬仰，他的生日为什么值得国际的庆祝？他的名字，在我们多少知道他的几个人的心里，唤起些个什么？他是否值得我们已经认识他思想与景仰他人格的更亲切的认识他，更亲切的景仰他；从不曾接近他的赶快从他的作品里去接近他？

一个伟大的作者如罗曼·罗兰或托尔斯泰，正像是一条大河，它那波澜，它那曲折，它那气象，随处不同，我们不能划出它的一湾一角来代表它那全流。我们有幸在书本上结识他们的正比是尼罗河或扬子江沿岸的泥堁，各按我们的受量分沾他们的润泽的恩惠罢了。说起这两位作者——托尔斯泰与罗曼·罗兰，他们灵感的泉源是同一的，他们的使命是同一的，他们在精神上有相互的默契（详后），仿佛上天从不教他的灵光在世上完全灭迹，所以在这普遍的混沌与黑暗的世界内，往往有这类秉承灵智的大天才在我们中间指点迷途，启示光明。但他们也自有他们不同的地方；如其我们还是引申上面这个比喻，托尔斯泰，罗曼·罗兰的前人，就更像是尼罗河的流域，它那两岸是浩瀚的沙碛，古埃及的墓宫，三角金字塔的映影，高矗的棕榈类的林木，间或有帐幕的游行队，天顶永远有异样的明星；罗曼·罗兰，托尔斯泰的后人，像是扬子江的流域，更近人间，更近人情的大河，它那两岸是青绿的桑麻，是连栉的房屋，在波鳞里泅着的是鱼是虾,不是长牙齿的鳄鱼,岸边听得见的也不是神秘的驼铃,是随熟的鸡犬声。这也许是斯拉夫与拉丁民族各有的异禀,在这两位大师的身上得到更集中的表现,但他们润泽这苦旱的人间的使命是一致的。

十五年前一个下午,在巴黎的大街上,有一个穿马路的叫汽车给碰了,差一点没有死。他就是罗曼·罗兰。那天他要是死了,巴黎也不会怎样的注意,至多报纸上本地新闻栏里登一条小字:"汽车肇祸,撞死了一个走路的,叫罗曼·罗兰,年四十五岁,在大学里当过音乐史教授,曾经办过一种不出名的杂志叫 Cahiers de la Quinzaine① 的。"

但罗兰不死,他不能死;他还得完成他分定的使命。在欧战爆发的那一年,罗兰的天才,五十年来在无名的黑暗里埋着的,忽然取得了普遍的认识。从此他不仅是全欧心智与精神的领袖,他也是全世界一个灵感的泉源。他的声音仿佛是最高峰上的崩雪,回响在远近的万壑间。五年的大战毁了无数的生命与文化的成绩,但毁不了的是人类几个基本的信念与理想,在这无形的精神价值的战场上罗兰永远是一个不仆的英雄。对着在恶斗的漩涡里挣扎着的全欧,罗兰喊一声彼此是弟兄放手!对着蜘网似密布,疫疠似蔓延的怨恨、仇毒、虚妄、疯癫,罗兰集中他孤独的理智与情感的力量作战。对着普遍破坏的现象,罗兰伸出他单独的臂膀开始组织人道的势力。对着叫褊浅的国家主义与恶毒的报复本能迷惑住的智识阶级,他大声的唤醒他们应负的责任,要他们恢复思想的独立,救济盲目的群众。 "在战场的空中"——"Above the Battle Field"——不是在战场上,在各民族共同的天空,不是在一国的领土内,我们听得罗兰的大声,也就是人道的呼声,像一阵光明的骤雨,激斗着地面上互杀的烈焰。罗兰的作战是有结果的,他联合了国际间自由的心灵,替未来的和平筑一层有力的基础。这是他自己的话——

"我们从战争得到一个付重价的利益,它替我们联合了各民族中不甘受流行的种族怨毒支配的心灵。这次的教训益发激励他们的精力,强固他们的意志。谁说人类友爱是一个绝望的理想?我再不怀疑未来的全欧一致的结合。我们不久可以实现那精神的统一。这战争只

---

① Cahiers de la Quinzaine:《半月丛刊》,法文杂志名。

是它的热血的洗礼。"

这是罗兰，勇敢的人道的战士！当他全国的刀锋一致向着德人的时候，他敢说不，真正的敌人是你们自己心怀里的仇毒。当全欧破碎成不可收拾的断片时，他想象到人类里完美的精神的统一。友爱与同情，他相信，永远是打倒仇恨与怨毒的利器；他永远不怀疑他的理想是最后的胜利者。在他的前面有托尔斯泰与道施滔奄夫斯基（虽则思想的形式不同），他的同时有泰谷尔与甘地（他们的思想的形式也不同），他们的立场是在高山的顶上，他们的视域在时间上是历史的全部，在空间里是人类的全体，他们的声音是天空里的雷震，他们的赠与是精神的慰安。我们都是牢狱里的囚犯，镣铐压住的，铁栏锢住的，难得有一丝雪亮暖和的阳光照上我们黝黑的脸面，难得有喜雀过路的欢声清醒我们昏沉的头脑。"重浊，"罗兰开始他的《贝德花芬传》：

"重浊是我们周围的空气。这世界是叫一种凝厚的污浊的秽息给闷住了——一种卑琐的物质压在我们的心里，压在我们的头上，叫所有民族与个人失却了自由工作的机会。我们全让掐住了转不过气来。来，让我们打开窗子好叫天空自由的空气进来，好叫我们呼吸古英雄们的呼吸。"

打破我执的偏见来认识精神的统一；打破国界的偏见来认识人道的统一。这是罗兰与他同理想者的教训。解脱怨毒的束缚来实现思想的自由；反抗时代的压迫来恢复性灵的尊严。这是罗兰与他同理想者的教训。人生原是与苦俱来的；我们来做人的名分不是咒诅人生因为它给我们苦痛，我们正应在苦痛中学习，修养，觉悟，在苦痛中发现我们内蕴的宝藏，在苦痛中领会人生的真际。英雄，罗兰最崇拜如密亿朗其罗与贝德花芬一类人道的英雄，不是别的，只是伟大的耐苦者。那些不朽的艺术家，谁不曾在苦痛中实现生命，实现艺术，实现宗教，实现一切的奥义？自己是个深感苦痛者，他推致他的同情给世上所有的受苦者；在他这受苦，这耐苦，是一种伟大，比事业的伟大更深沈的伟大。他要寻求的是地面上感悲哀感孤独的灵魂。"人生是艰难的。谁不甘愿承受庸俗，他这辈子就是不断的奋斗。并且这往往是苦痛的奋斗，没有光彩，没有幸福，独自在孤单与沉默中挣扎。穷困压着你，家累累着你，无意味的沈闷的工作消耗你的精力，没有欢欣，没有希冀，没有同伴，你在这黑暗的道上甚至连一个在不幸中伸手给你的骨肉的机会都没有"。这受苦的概念便是罗兰人生哲学的起点，在这上面他求筑起一座强固的人道的寓所。因此在他有名的传记里他用力传述先贤的苦难生涯，使我们憬悟至少在我们的苦痛里，我们不是孤独的，在我们切己的苦痛里隐藏着人道的消息与线索。"不快活的朋友们，不要过分的自伤，因为最伟大的人们也曾分尝【味】你们的苦味。我们正应得跟着他们的努奋自勉。假如我们觉得软弱，让我们靠着他们喘息。他们有安慰给我们。从他们的精神里放射着精力与仁慈。即使我们不研究他们的作品，即使我们听不到他们的声音，单从他们面上的光彩，单从他们曾经生活过的事实里，我们应得感悟到生命最伟大，最生产——甚至最快乐——的时候是在受苦痛的时候"。

我们不知道罗曼·罗兰先生想象中的新中国是怎样的；我们不知道为什么他特别示意要听他的思想在新中国的回响。但如其他能知道新中国像我们自己知道它一样，他一定感觉与我们更密切的同情，更贴近的关系，也一定更急急的伸手给我们握着——因为你们知道，我也知道，什么是新中国，只是新发见的深沈的悲哀与苦痛深深的盘伏在人生的底里！这也许是我个人新中国的解释；但如其有人拿一些时行的口号，什么打倒帝国主义等等，或是分裂与猜忌的现像，去报告罗兰先生说这是新中国，我再也不能预料他的感想了。

我已经没有时候与地位叙述罗兰的生平与著述；我只能匆匆的略说梗概。他是一个音乐的天才，在幼年音乐便是他的生命。他妈教他琴，在谐音的波动中他的童心便发见了不可言喻的快乐。莫察德与贝德花芬是他最早发见的英雄。所以在法国经受普鲁士战争爱国主义最高激的时候，这位年轻的圣人正在"敌人"的作品中尝味最高的艺术。他的自传里写着："我们家里有好多旧的德国音乐书。德国？我懂得那个字的意义？在我们这一带我相信德国人从没有人见过的。我翻着那一堆旧书，爬在琴上拼出一个个的音符。这些流动的乐音，谐调的细流，灌溉着我的童心，像雨水漫入泥土似的淹了进去。莫察德与贝德花芬的快乐与苦痛，想望的幻梦，渐渐的变成了我的肉的肉，我的骨的骨。我是它们，它们是我。要没有它们我怎过得了我的日子？我小时生病危殆的时候，莫察德的一个调子就像爱人似的贴近我的枕衾看我。长大的时候，每回逢着怀疑与懊丧，贝德花芬的音乐又在我的心里拨旺了永久生命的火星。每回我精神疲倦了，或是心上有不如意事，我就找我的琴去，在音乐中洗净我的烦愁。"

要认识罗兰的不仅应得读他神光焕发的传记，还得读他十卷的 Jean Christophe①，在这书里他描写他的音乐的经验。

他在学堂里结识了莎士比亚，发见了诗与戏剧的神奇。他的哲学的灵感，与葛德一样，是泛神主义的斯宾诺塞。他早年的朋友是近代法国三大诗人：克洛岱尔（Paul Claudel②，法国驻日大使），Ande Suares③，与 Charles Peguy④（后来与他同办 Cahiers de Ja Quinzaine）。那时槐格纳是压倒一时的天才，也是罗兰与他少年朋友们的英雄。但在他个人更重要的一个影响是托尔斯泰。他早就读他的著作，十分的爱慕他，后来他念了他的艺术论，那只俄国的老象——用一个偷来的比喻——走进了艺术的花园里去，左一脚踩倒了一盆花，那是莎士比亚，右一脚又踩倒了一盆花，那是贝德花芬，这时候少年的罗曼·罗兰走到了他的思想的歧路了。莎氏，贝氏，托氏，同是他的英雄，但托氏愤愤的申斥莎、贝一流的作者，说他们的艺术都是要不得，不相干的，不是真的人道的艺术——他早年的自己也是要不得不相干的。在罗兰一个热烈的寻求真理者，这来就好似青天里一个霹雳；他再也忍不住他的疑虑。他写了一封信给托尔斯泰，陈述他的冲突的心理。他那年二十二岁。过了几个星期罗兰差不多把那信忘都忘了，一天忽然接到一封邮件：三十八满页写的一封长信，伟大的托尔斯泰的亲笔给这不知名的法国少年的！"亲爱的兄弟，"那六十老人称呼他，"我接到你的第一封信，我深深的受感在心。念你的信，泪水在我的眼

---

① Jean Christophe:《约翰·克利斯朵夫》。
② Paul Claudel: 克洛岱尔（1868—1955），法国外交官、诗人、剧作家，有剧作《给玛丽报信》、《缎子鞋》和诗作《五大颂歌》等。
③ Ande Suares: 不详。疑拼法有误。
④ Charles Peguy: 贝玑（1873—1914），法国诗人、哲学家，《半月丛刊》的撰稿人，有作品《圣女贞德》、《贞德仁慈之谜》和《夏娃》。

里。"下面说他艺术的见解：我们投入人生的动机不应是为艺术的爱，而应是为人类的爱。只有经受这样灵感的人才可以希望在他的一生实现一些值得一做的事业。这还是他的老话，但少年的罗兰受深彻感动的地方是在这一时代的圣人竟然这样恳切的同情他，安慰他，指示他，一个无名的异邦人。他那时的感奋我们可以约略想象。因此罗兰这几十年来每逢少年人有信给他，他没有不亲笔复，用一样慈爱诚挚的心对待他的后辈。这来受他的灵感的少年人更不知多少了。这是一件含奖励性的事实。我们从此可以知道，凡是一件不勉强的善事就比如春天的薰风，它一路来散布着生命的种子，唤醒活泼的世界。

但罗兰那时离着成名的日子还远，虽则他从幼年起只是不懈的努力。他还得经尝身世的失望（他的结婚是不幸的，近三十年来他几于是完全隐士的生涯，他现在瑞士的鲁山，听说与他妹子同居），种种精神的苦痛，才能实受他的劳力的报酬——他的天才的认识与接受。他写了十二部长篇剧本，三部最著名的传记（密仡朗其罗，贝德花芬，托尔斯泰），十大篇 Jean Christophe，算是这时代里最重要的作品的一部，还有他与他的朋友办了十五年灰色的杂志，但他的名字还是在晦塞的灰堆里掩着——直到他将近五十岁那年，这世界方才开始惊讶他的异彩。贝德花芬有几句话，我想可以一样适用到一生劳悴不怠的罗兰身上：

> 我没有朋友，我必得单独过活；但是我知道在我心灵的底里上帝是近着我，比别人更近。我走近他我心里不害怕，我一向认识他的。我从不着急我自己的音乐，那不是坏运所能颠仆的，谁要能懂得它，它就有力量使他解除磨折旁人的苦恼。

十四年十月

法郎士先生的牙慧

不，至少今晚我不能讲法郎士。我的脾气太坏，一动笔就有跑野马的倾向，何况是法郎士，这老头太逗人。今晚一来没有时候，二来没有劲，要不为做编辑没办法，这大冷的风夜，谁愿意拿笔写？躺平在床上抽着烟做"白日梦"不好吗？这一时竟没有好的来稿。许是天下不太平的缘故。前几天我急了，只好捞出一些巴黎的糟糟来凑和凑和，结果倒像居然有人看的样子。不但有人看，还有人要我再往下写。难怪，这年头就是巴黎合脾胃。可是要写也得脑子里有东西；我再有本事也不能完全凭空造不是？并且我怕——我怕我写巴黎容易偏着一面——你们明白是哪一面——结果给你们一个太近兴奋一类的印象。巴黎的生活决不是偏重那一面的，它的好处就在不偏：如其你看来巴黎性欲的色彩太浓，那只是你从来的地方太淡的缘故。如其你看来巴黎人太会作乐，那只是你一向太不懂得作乐的缘故。如其你以为巴黎太自由，那只是你自己身上绑着的绳子太多的缘故。巴黎人的生活自有他的和谐，他的一致；他才淘着了酒杯底里的樱桃！

巴黎真是值得知道的。凭你在生活的头上加什么形容词——精神的，享乐的，美术的，肉欲的，书虫的——巴黎都有可以当场出彩或是现成做得的最完美的活标本给你看。巴黎：本能不是羞耻，人性不露丑恶，可是够了，我得带住，趁早检一点法郎士的牙慧敷衍了今晚的稿子再说，巴黎留着还怕没有时候讲？因为法郎士就是巴黎文化的结晶，透明的，闪光的，多姿态的。

著作家不定是会说话的。实际上好多大作者就像是猫，除了恋爱与发怒的时候轻易不开口的。法郎士是一只老麻雀。他一天叽叽喳喳停嘴的空儿很少；每天去看他的人几乎是不断的，他照例心里愈烦嘴里讲得愈起劲换衣服也不停嘴，除了刷着牙真没法想。我现在旁边的一本书就是他的秘书记下的他每天不经意的谈话——"Anatole France Himself: A Boswellian Record, by his Secretary Jean Jacques Brousson: English translation by John Pollock"①。

从前听说皇帝的左手有一个秘书，他是专记皇上说的话的；但我们在帝王的本纪里却不易寻出一句有活人气息的话来。戴平天冠坐龙床的姑且不说，就是我们的大文学家也极少给我们一个日常谈笑的人格的记认。我们接近他们的方法，除了他们的诗文，就只他们的信札与日记，但有几个作者不在他们的信札里不撑出他的"臭绅士的架子"来；有几个写日记的不打算将来公开的？这是一件大大的憾事。假如我们也曾经鲍士惠尔这样一个人，有他那样一个发明文学上的全身摄影术的天才——我们的文学史就不会这样的枯燥，寂寞，没有活人气息。成文章的文章我们固然不能少，但有趣味人不经意的谈吐我们也得想法留下影子；绅士的臭架子或是臭绅士的架子许也有我们应得容忍他们存在的理由，但我们当然有权利盼望更亲切的更直接的认识一时代少数的天才——一个法子是保存他们日常谈话的姿态与内容。

现在阿那托尔·法郎士先生出场了。

一、暖　帽

玖塞芬（法郎士的女佣人）拿出一篓子奇形怪状的软帽来。这位大人物接了过来，拿起一顶顶帽子来放在拳头上撑绽了，安在头去，对着一架威尼市式的衣镜照一照，都像是不大合式，蹉踌了。有他蹉

---

① 《阿那托尔·法郎士：他的秘书让·雅克·布鲁松所作的鲍斯威尔式的记录》，由约翰·波洛克英译。法郎士（1844—1924），法国小说家、文艺评论家，诺贝尔文学奖获得者，主要作品有《希尔维特·波纳尔的罪行》、《现代史话》等。

蹴的道理：那一篓子的花样实在不少。有绸子做的，有丝绒做的，有浴安布做的。有大的，戴在脑壳上直下来遮住耳朵，像罗马教皇戴的。有糖宝塔形的许多，像是土耳其人的毡帽。小精致的也不少，像是罗马教堂里唱诗小孩子头上顶着的那种大红饼形的礼帽。末了他选定了一顶红葡萄色浴安布做的。篓子里还有不少中国帽，有缨须的，像宝塔似的。

"成了，"他说，"现在我们做事情了。谁来我都不在家。"

话还没说完，一大串的客人就跟着进来了。

二、创作的接吻

在（赛因）河边一个旧书铺子里他淘着了一本塞公德著的《接吻》。这是铁扫脱的本子，书面上一行小注打开了他的话匣子，那一行是"并附铁扫脱的几个创作的接吻"。

"吹什么牛！世界上那有这样一个傻子会得相信在那个跳冬冬的圈子里还有什么创作不创作！在创世的第一天，在伊藤园里塞公德与铁扫脱自以为懂得的，要不了三两个钟头亚当和夏娃早就全会了。再说呢，我反正不相信这班专利接吻的卖主。他们那嘴里满是腊丁什么，希腊什么，真要是他们从说理转到实习的时候，他们那美人儿的脸上少不了叫他们留上几个墨水的小圆圆。可是他们转不转？那是问题。写恋术的作者们在实际生活里往往是脚跟凉冷冷的。他们的媚术无非是墨水瓶子的变化。"

……

他又说：

"你爱不爱亲近女人？我就要那个。此外我什么都可以让给你：年纪，美，名誉。爵夫人行，乡下姑娘也成——那都只是名称上的区别！我就佩服我们最伟大的色鬼国王的主张：'管她是谁！'路易十五对他的跟班叫来陪尔的说，'可是你得先送她到澡盆里去，再送她到牙医生那里去了再带来。'

"那位国王是一个大人物。随你怎么批评他，我们该得叫他一声'乖乖'。澡盆子和牙医！那就够合式了。澡盆就是卫生，那是恋爱惟一的道德律。这身体你要抱的话总得有相当准备，我相信你不是吃长素修行一类的人，见了女性顶多就到脸上去一啄，倒像是欣赏什么古董或是圣器似的。至于我呀，我要的是维纳丝整个的美。脸子！脸子是为亲戚朋友们丈夫儿女们预备的。为了家常应用的结果它变成了发硬性的。那软劲儿会变没，皮面会变木的。情人们有的是更创作性的权利；他们有，比方说，到手初版书的权利。现在我才明白什么学问都是空的。念书有什么用，一辈子多短还得在傻瓜堆里混着，求什么知识，多压得死人的事情！短短的路程带这多的行李干什么了？人家夸奖我的学问，我再也不要别的什么学问，除了在爱的范围里。爱是我现在惟一的特定的研究。剩下有限几点热情的火星，我就全化在那一件事情上。要是我能把那小爱神灵感我的整个的写了出来！阴沉沉的假撒清（假贞节）盖住我们的文学，这假撒清要比中古世纪宗教审判更来得笨，更残，更犯罪。就我现在说，一个女人是一本书。记住，我对你说过世界上没有坏的书。只要你有耐心翻着书篇找去，你不愁不找到一段文章足值得你麻烦的。我还是找，朋友，我顶用心的找。"

说着话他黏湿了他的指头，悬空热乎乎的情艳艳的翻动着一本想象中的书本的页子。他又接着说，眼睛里亮着少年人的光：

"每回遇有福气抱住一个上帝的生灵，我就用心研究这本杰作，一行一行的念。一句一读我都不让漏。有时候我连眼镜子都吊在书本子上的！"

三、"写别字"

在所有人身的缺陷中，在他眼里最不可饶恕的是人事的无能。对于变态的性欲他倒是够宽容的，他把它们好玩的叫作"写别字"。

"有许多男人逢着该用阴性的地方错写成阳性。也有许多女人在该写阳性的地方误用阴性。在这多愁的地面上各个人各按各的本领寻自己的生路！至于我呢，我就跟着阿戴理说她对那不识趣的岳喜说的话：'我有我的上帝，他是我侍奉的；你去伺候你的。他们俩一样是强有力的神道。'"

……什么异端的主张法郎士都可以容许，他顶厌恶的是"贞节"。

"就没有贞节的人。就有假人。有病人。有怪人。有疯人。这年头你要是说一个女人是贞节的,大家就笑你!你拿她说成了一个笑话是真的。啊,贞节的露克来西亚!啊,贞节的苏三!啊,达阿娜贞女!有一个神父在某处说起寡妇们'苦难'的贞节。这就是说,你看,她们一定得对着她们曾经尝味过的乐趣的记忆搏斗。但是有谁拦着她们不再回复她们先前的乐趣?就为是一个女人的丈夫死了,她的心也死了不成?他不再吃饭了,所以她也得挨饿难道说!这倒仿佛是马拉排的寡妇。实情是没有性欲就没有性灵:没有灵魂。我们愈是情热,我们愈是能干。一个人一生最快活的日子是欲望与快乐的时期,聪明人就想方法来延长它。一个老头发生了恋爱,人家就笑!再有没有更惨更蠢的事情?至于我呢,我仿效笛卡儿的方式,我说:'我爱,所以我在着。我再不爱了,所以我没有命了。'"

        手指冻得直僵的一个半夜

谒见哈代的一个下午

一

"如其你早几年,也许就是现在,到道骞司德的乡下,你或许碰得到《裘德》的作者,一个和善可亲的老者,穿着短裤便服,精神飒爽的,短短的脸面,短短的下颏,在街道上闲暇的走着,照呼着,答话着,你如其过去问他卫撒克士小说里的名胜,他就欣欣的从详指点讲解;回头他一扬手,已经跳上了他的自行车,按着车铃,向人丛里去了。我们读过他著作的,更可以想象这位貌不惊人的圣人,在卫撒克士广大的,起伏的草原上,在月光下,或在晨曦里,深思地徘徊着。天上的云点,草里的虫吟,远处隐约的人声都在他灵敏的神经里印下不磨的痕迹;或在残败的古堡里拂拭乱石上的苔青与网结;或在古罗马的旧道上,冥想数千年前铜盔铁甲的骑兵曾经在这日光下驻踪;或在黄昏的苍茫里,独倚在枯老的大树下,听前面乡村里的青年男女,在笛声琴韵里,歌舞他们节会的欢欣;或在济茨或雪莱或史文庞的遗迹,悄悄的追怀他们艺术的神奇……在他的眼里,像在高蒂闲(Theophile Gautier)的眼里,这看得见的世界是活着的;在他的'心眼'(The Inward Eye)里,像在他最服膺的华茨华士的心眼里,人类的情感与自然的景象是相联合的;在他的想象里,像在所有大艺术家的想象里,不仅伟大的史迹,就是眼前最琐小最暂忽的事实与印象,都有深奥的意义,平常人所忽略或竟不能窥测的。从他那六十年不断的心灵生活——观察,考量,揣度,印证——从他那六十年不断懈不松弛的真纯经验里,哈代,像春蚕吐丝制茧似的,抽绎他最微妙最桀骜的音调,纺织他最缜密最经久的诗歌——这是他献给我们可珍的礼物。"

二

上文是我三年前慕而未见时半自想象半自他人传述写来的哈代。去年七月在英国时,承狄更生先生的介绍,我居然见到了这位老英雄,虽则会面不及一小时,在余小子已算是莫大的荣幸,不能不记下一些踪迹。我不讳我的"英雄崇拜"。山,我们爱踹高的;人,我们为什么不愿意接近大的?但接近大人物正如爬高山,往往是一件费劲的事;你不仅得有热心,你还得有耐心。半道上力乏是意中事,草间的刺也许拉破你的皮肤,但是你想一想登临顶峰时的愉快!真怪,山是有高的,人是有不凡的!我见曼殊斐儿,比方说,只不过二十分钟模样的谈话,但我怎么能形容我那时在美的神奇的启示中的全生的震荡?——

我与你虽仅一度相见——

但那二十分不死的时间!

果然,要不是那一次巧合的相见,我这一辈子就永远见不着她——会面后不到六个月她就死了。自此我益发坚持我英雄崇拜的势利,在我有力量能爬的时候,总不教放过一个"登高"的机会。我去年到欧洲完全是一次"感情作用的旅行";我去是为泰谷尔,顺便我想去多瞻仰几个英雄。我想见法国的罗曼·罗兰,意大利的丹农雪乌,英国的哈代。但我只见着了哈代。

在伦敦时对狄更生先生说起我的愿望,他说那容易,我给你字信介绍,老头精神真好,你小心他带了你到道骞斯德林子里去走路,他仿佛是没有力乏的时候似的!那天我从伦敦下去到道骞斯德,天气好极了,下午三点过到的。下了站我不坐车,问了 Max Gate[①] 的方向,

---

① Max Gate:麦克斯门,地名。

我就欣欣的走去。他家的外国门正对一片青碧的平壤，绿到天边，绿到门前；左侧远处有一带绵邈的平林。进园径转过去就是哈代自建的住宅，小方方的壁上满爬着藤萝。有一个工人在园的一边剪草，我问他哈代先生在家不，他点一点头，用手指门。我拉了门铃，屋子里突然发出一阵狗叫声，在这宁静中听得怪尖锐的，接着一个白纱抹头的年轻下女开门出来。

"哈代先生在家，"她答我的问，"但是你知道哈代先生是'永远'不见客的。"

我想糟了。"慢着，"我说，"这里有一封信，请你给递了进去。""那么请候一候。"她拿了信进去，又关上了门。

她再出来的时候脸上堆着最俊俏的笑容。"哈代先生愿意见你，先生，请进来。"多俊俏的口音！"你不怕狗吗，先生？"她又笑了。"我怕。"我说。"不要紧，我们的梅雪就叫，她可不咬，这儿生客来得少。"

我就怕狗的袭来！战兢兢的进了门，进了客厅，下女关门出去，狗还不曾出现，我才放心。壁上挂着沙琴德（John Sargent）①的哈代画像，一边是一张雪莱的像，书架上记得有雪莱的大本集子，此外陈设是朴素的，屋子也低，暗沈沈的。

我正想着老头怎么会这样喜欢雪莱，两人的脾胃相差够多远，外面楼梯上一阵急促的脚步声和狗铃声下来，哈代推门进来了。我不知他身材实际多高，但我那时站着平望过去，最初几乎没有见他，我的印象是他是一个矮极了的小老头儿。我正要表示我一腔崇拜的热心，他一把拉了我坐下，口里连着说"坐坐"，也不容我说话，仿佛我的"开篇"辞他早就有数，连着问我，他那急促的一顿顿的语调与干涩的苍老的口音，"你是伦敦来的？""狄更生是你的朋友？""他好？""你译我的诗？""你怎么翻的？""你们中国诗用韵不用？"前面那几句问话是用不着答的（狄更生信上说起我翻他的诗），所以他也不等我答话，直到末一句他才住了。他坐着也是奇矮，也不知怎的，我自己

---

① John Sargent：萨金特（1856—1925），美国画家，长期旅居英国，以肖像画著称。

只显得高,私下不由的踢蹾,似乎在这天神面前我们凡人就在身材上也不应分占先似的!(啊,你没见过萧伯讷——这比下来你是个蚂蚁!)这时候他斜着坐,一只手搁在台上头微微低着,眼往下看,头顶全秃了,两边脑角上还各有一鬖也不全花的头发;他的脸盘粗看像是一个尖角往下的等边形三角,两颧像是特别宽,从宽浓的眉尖直扫下来束住在一个短促的下巴尖;他的眼不大,但是深窈的,往下看的时候多,只易看出颜色与表情。最特别的,最"哈代的",是他那口连着两旁松松往下堕的夹腮皮。如其他的眉眼只是忧郁的深沈,他的口脑的表情分明是厌倦与消极。不,他的脸是怪,我从不曾见过这样耐人寻味的脸。他那上半部,秃的宽广的前额,着发的头角,你看了觉着好玩,正如一个孩子的头,使你感觉一种天真的趣味,但愈往下愈不好看,愈使你觉着难受,他那皱纹龟驳的脸皮正使你想起一块苍老的岩石,雷电的猛烈,风霜的侵陵,雨雹的剥蚀,苔藓的沾染,虫鸟的斑斓,什么时间与空间的变幻都在这上面遗留着痕迹!你知道他是不抵抗的,忍受的,但看他那下颊,谁说这不泄露他的怨毒,他的厌倦,他的报复性的沈默!他不露一点笑容,你不易相信他与我们一样也有喜笑的本能。正如他的脊背是倾向伛偻,他面上的表情也只是一种不胜厌迫的伛偻。喔哈代!

  回讲我们的谈话。他问我们中国诗用韵不。我说我们从前只有韵的散文,没有无韵的诗,但最近……但他不要听最近,他赞成用韵,这道理是不错的。你投块石子到湖心里去,一圈圈的水纹漾了开去。韵是波纹。不少得。抒情诗 Lyric 是文学的精华的精华。颠不破的钻石,不论多小。磨不灭的光彩。我不重视我的小说。什么都没有做好的小诗难。(他背了莎〔氏〕"Tell me where is Fancy bred"① 朋琼生(Ben Jonson)② 的 "Drink to me only with thine eyes"③ 高兴的样子。)我说我爱他的诗因为它们不仅结构严密像建筑,同时有思想的血脉在

---

  ① 告诉我爱恋从何处产生。
  ② Ben Jonson:今译琼森(1572—1637),英国剧作家、诗人、学者,剧作有《炼金术士》、《巴托罗缪市集》等。
  ③ 只用你的眼睛向我祝酒。

流走，像有机的整体。我说了 Organic① 这个字；他重复说了两遍："Yes, organic, yes, organic: A poem ought to be a living thing."② 练习文字顶好学写诗；很多人从学诗写好散文，诗是文字的秘密。

他沈思了一晌。"三十年前有朋友约我到中国去。他是一个教士，我的朋友，叫莫尔德，他在中国住了五十年，他回英国来时每回说话先想起中文再翻英文的！他中国什么都知道，他请我去，太不便了，我没有去。但是你们的文字是怎么一回事？难极了不是？为什么你们不丢了它，改用英文或法文，不方便吗？"哈代这话骇住了我。一个最认识各种语言的天才的诗人要我们丢掉几千年的文字！我与他辩难了一晌，幸亏他也没有坚持。

说起我们共同的朋友。他又问起狄更生的近况，说他真是中国的朋友。我说我明天到康华尔去看罗素。谁？罗素？他没有加案语。我问起勃伦腾（Edmund Blunden③），他说他从日本有信来，他是一个诗人。讲起麦雷（John M. Murry）他起劲了。"你认识麦雷？"他问。"他就住在这儿道骞斯德海边，他买了一所古怪的小屋子，正靠着海，怪极了的小屋子，什么时候那可以叫海给吞了去似的。他自己每天坐一部破车到镇上来买菜。他是有〈很〉能干的。他会写。你也见过他从前的太太曼殊斐儿？他又娶了，你知道不？我说给你听麦雷的故事。曼殊斐儿死了，他悲伤得很，无聊极了，他办了他的报（我怕他的报维持不了），还是悲伤。好了，有一天有一个女的投稿几首诗，麦雷觉得有意思，写信叫她去看他，她去看他，一个年轻的女子，两人说投机了，就结了婚，现在大概他不悲伤了。"

他问我那晚到哪里去。我说到 Exeter④ 看教堂去，他说好的，他就讲建筑，他的本行。我问你小说里常有建筑师，有没有你自己的影

---

① Organice：有机的。

② 说得对，有机的，说得对，一首诗应当是活的。

③ Edmund Blunden：勃伦腾（1896—1974），英国诗人、传记作家、学者，参加过第一次世界大战，许多作品描写他在战争中的经验。作品有诗集《战争的低音》等。

④ Exeter：今译埃克塞特，位于英格兰西南部，为德文郡首府，是英国的历史名城之一。现存的诺罗大教堂，为十三世纪之物。

子?他说没有。这时候梅雪出去了又回来,咻咻的爬在我的身上乱抓。哈代见我有些窘,就站起来呼开梅雪,同时说我们到园里去走走吧,我知道这是送客的意思。我们一起走出门绕到屋子的左侧去看花,梅雪摇着尾巴咻咻的跟着。我说哈代先生,我远道来你可否给我一点小纪念品。他回头见我手里有照相机,他赶紧他的步子急急的说,我不爱照相,有一次美国人来给了我很多的麻烦,我从此不叫来客照相——我也不给我的笔迹(Autograph),你知道?他脚步更快了,微偻着背,腿微向外一摆一摆的走着,仿佛怕来客要强抢他什么东西似的!"到这儿来,这儿有花,我来采两朵花给你做纪念,好不好?"他俯身下去到花坛里去采了一朵红的一朵白的递给我:"你暂时插在衣襟上吧,你现在赶六点钟车刚好,恕我不陪你了,再会,再会——来,来,梅雪,梅雪……"老头扬了扬手,径自进门去了。

啬刻的老头,茶也不请客人喝一杯!但谁还不满足,得着了这样难得的机会?往古的达文謇,莎士比亚,葛德,拜伦,是不回来了的;——哈代!多远多高的一个名字!方才那头秃秃的背弯弯的腿屈屈的,是哈代吗?太奇怪了!那晚有月亮,离开哈代家五个钟头以后,我站在哀克刹脱教堂的门前玩弄自身的影子,心里充满着神奇。

辑四　社会批评

罗素与中国
——读罗素著《中国问题》

罗素去年回到伦敦以后,他的口液几乎为颂美中国消尽,他的门限也几乎为中国学生踏穿。他对我们真挚的情感,深刻的了解,彻底的同情,都可以很容易从他一提到中国奋烈的目睛和欣快的表情中看出。他有一次在乡下几乎和卫伯(Sidney Webb)①夫妇吵起嘴来,因为他们一对十余年来只是盲目地崇拜日本,蔑视中国。他对人说他很愿意舍弃欧洲物质上舒服的高等生活,到中国来做一个穿青布衫种田的农人。他说中国虽遭天灾人患,其实人民生活之快乐直非欧洲人所能想象。他说中国的青年是全世界意志最勇猛,解放最彻底,前途最无限的青年;他确信中国文艺复兴不久就有大成功。然而他也知道我们的危险。他在英国每次发言,总告诫人说最美最高尚最优闲的中国文化,现在正在危险中,有于不知不觉中,变化为最俗最陋最匆促的青年会文化之倾向:他说现在耶稣教在中国的魔力,就蕴在青年会的冷水浴和哑铃操里面。太平洋那边吹过来的风,虽则似乎温和,却是

---

① Sidney Webb:今译锡德尼·韦布(1859—1947),英国经济学家、社会史学家,费边社会主义的倡导者之一。妻比阿特丽丝·韦布(Beatrice Webb, 1858—1943),英国费边社会主义者、社会活动家。两人合著多本著作,有《工联主义史》、《工业民主主义》和《英国地方政府》等。

充满了硝酸的化力。我离伦敦前接到他从瑞士来的电报，要我到巴黎去会他，后来彼此还是莫有会成，但他寄来送我一本他的新书《中国问题》，叫我到国内来传布他的意见，我答应回来温习过自己的社会人民以后，替他做一篇书评。如今我回国已有一月，文章还不曾做出，现在我姑且先用中文来传达他书里的一番厚意，好让爱敬罗素的诸君，知道我们得了一个真正知心多情的朋友在海外哩。

罗素这本书，在中西文化交融的经程中，确实地新立了一块界石。他是真了解真爱惜中国文化的一个人，说的话都是同情化的正确见解，不比得传教士的隔着靴子搔痒，或是巡捕房头目的蹲在木堆里钓鱼。他唯其了解，所以明白我国过去文化的价值，和将来发展的方向；唯其爱惜，所以不厌回复地警告欧人不要横加干涉，责备日本不应故意蹂躏，隐讽美国不要用喜笑的脸温存的手，来丑变低化我们的遗产。他开头就说在中国的三大问题——政治，经济，文化——中关于全人类和中国自身最重要的是文化问题；只要这个问题解决的满意，不论政治经济化成如何样式，他都不在乎了。他说中国好比一个美术家的国，有美术家的好处也有他的坏处，但这好处是有益于人的，坏处只报应在他自身。他就问一个重要的问题，他问如此说来，全世界是否应得设法保全他的好处呢，还是逼迫他去学欧洲的坏样子，专做损人不利己的事业呢？他再问果然有一日中国有力量，即以其人之道还诸其人之身，来对付东西洋人，那时全世界又成何面目呢？

罗素知道老大帝国黄脸病夫的实力和潜伏的能力，所以他最怕他被逼迫而走最没出息的武力主义那条路。此点他书里屡屡提及，他最近在米郎的一个平和会里又说同样的话。我们固然很感觉东西两面急急锋的压迫，固然有铤而走险的倾向，但我们可以告慰知爱我们的罗先生，中国国民不到走头〈投〉无路的时刻，决不会去效法野蛮人的行为，同类自残的下策。

所以罗素注意的，是文化，是民族创造精神的表现，不是物质的组织，盲目的发展。他说我不管旁的，我只管知识，美术，本能的快乐，友谊和感情。他接着解释知识也不是呆板的事实，堆积的功夫，艺术也不仅是美术家手里做出来的物件。他所谓美术直包及俄国的村农，中国的苦力，他们似乎有一种不自觉的努力去寻赏真美。那种产生民歌的冲动，曾在清教徒时期前盛行，如今只可向村舍前农园后访去了。本能的快乐，就是单纯生活的幸福，欧美人原来干净的人道全教工业的烟煤熏黑，原来活的泉源全教笨重的钞票塞住。他告我说他见湖南的种田人，杭州的车轿夫，他们那样欢欢喜喜做工过日，张开口就笑，一笑就满头满面满心的笑，他几乎滴下泪来，因为那样轻爽自然的生活，轻爽自然的笑容，在欧美差不多已经灭迹了，欧美人所最崇拜的，只是进步与速率，中国人根本就莫有知道这回事。他们靠了进步与速率，得到了力与钱，也造成了现在惴惴不可终日的西方文明；中国人终是慢吞吞地不进不退，却反享受了几千年平安有趣的生活。

他说让中国人管他们自己的事，不要干涉，他们自会得在百十年间吸收外来他们所需要的元素，或成一个兼具东西文明美质的一个好东西。他只怕两个方向：他怕中国变成个物质文明的私生子，丧尽原有的体面；他又怕中国变成守旧的武力国。

他说欧战使欧洲觉悟自己文明的漏洞，游俄游中的经验使得他相信这两个国家可以指示欧洲人那里是漏洞，怎样的补法。他说中国人的生活习惯若然大家都采用，全世界就会快活享福。欧美人的生活刚正是反面，他们只要奋斗，变动，不足，破坏。物质文明的尾巴已经大得掉不过来，除了到安定的东方来请教，恐竟没有法子防止灭亡。下面容我节译一段他在一九二〇年的夏天，跟着英国工党的代表团，到俄国去观察，正当鲍尔雪微克想用全力来根本改造俄民的习惯，想把原来有亚洲气息的俄民，改赶入纯粹机械性质的生活。他那时正在鄂尔迦（Volga）[①] 河中：

> 吾舟驶于鄂河，日复一日，经一荒凉诡异之乡。舟中人皆嚣杂，欣忭，好争持，善为捷易之说理，喜以巧言释百业，咸谓天下宜无事不可解，诚能如其言为政，则人事之利害可铢铢而算，人类之进向可节节而定也。有一人病且死，斗弱斗恐、斗健康者

---

① Volga：今译伏尔加河，俄罗斯西部的一条大河。

之漠视甚力，而同舟人之辩之争，之琐笑，之扬声求爱，喧逐，几如雷动，夜以继日，曾不念病苦者之难堪。舟以外，鄂河之波，鄂河之岸，皆静如死，诡如天。愿此静秘，身中人莫或有暇以听察焉；余独内感不宁，断不能寄心耳于诡辩者之辩，与通事实者无尽藏之事实。一日，既迟暮，吾舟泊于一荒落之所，杳不见房屋，但有沙堤长亘，其背则白杨成列，明月升焉。余默然登岸，行沙中不远，而见一人类之奇集，似古游民，盖来自灾荒之极域，家族麇聚，绕以家用杂具，有立者，有卧者，有悄然积小枝作火者。火成焰发，照人面历历，皆髯节蓬生，男子野鲁北耐，妇人粗陋，童子亦严肃迟重，如其亲。其为人也无疑，愿求习于猫于犬于马，宜若易于是族之男妇童子。我知彼等必且竣息于此荒凉之域，日焉月焉，以冀船来载去传闻天人不尽苛酷之乡；然其闻之确否，又谁得而知之。将有死于途运者，若饥与渴，日中之炎热，则殆莫或能免，然即其茹苦，犹喋不呻。余观览之余，不禁兴感，念是殆庞俄魂灵之征识，默不能自吐，力挫于失望，彷徨转侧，西欧犹且翘然自分党别，或进而争，或退而处，熟视此无告者若无睹焉。俄之体大，间有能者，亦如蚪磧之于广漠，不可得而识。彼硁硁于主义者，方且强柳杞以为杯棬，将屈人类原始之本能，为学理之试验；然余窃不敢信幸福之可以工业主义与强迫劳役钳刺而致也。

然及晨曦之复转，而舟中之哓哓于唯物史观及共和政体之得失者犹然如故，余亦口耳其间，不复自省。与余辩者未尝见岸上游弋之灾民，即见之亦且类之于砂石草木，以其穷野不可训，非社会主义福音之所宜及也。然彼民宁忍之静默，既深入于余心，辩虽亟，论虽便习，而寂寞难言之思，犹耿耿于中焉久之。卒之余奋然自谓政治者魔实趣使之，强者黠者承其意以刑楚羸弱之民族，为利，为权力，为主义，其害则均。吾舟犹前进不息，日侵饥民之余粮，仰庇于军士，则饥者之子也；受之惠如此，我不知且何以报之。

鄂水风来，鄂水波动而居民愁惨之歌，白拉拉加之音，萧然缭绕吾舟，此景不可忘已。声之来，与俄土荒伟之静默俱，止于余心而为不可解之问,不可苏之隐痛,东人乐生之色,于焉黯矣。

此方余来向中国以求新望,心境盖如此。

上面这一段话,文情兼至,实在太好了,令我不忍不翻,而翻之结果,竟成了几于古文调子。罗素是现代最莹澈的一块理智结晶,而离了他的名学数理,又是一团火热的情感,再加之抗世无畏道德的勇敢,实在是一个可作榜样的伟大人格,古今所罕有的。你看那段文中——其实是首好诗——他从鄂尔迦河荒野的静穆里从月夜难民宿处的沈默里感觉到西方物质生活之浅狭,感觉到科学知识所窥测之浅狭,他原来灵敏的感觉,更从这伟大消息的分光镜里,翻成无数的彩色;连风里传来俄民的乐音,也在他心里产生了一种可怖责问的隐痛——这是何等境界哟!他见了中国不失天真的生活,仿佛在海洋里遭风的船,盼到了个停泊的所在,他那时滴下来的泪,迸出来的热泪,才是替欧洲文明清还宿欠呢!

在这里就有人说:他原来是对欧洲文明的反动,他的崇拜中国,多半是感情作用,处处言过其实,并且他在中国日子很少,如何会得了解。不错,是反动;但他所厌恶的,却并非欧化的全体——那便成了意气作用——而是工业文明资本制度所产生的恶现象;他的崇拜中国,也并非因为中国刚巧是欧化的反面,而的确是由贯刺的理智和真挚的情感,交互而产生的一种真纯信仰,对于种种文明文化背后的生命自身更真确的觉悟与认识。我现在敢说这话,因为我自己也是过来人;我当初何尝不疑心他是感情的反动,借东方来发泄他自己的牢骚,但我此次回来看了印度人和中国人的生活,从对照里看出欧美生活之伪之浮之险,不由得我不信罗素感情之真切。我们千万不要单凭着生长在中国的事实,就自以为对于中国当然有正确的见解。大多数人连他自己都不认识,何况生活本体呢!至于那班青年会脑筋的论调,尤其在门外的门外了。

但罗素虽则从游俄国游中国感觉到人类的运命,生活的消息,人道的范围,他却并莫有十分明了中国文化及生活何以会形成现在这个样子。他第一就不了解孔子的影响,他书里老实说他对于繁文缛节的孔子莫有多大感情；第二他以为中国的好处，老庄很负责任，他就很想利用老庄来补添他原有无治主义倾向的思想（他书开篇就引庄子浑沌凿七窍而死的话）。虽他不知道中国人生活之所以能乐天自然，气概之所以宏大，不趋极端好平和的精神，完全还是孔子一家的思想，而老庄之影响于思想惯习，其实是不可为训。

在"中国人的品格"那一章里，他又说起中国人的三大毛病，一贪，二忍，三懦。这三点刚巧是智仁勇的反面，却是孔家理想生活不实现的一个证据。现在我国正当文艺复兴，我们要知道罗素先生正在伸长了头颈，盼望我们新青年的潮流中，涌出无量数理想的人格，来创造新中华的文明的哩！他说我们只要有真领袖，看清楚新文化方向，想象到所要的新文化的模样，一致向创造方面努力，种种芝麻零碎什么政治经济的困难就都绝对不成问题。我们要知道盲目的改良政治危险；盲目的发展工商危险；盲目的发展教育也是危险；我们千万不要拿造成文化的大事业，托付在有善意而无理想力的先生们手里！

十一月十七日南京成贤学舍

青年运动

我这几天是一个活现的 Don Quixote①，虽则前胸不曾装起护心镜，头顶不曾插上雉鸡毛，我的一顶阔边的"面盆帽"，与一根漆黑铄亮的手棍，乡下人看了已经觉得新奇可笑；我也有我的 Sancho Panza②，他是一个角色，会憨笑，会说疯话，会赌咒，会爬树，会爬绝壁，会背《大学》，会骑牛，每回一到了乡下或山上，他就卖弄他的可惊的学问，他什么树都认识，什么草都有名儿，种稻种豆，养蚕栽桑，更不用说，他全知道，一讲着就乐，一乐就开讲，一开讲就像他们田里的瓜蔓，又细又长又曲折又绵延（他姓陆名字叫炳生或是丙申，但是人家都叫他鲁滨孙）；这几天我到四乡去冒险，前面是我，后面就是他，我折了花枝，采了红叶，或是检了石块（我们山上有浮石，掷在水里会浮的石块，你说奇不奇！）就让他扛着，问路是他的份儿，他叫一声大叔，乡下人谁都愿意与他答话；轰狗也是他的份儿，到乡下去最怕是狗，他们全是不躲懒的保卫团，一见穿大褂子的他们就起疑心，迎着你嗥还算是文明的盘问，顶英雄的满不开口望着你的身上直攻，那才麻烦，但是他有办法，他会念降狗咒，据他说一

---

① Don Quixote：堂吉诃德，西班牙小说家塞万提斯的同名小说中的主人公，后成为不切实际的理想主义者的代名词。

② Sancho Panza：堂吉诃德的仆从，后指堂吉诃德式人物的伴侣。

念狗子就丧胆,事实上并不见得灵验,或许狗子有秘密的破法也说不定,所以每回见了劲敌,他也免不了慌忙。他的长处就在与狗子对噪,或是对骂,居然有的是王郎种,有时他骂上了劲,狗子倒软化了,但是我总不成,望见狗影子就心虚,我是淝水战后的苻坚,稻草媵儿,竹篱笆,就够我的恐慌。有时我也学 Don Quixote 那劲儿,舞起我手里的梨花棒,喝一声孽畜好大胆,看棒!果然有几处大难让我顶潇洒的蒙过了。

我相信我们平常的脸子都是太像骡子——拉得太长;忧愁,想望,计算,猜忌,怨恨,懊怅,怕惧,都像魇魔似的压在我们原来活泼自然的心灵上,我们在人丛中的笑脸大半是装的,笑响大半是空的,这真是何苦来。所以每回我们脱离了烦恼打底的生活,接近了自然,对着那宽阔的天空,活动的流水,我们就觉得轻松得多,舒服得多。每回我见路旁的息凉亭中,挑重担的乡下人,放下他的担子,坐在石凳上,从腰包里掏出火刀火石来,打出几簇火星,点旺一杆老烟,绿田里豆苗香的风一阵阵的吹过来,吹散他的烟氛,也吹燥了他眉额间的汗渍;我就感想到大自然调剂人生的影响:我自己就不知道曾经有多少自杀类的思想,消灭在青天里,白云间,或是像挑担人的热汗,都让凉风吹散了。这是大家都承认的,但实际没有这样容易。即使你有机会在息凉亭子里抽一杆潮烟,你抽完了烟,重担子还是要挑的,前面谁也不知道还有多少路,谁也不知道还有没有现成的息凉亭子,也许走不到第二个凉亭,你的精力已经到了止境,同时担子的重量是刻刻加增的,你那时再懊悔你当初不应该尝试这样压得死人的一个负担,也就太迟了!

我这一时在乡下,时常揣摩农民的生活,他们表面看来虽则是继续的劳瘁,但内里却有一种涵蓄的乐趣,生活是原始的,朴素的,但这原始性就是他们的健康,朴素是他们幸福的保障,现代所谓文明人的文明与他们隔着一个不相传达的气圈,我们的争竞,烦恼,问题,消耗,等等,他们梦里也不曾做着过;我们的坠落,隐疾,罪恶,危险,等等,他们听了也是不了解的,像是听一个外国人的谈话。上帝保佑世上再没有懵懂的呆子想去改良、救渡、教育他们,那是间接的摧残他们的平安,扰乱他们的平衡,抑塞他们的生机!

需要改良与教育与救渡的是我们过分文明的文明人，不是他们。需要急救，也需要根本调理的是我们的文明，二十世纪的文明，不是洪荒太古的风俗，人生从没有受过现代这样普遍的咒诅，从不曾经历过现代这样荒凉的恐怖，从不曾尝味过现代这样恶毒的痛苦，从不曾发现过现代这样的厌世与怀疑。这是一个重候，医生说的。

　　人生真是变了一个压得死人的负担，习惯与良心冲突，责任与个性冲突，教育与本能冲突，肉体与灵魂冲突，现实与理想冲突，此外社会政治宗教道德买卖外交，都只是混沌，更不必说。这分明不是一块青天、一阵凉风、一流清水，或是几片白云的影响所能治疗与调剂的；更不是宗教式的训道、教育式的讲演、政治式的宣传所能补救与济渡的。我们在这促狭的芜秽的桎梏中，也许有时望得见一两丝的阳光，或是像拜轮在 Chillon① 那首诗里描写的，听着清新的鸟歌；但这是嘲讽，不是慰安，是丹得拉士（Tantalus②）的苦痛，不是上帝的恩宠；人生不一定是苦恼的地狱。我们的是例外的例外。在葡萄丛中高歌欢舞的一种提昂尼辛的癫狂（Dionysian madness③），已经在时间的灰烬里埋着，真生命活泼的血液的循环，已经被文明的毒质瘀住，我们仿佛是孤儿在黑夜的森林里呼号生身的爹娘，光明与安慰都没有丝毫的踪迹。所以我们要求的——如其我们还有胆气来要求——决不是部分的，片面的补苴，决不是消极的慰藉，决不是惬夫的改革，决不是傀儡的把戏……我们要求的是，"澈底的来过"；我们要为我们新的洁净的灵魂造一个新的洁净的躯体，要为我们新的洁净的躯体造一个新的洁净的灵魂；我们也要为这新的洁净的灵魂与肉体造一个新的洁净的生活——我们要求一个"完全的再生"。

　　我们不承认已成的一切，不承认一切的现实；不承认现有的社

---

　　① Chillon：指拜伦的长诗《锡雍的囚徒》。这首诗描写十六世纪时瑞士的爱国志士博尼瓦尔（Fran, Cois de Bonnivard, 1496?—1570)，被囚禁在日内瓦湖边的锡雍古堡中达六年之久。在他濒临疯狂边缘的时候，一只鸟的歌声挽救了他。

　　② Tantalus：今译坦塔罗斯，希腊神话中的宙斯之子，因触怒诸神在冥界受到惩罚，站在齐颈的水里，他口渴低头想喝水时，水就退去；他头上有果树，他腹饥想吃果子时，风就把果子吹开。

　　③ Dionysian madness：今译狄俄尼索斯，希腊神话中的酒神。

会，政治，法律，家庭，宗教，娱乐，教育；不承认一切的主权与势力。我们要一切都重新来过：不是在书桌上整理国故，或是在空枵的理论上重估价值，我们是要在生活上实行重新来过，我们是要回到自然的胎宫里去重新吸收一番资养。但我们说不承认已成的一切是不受一切的束缚的意思，并不是与现实宣战，那是最不经济也太琐碎的办法；我们相信无限的青天与广大的山林尽有我们青年男女翱翔自在的地域；我们不是要求篡取已成的世界，那是我们认为不可医治的。我们也不是想来试验新村或新社会，预备感化或是替旧社会做改良标本，那是十九世纪的迂儒的梦乡，我们也不打算进去空费时间的；并且那是训练童子军的性质，牺牲了多数人供一个人的幻想的试验的。我们的如其是一个运动，这决不是为青年的运动，而是青年自动的运动，青年自己的运动，只是一个自寻救渡的运动。

你说什么，朋友，这就是怪诞的幻想，荒谬的梦不是？不错，这也许是现代青年反抗物质文明的理想，而且我敢说多数的青年在理论上多表同情的；但是不忙，朋友，现有一个实例，我要乘便说给你听听，——如其你有耐心。

十一年前一个冬天在德国汉奴佛（Hanover①）相近一个地方，叫做Cassel②，有二千多人开了一个大会，讨论他们运动的宗旨与对社会、政治、宗教问题的态度，自从那次大会以后这运动的势力逐渐张大，现在已经有一百多万的青年男女加入——这就叫做Jugendbewegung"青年运动"，虽则德国以外很少人明白他们的性质。我想这不仅是德国人，也许是全欧洲的一个新生机，我们应得特别的注意。"西方文明的坠落只有一法可以挽救，就在继起的时代产生新的精神与生命的势力。"这是福士德博士说的话，他是这青年运动里的一个领袖，他著一本书叫做Jugendseele③，专论这运动的。

现在德国乡间常有一大群的少年男子与女子，排着队伍，弹着六弦琵琶唱歌，他们从这一镇游行到那一镇，晚上就唱歌跳舞来交换他

---

① Hanover：今译汉诺威，德国下萨克森州首府。
② Cassel：卡塞尔，德国城市。
③ Jugendseele：《青年的精神》。

们的住宿,他们就是青年运动的游行队,外国人见了只当是童子军性质的组织,或是一种新式的吉婆西(Gipsy①),但这是仅见外表的话。

德国的青年运动是健康的年轻男女反抗现代的坠落与物质主义的革命运动,初起只是反抗家庭与学校的专权,但以后取得更哲理的涵义,更扩大反叛的范围,简直决破了一切人为的制限,要赤裸裸的造成一种新生活。最初发起的是加尔菲喧(Karl Fischer of Steglitz②),但不久便野火似的烧了开去,现在单是杂志已有十多种,最初出的叫作Wandervogel③。

这运动最主要的意义,是要青年人在生命里寻得一个精神的中心(the spiritual center of life),一九一三年大会的铭语是"救渡在于自己教育"(Salvation Lies in Self—Education),"让我们重新做人。让我们脱离狭窄的腐败的政治组织,让我们抛弃近代科学家们的物质主义的小径,让我们抛弃无灵魂的知识钻研。让我们重新做活着的男子与女子。"他们并没有改良什么的方案,他们禁止一切有具体目的的运动;他们代表一种新发现的思路,他们旨意在于规复人生原有的精神的价值。"我们的大旨是在离却坠落的文明,回向自然的单纯;离却一切的外骛,回向内心的自由;离却空虚的娱乐,回向真纯的欢欣;离却自私主义,回向友爱的精神;离却一切懈弛的行为,回向郑重的自我的实现。我们寻求我们灵魂的安顿,要不愧于上帝,不愧于己,不愧于人,不愧于自然。""我们即使存心救世,我们也得自己重新做人。"

这运动最显著亦最可惊的结果是确实的产生了真的新青年,在人群中很容易指出,他们显示一种生存的欢欣,自然的热心,爱自然与朴素,爱田野生活。他们不饮酒(德国人原来差不多没有不饮酒的),不吸烟,不沾城市的恶习。他们的娱乐是弹着琵琶或是拉着梵和玲唱歌,踏步游行跳舞或集会讨论宗教与哲理问题。跳舞最是他们的特色。往往有大群的游行队,徒步游历全省,到处歌舞,有时也邀本地

---

① Gipsy:今译吉普赛。
② Steglitz:史达格里兹,德国柏林市郊。
③ Wandervogel:《候鸟》。

人参加同乐——他们复活了可赞美的提昂尼辛的精神！

这样伟大的运动不能不说是这黑魆魆的世界里的一泻清辉，不能不说是现代苟且的厌世的生活（你们不曾到过柏林与维也纳的不易想象）一个庄严的警告，不能不说是旧式社会已经蛀烂的根上重新爆出来的新生机，新萌芽；不能不说是全人类理想的青年的一个安慰，一个兴奋，为他们开辟了一条新鲜的愉快的路径；不能不说是一个新的洁净的人生观的产生。我们要知道在德国有几十万的青年男女，原来似乎命定做机械性的社会的终身奴隶，现在却做了大自然的宠儿，在宽广的天地间感觉新鲜的生命的跳动，原来只是屈伏在蠢拙的家庭与教育的桎梏下，现在却从自然与生活本体接受直接的灵感，像小鹿似的活泼，野鸟似的欢欣，自然的教训是洁净与朴素与率真，这正是近代文明最缺乏的元素。他们不仅开发了各个人的个性，他们也规复了德意志民族的古风，在他们的歌曲、舞蹈、游戏、故事与礼貌中，在青年们的性灵中，古德意志的优美，自然的精神又取得了真纯的解释与标准。所以城市生活的堕落，淫纵，耗费，奢侈，饰伪，以及危险与恐怖，不论他们传染性怎样的剧烈，再也沾不着洁净的青年，道德家与宗教家的教训只是消极的强勉的，他们的觉悟是自动的，自然的，根本的，这运动也产生了一种真纯的友爱的情谊在年轻的男子与女子间；一种新来的大同的情感，不是原因于主义的激刺或党规的强迫；而是健康的生活里自然流露的乳酪，洁净是他们的生活的纤维，愉快是营养。

我这一点感想写完了，从我自己的野游蔓延到德国的青年运动，我想我再没有加案语的必要，我只要重复一句滥语——民族的希望就在自觉的青年。

正月二十四日

吸烟与文化

一

牛津是世界上名声压得倒人的一个学府。牛津的秘密是它的导师制。导师的秘密,按利卡克教授说,是"对准了他的徒弟们抽烟"。真的在牛津或康桥地方要找一个不吸烟的学生是很费事的——先生更不用提。学会抽烟,学会沙发上古怪的坐法,学会半吞半吐的谈话——大学教育就够格儿了。"牛津人","康桥人":还不够斗〈逗〉吗?我如其有钱办学堂的话,利卡克说,第一件事情我要做的是造一间吸烟室,其次造宿舍,再次造图书室;真要到了有钱没地方花的时候再来造课堂。

二

怪不得有人就会说,原来英国学生就会吃烟,就会懒惰。臭绅士的架子!臭架子的绅士!难怪我们这年头背心上刺刺的老不舒服,原来我们中间也来了几个叫土巴菰烟臭熏出来的破绅士!

这年头说话得谨慎些。提起英国就犯嫌疑。贵族主义!帝国主义!走狗!挖个坑埋了他!

实际上事情可不这么简单。侵略,压迫,该咒是一件事,别的事情可不跟着走。至少我们得承认英国,就它本身说,是一个站得住的国家,英国人是有出息的民族。它的是有组织的生活,它的是有活气的文化。我们也得承认牛津或是康桥至少是一个十分可羡慕的学府,它们是英国文化生活的娘胎。多少伟大的政治家,学者,诗人,艺术家,科学家,是这两个学府的产儿——烟味儿给熏出来的。

三

利卡克的话不完全是俏皮话。"抽烟主义"是值得研究的,但吸烟室究竟是怎么一回事?烟斗里如何抽得出文化真髓来?对准了学生抽烟怎样是英国教育的秘密?利卡克先生没有描写牛津康桥生活的真相;他只这么说,他不曾说出一个所以然来。许有人愿意听听的,我想。我也叫名在英国念过两年书,大部分的时间在康桥。但严格的说,我还是不够资格的。我当初并不是像我的朋友温源宁先生似的出了大金镑正式去请教熏烟的:我只是个,比方说,烤小半熟的白薯,离着焦味儿透香还正远哪。但我在康桥的日子可真是享福,深怕这辈子再也得不到那样蜜甜的机会了。我不敢说康桥给了我多少学问或是教会了我什么。我不敢说受了康桥的洗礼,一个人就会变气息,脱凡胎。我敢说的只是——就我个人说,我的眼是康桥教我睁的,我的求知欲是康桥给我拨动的,我的自我的意识是康桥给我胚胎的。我在美国有整两年,在英国也算是整两年。在美国我忙的是上课,听讲,写考卷,啃象皮糖,看电影,赌咒。在康桥我忙的是散步,划船,骑自转车,抽烟,闲谈,吃五点钟茶牛油烤饼,看闲书。如其我到美国的时候是一个不含糊的草包,我离开自由神的时候也还是那原封没有动;但如其我在美国时候不曾通窍,我在康桥的日子至少自己明白了原先只是一肚子颟顸。这分别不能算小。

我早想谈谈康桥,对它我有的是无限的柔情,但我又怕亵渎了它似的始终不曾出口。这年头!只要贵族教育一个无意识的口号就可以把牛顿,达尔文,米尔顿,拜伦,华茨华斯,阿诺尔德,纽门,罗刹蒂,格兰士顿等等所从来的母校一下抹煞。再说年来交通便利了,各式各种日新月异的教育原理教育新制翩翩的从各方向的外洋飞到中华,那还容得厨房老过四百年墙壁上爬满骚胡髭一类藤萝的老书院的一起来上讲坛?

四

但另换一个方向看去,我们也见到少数有见地的人,再也看不过国内高等教育的混沌现象,想跳开了蹂烂的道儿,回头另寻新路走去。向外望去,现成有牛津康桥青藤缭绕的学院招着你微笑;回头望去,五老峰下飞泉声中白鹿洞一类的书院瞅着你惆怅。这浪漫的思乡病跟着现代教育丑化的程度在少数人的心中一天深似一天。这机械性买卖性的教育够腻烦了,我们说。我们也要几间满沿着爬山虎的高雪克屋子来安息我们的灵性,我们说。我们也要一个绝对闲暇的环境好容我们的心智自由的发展去,我们说。

林语堂先生在《现代评论》登过一篇文章谈他的教育的理想。新近任叔永先生与他的夫人陈衡哲女士也发表了他们的教育的理想。林先生的意思约莫记得是想仿效牛津一类学府,陈、任两位是要恢复书院制的精神。这两篇文章我认为是很重要的,尤其是陈、任两位的具体提议,但因为开倒车走回头路分明是不合时宜,他们几位的意思并不曾得到期望的回响。想来现在的学者们太忙了,寻饭吃的,做官的,当革命领袖的,谁都不得闲,谁都不愿闲,结果当然没有人来关心什么纯粹教育(不含任何动机的学问)或是人格教育。这是个可憾的现象。

我自己也是深感这浪漫的思乡病的一个;我只要——

"草青人远,

一流冷涧……"

但我们这想望的境界有容我们达到的一天吗?

民十五年一月十四日

我过的端阳节

我方才从南口回来。天是真热,朝南的屋子里都到了九十度以上,两小时的火车竟如在火窖中受刑,坐起一样的难受。我们今天一早在野鸟开唱以前就起身,不到六时就骑骡出发,除了在永陵休息半小时以外,一直到下午一时余,只是在高度的日光下赶路。我一到家,只觉得四肢的筋肉里像用细麻绳扎紧似的难受,头里的血,像沸水似的急流,神经受了烈性的压迫,仿佛无数烧红的铁条蛇盘似的绞紧在一起……

一进阴凉的屋子,只觉得一阵眩晕从头顶直至踵底,不仅眼前望不清楚,连身子也有些支持不住。我就向着最近的藤椅上瘫了下去,两手按住急颤的前胸,紧闭着眼,纵容内心的浑沌,一片黯黄,一片茶青,一片墨绿,影片似的在倦绝的眼膜上扯过……

直到洗过了澡,神志方才回复清醒,身子也觉得异常的爽快,我就想了……

人啊,你不自己惭愧吗?

野兽,自然的,强悍的,活泼的,美丽的;我只是羡慕你,

什么是文明人:只是腐败了的野兽!你若然拿住一个文明惯了的人类,剥了他的衣服装饰,夺了他作伪的工具——语言文字,把他赤裸裸的放在荒野里看看——多么"寒碜"的一个畜生呀!恐怕连长耳朵的小骡儿,都瞧他不起哪!

白天，狼虎放平在丛林里睡觉，他躲在树阴底下发痧；

　　晚上清风在树林中演奏轻微的妙乐，鸟雀儿在巢里做好梦，他倒在一块石上发烧咳嗽——着了凉了！

　　也不等狼虎去商量他有限的皮肉，也不必小雀儿去嘲笑他的懦弱；单是他平常歌颂的艳阳与凉风，甘霖与朝露，已够他的受用：在几小时之内可使他脑子里消灭了金钱名誉经济主义等等的虚景，在一半天之内，可使他心窝里消灭了人生的情感悲乐种种的幻象，在三两天之内——如其那时还不曾受淘汰——可使他整个的超出了文明人的丑态，那时就叫他放下两支手来替脚平分走路的负担，他也不以为离奇，抵拼撕破皮肉爬上树去采果子吃，也不会感觉到体面的观念……

　　平常见了活泼可爱的野兽，就想起红烧野味之美，现在你失去了文明的保障，但求彼此平等待遇两不相犯，已是万分的侥幸……

　　文明只是个荒谬的状况：文明人只是个凄惨的现象，——

　　我骑在骡上嚷累叫热，跟着哑巴的骡夫，比手势告诉我他整天的跑路，天还不算顶热，他一路很快活的不时采一朵野花，折一茎麦穗，笑他古怪的笑，唱他哑巴的歌；我们到了客寓喝冰汽水喘息，他路过一条小涧时，扑下去喝一个贴面饱，同行的有一位说："真的，他们这样的胡喝，就不会害病，真贱！"

　　回头上了头等车，坐在皮椅上嚷累叫热，又是一瓶两瓶的冰水，还怪嫌车里不安电扇；同时前面火车头里司机的加煤的，在一百四五十度的高温里笑他们的笑，谈他们的谈……

　　田里刈麦的农夫拱着棕黑色的裸背在作工，从清早起已经做了八九时的工，热烈的阳光在他们的皮上像在打出火星来似的，但他们却不曾嚷腰酸叫头痛……

　　我们不敢否认人是万物之灵，我们却能断定人是万物之淫；

　　什么是现代的文明，只是一个淫的现象；

　　淫的代价是活力之腐败与人道之丑化；

　　前面是什么，没有别的，只是一张黑沈沈的大口，在我们运定的道上张开等着，时候到了把我们整个的吞了下去完事！

六月二十日

再谈管孩子

你做小孩时候快活不？我，不快活。至少我在回忆中想不起来。你满意你现在的情况不？你觉不觉得有地方习惯成了自然，明知是做自己习惯的奴隶却又没法摆脱这束缚，没法回复原来的自由？不但是实际生活上，思想、意志、性情也一样有受习惯拘挚的可能。习惯都是养成的；我们很少想到我们这时候觉着的浑身的镣铐，大半是小时候就套上的——记着一岁到六岁是品格与习惯的养成的最重要时期。我小时候的受业师袁花查桐荪先生，因为他出世时父母怕孩子遭凉没有给洗澡，他就带了这不洗澡习惯到棺材里去——从生到死五十几年一次都没有洗过身体！他也不刷牙，不洗头，很少擦脸。脏得叫人听了都腻心不是？我们却很少想到我们品格上，性情上，乃至思想上的不洁，多半是原因于小时候做父母的姑息与颟顸。中国人口头上常讲率真，实际上我们是假到自己都不觉得。讲信义，你一天在社会上不说一两句谎话能过日子吗？讲廉讲洁，有比我们更贪更龌龊的民族没有？讲气节——这更不容说了！

这是实际情形，不容掩讳的。我们用不着归咎这样，归咎那样，说来狠简单，只是一个教育问题；可不是上学以后，而是上学以前的教育问题。品格教育，不是知识教育。我们不敢说合理的养育就可以消灭所有的败类；但我们确信（借近代科学研究的光）环境与有意识的训练在十次里至少有八九次可以变化气质，养成品格。什么事只要基础打好就有办法；屋漏了容易修，墙坏了可以补，基础不坚实时可麻烦。管好你的孩子，帮他开好方向，以后他就会自己寻路走。

但是你说谁家父母不想管好他们的孩子？原是的。但我们要问问仔细，一般父母心目中的"好孩子"究竟是不是好孩子。究竟他们的管法是不是，我在上篇里说过，（一）替孩子本身的利益，（二）替全社会着想。我的观察是老派父母养育的观念整个儿是不对的。他们的意思是爱，他们的实效是害。我敢断定现代大多数的父母是对他们的子女负罪的。养花是多单简的一件事，但有的花不能多晒，有的不能多浇水，还有土性的关系，一不小心，花就种死，或是开得寒碜，辜负了它的种性。管孩子至少比养花更难些。很多的孩子是晒太多浇太勤给闹坏的。这几乎完全是一个科学问题，感情的地位，如其有，很是有限，单靠爱是不够的。单凭成法也是不够的。养花得识花性，什么花怎么养法；管孩子得明白孩子性质，什么孩子怎么管法——每朝每晚都得用心看着，差不得一点。打起了底子，以后就好办。

这话听得太平常了，谁不知道不是？让我们来看看实际情形。我们不讲无知识阶级的父母，实际乡下人的管孩子倒是合理得多，他们比较的"接近自然"。最可痛的是所谓有知识阶级乃至于"知识阶级"的育儿情形。别笑话做母亲的在人前拖出奶来喂孩子，这是应得奖励的。有钱人家有了孩子就交给奶妈，谁耐烦抱孩子，高兴的时候要过来逗逗亲亲叫几声乖，恼了就喊奶妈抱了去，多心烦！结果我们中上等人家的孩子运定是老妈乃至丫头们的玩物！有好多孩子身上闻着老妈的臭味，脸上看出老妈的傻相！

单看我们孩子的衣着先就可笑。浑身全给裹得紧紧，胳膊，腿，也不叫露在外面，怕着凉。怕着凉，不错；可是，裤子是开裆的，孩子一往下蹲，屁股就往外露，肚子也就连带通风——这倒不怕着凉了！孩子是不能常洗澡的，洗澡又容易着凉，我们家乡地方终年不洗澡的孩子并不出奇，我不知道我自己小时候平均每年洗几回澡，冬天不用说，因为屋子不生火，当然不洗，夏天有时不得不洗，但只浅浅的一只小脚桶，水又是滚汤（不滚容易着凉！），结果孩子们也就不爱洗。我记得孩子时候顶怕两件事，一件是剃头，一件是洗澡。"今天我总得'捉牢'他来剃头。""今天我总得'捉牢'他来洗澡。"我妈总是这么说;他们可不对我讲一个人一定得洗澡的理由,他们也不想法把洗的方法给弄适意些。这影响深极了,我到这老大年纪每回洗澡虽不至厌恶,总不见得热心;看作一种必要的麻烦,不是愉快的练习。泅水也没有学会,猜想也是从小对洗身没有感情的缘故。我的孩子更可笑了。跟我一样,他也不热心洗澡。有一次我在家里(他是祖母管大的),好容易拉了他一起洗,他倒也没有什么,明天再洗,成绩很好,再来几次就可以有引起他兴趣的希望。可是他第二天碰巧有了发热,家里人对他说你看,都是你爸爸不好,硬拖你洗,又着凉了,下回再不要听他的!他们说这话也许一半是好玩,但孩子可是认了真,下回他再也不跟爸爸洗澡了!

像这类的情形真是举不胜举;但单纯关于身体的习惯比较还容易改。最坏是一般父母心目中的"好孩子"观念。再没有比父母更专制的:他们命令,他们强制,他们骂,他们打;他们却从不对孩子讲理——好像孩子比他们自己欠聪明,懂不得理似的!他们用种种的方法教孩子学大人样——简单说,愈不像孩子的孩子在他们看是愈好的孩子。孩子得听话,不许闹——中国父母顶得意的是他们的孩子听大人吩咐规规矩矩的叫人,绝对机械性的叫人——"伯伯","妈妈"。我有时看孩子们哭丧着脸听话叫人的时候,真觉得难受!所以叫人是孩子聪明乖的唯一标准。因为要强制孩子听大人话(孩子最不愿意听大人话!)。大人们有时就得用种种谎骗恫吓的方法。多少在成人后作伪与懦怯的品性是"别哭,老虎来了","别嚷,老太太来了","不许吃,吃了要长疮的"一类话给养成的。孩子一定得胆小怕事,这又是中国父母的得意文章。"我们的阿大真不好,胆子太极了",或是"你们的宝宝多好,他一个人走路都不敢的"。我记得我小的时候,家里人常拿鬼来吓我,结果我胆小极了,从来不敢一个人进屋子或是单身睡一个床——说来太可笑,你们不信,我到结亲以前还是常常同妈妈睡一床的!这怕黑暗怕鬼的影响到如今还有痕迹。我那时候实在胆子并不小,什么事有机会都想试试,后来他们发明了一个特别的恐吓,骗我不是我妈生的,是"网船"(即渔船)上抱来的,每天头上包着蓝布走进天井来问要虾不要的那个渔婆就是我的亲娘,每回我闹凶了,胆子"太大了",他们就说"再闹叫你网船上的娘来抱回去",那灵极了,一说我就瘪,再也不敢强了。这也有极坏的影响。我的孩子因为在老家里生长,他们还是如法炮制,每回我一回家,就奖励他走路上山,甚至爬石头,他也是顶喜欢的。有一次我带他在山上住,天天爬山乐得很,隔一天他回家了,碰巧有点发热,家里人又有了机会来破坏爸爸的威信了:"你看都是你爸,领你到山上去乱跑,着了凉发热,下回再不要听他了!"当然他再也不听信爸爸了!

但是孩子们的习惯,赶早想法转移,也是很容易的事。就我的孩子说,因为生长在老式家庭里的缘故,所有已经将次养成的习惯多半是我们认为不对的,我们认为应分训练的习惯却一点不顾着,这由于(一)"好孩子"观念的错误,(二)拘执成法。再没有比我的父母再爱孙儿的,他病了我母亲整天整晚的抱着,有几次在夏天发热简直是一个火炉;晚上我母亲同他睡,在冬天常常通宵握住他的冷脚给窝暖;但爱是一件事,得法不得法又是一件事。这回好了,他自己的妈(张幼仪女士,不久来京,想专办蒙养教育)从德国研究蒙养教育毕业回来了。孩子一归她管不到两个月工夫,整个儿变化了,至少在看得见的习惯上。他本来晚上上床早上起身没有定时的,现在十点钟一定睡,早上也一定时候起,听说每晚到了十点钟他自己觉得大人不理他了,他就看一看钟站起来说明天会,自己去睡了。本来他晚上睡不但不换睡衣,有时天凉连棉袄都穿了睡的,现在自己每晚穿衣换衣,早上穿衣起身再也不叫旁人帮忙。本来最不愿意念书写字。现在到了一定时候,就会自动写字念书,本来走一点路就叫肚疼或腿酸的,现在长路散步成了习惯。洗澡什么当然也看作当然了。最好是他现在学会了认真刷牙(他在德国死的弟弟两岁起就自己刷牙了),舀水满脸洗,洗过用干布擦,一点也不含糊了!在知识上也一样的有进步,原先在他念书写字因为上面含有强迫性质看作一种苦恼,现在得了相当的引诱与指导,自动的兴趣也慢慢的来了。这种地方虽则小,却未始不是想认真做父母的一个启示。不要怪你们孩子性子强不好,或是愁他们身子不好,实际只要你们肯费一点心思,花一点工夫,认清了孩子本能的倾向,治水似的耐心的去疏导它,原来不好的地方很容易变好,性情,身体,都可以立刻见效的。"性相近,习相远",这话是真理;我们或许有一天可以进一步相信"人之初,性本善"哪!没有工作比创造的工作更愉快更伟大的：做父母的都有一个创作的机会，把你们的孩子养成一个健康，活泼，灵敏，慈爱的成人，替社会造一个有用的人才，替自然完成一个有意识的工作，同时也增你们自己的光，添你们的欢喜——这机会还不够大吗？看看现代的成人，为什么都是这懒，这脏（尤其在品格上与思想上），这蠢，这丑，这破烂；看看现代的青年，为什么这弱，这忌心重，这多愁多悲哀，这种种的不健康——多半是做爹娘的当初不曾尽他们应尽的责任，一半是愚暗，一半是懒怠，结果对不起社会，对不起孩子们自身，自己也没有好处，这真是何苦来！

现在罗素先生给了我们一部关于养成品格问题极光亮的书，综合近代理论与实施所得的有价值的研究与结论，明白的父母们看了可以更增育儿的兴味，在寻求知识中的父母们看了更有莫大的利益：相信我，这部书是一个不灭的灯亮，谁家能利用的就不愁再遭黑暗的悲惨了！但我说了这半天本题还是没有讲到，时候已经不早，只好再等下回了。

五月十三日

海滩上种花

朋友是一种奢华；且不说酒肉势利，那是说不上朋友，真朋友是相知，但相知谈何容易，你要打开人家的心，你先得打开你自己的，你要在你的心里容纳人家的心，你先得把你的心推放到人家的心里去；这真心或真性情的相互的流转，是朋友的秘密，是朋友的快乐。但这是说你内心的力量够得到，性灵的活动有富余，可以随时开放，随时往外流，像山里的泉水，流向容得住你的同情的沟槽；有时你得冒险，你得花本钱，你得抵拼在巉岈的乱石间，触刺的草缝里耐心的寻路，那时候艰难，苦痛，消耗，在在是可能的，在你这水一般灵动，水一般柔顺的寻求同情的心能找到平安欣快以前。

我所以说朋友是奢华，"相知"是宝贝，但得拿真性情的血本去换，去拼。因此我不敢轻易说话，因为我自己知道我的来源有限，十分的谨慎尚且不时有破产的恐惧；我不能随便"化"。前天有几位小朋友来邀我跟你们讲话，他们的恳切折服了我，使我不得不从命，但是小朋友们，说也惭愧，我拿什么来给你们呢？

我最先想来对你们说些孩子话，因为你们都还是孩子。但是那孩子的我到那里去了？仿佛昨天我还是个孩子，今天不知怎的就变了样。什么是孩子要不为一点活泼的天真？但天真就比是泥土里的嫩芽，天冷泥土硬就压住了它的生机——这年头问谁去要和暖的春风？

孩子是没了。你记得的只是一个不清切的影子，麻糊得紧，我这时候想起就像是一个瞎子追念他自己的容貌,一样的记不周全;他即使想急了拿一双手到脸上去印下一个模子来,那模子也是个死的。真的没了。一天在公园里见一个小朋友不提多么活动,一忽儿上山,一忽儿爬树,一忽儿溜冰,一忽儿干草里打滚,要不然就跳着憨笑;我看着羡慕,也想学样,跟他一起玩,但是不能,我是一个大人,身上穿着长袍,心里存着体面,怕招人笑,天生的灵活换来矜持的存心——孩子,孩子是没有的了,有的只是一个年岁与教育蛀空了的躯壳,死僵僵的,不自然的。

我又想找回我们天性里的野人来对你们说话。因为野人也是接近自然的;我前几年过印度时得到极刻心的感想,那里的街道房屋以及土人的体肤容貌,生活的习惯,虽则简,虽则陋,虽则不夸张,却处处与大自然——上面碧蓝的天,火热的阳光,地下焦黄的泥土,高矗的椰树——相调谐,情调,色彩,结构,看来有一种意义的一致,就比是一件完美的艺术的作品。也不知怎的,那天看了他们的街,街上的牛车,赶车的老头露着他的赤光的头颅与紫姜色的圆肚,他们的庙,庙里的圣像与神座前的花,我心里只是不自在,就仿佛这情景是一个熟悉的声音的叫唤,叫你去跟着他,你的灵魂也何尝不活跳跳的想答应一声"好,我来了",但是不能,又有碍路的挡着你,不许你回复这叫唤声启示给你的自由。困着你的是你的教育;我那时的难受就比是一条蛇摆脱不了困住他的一个硬性的外壳——野人也给压住了,永远出不来。

所以今天站在你们上面的我不再是融会自然的野人,也不是天机活灵的孩子:我只是一个"文明人",我能说的只是"文明话",但什么是文明只是堕落!文明人的心里只是种种虚荣的念头,他到处忙不算,到处都得计较成败。我怎么能对着你们不感觉惭愧?不了解自然不仅是我的心,我的话也是的,并且我即使有话说也没法表现,即使有思想也不能使你们了解;内里那点子性灵就比是在一座石壁里牢牢的砌住,一丝光亮都不透,就凭这双眼望见你们,但有什么法子可以传达我的意思给你们,我已经忘却了原来的语言,还有什么话可说的?

但我的小朋友们还是逼着我来说谎(没有话说而勉强说话便是

谎）。知识，我不能给；要知识你们得请教教育家去，我这里是没有的。智慧，更没有了：智慧是地狱里的花果，能进地狱更能出地狱的才采得着智慧，不去地狱的便没有智慧——我是没有的。

我正发窘的时候，来了一个救星——就是我手里这一小幅画，等我来讲道理给你们听。这张画是我的拜年卡，一个朋友替我制的。你们看这个小孩子在海边沙滩上独自的玩，赤脚穿着草鞋，右手提着一枝花，使劲把它往沙里栽，左手提着一把浇花的水壶，壶里水点一滴滴的往下吊着。离着小孩不远看得见海里翻动着的波澜。

你们看出了这画的意思没有？

在海沙里种花。在海沙里种花！那小孩这一番种花的热心怕是白费的了。砂碛是养不活鲜花的，这几点淡水是不能帮忙的；也许等不到小孩转身，这一朵小花已经支不住阳光的逼迫，就得交卸他有限的生命，枯萎了去。况且那海水的浪头也快打过来了，海浪冲来时不说这朵小小的花，就是大根的树也怕站不住——所以这花落在海边上是绝望的了，小孩这番力量准是白花的了。

你们一定很能明白这个意思。我的朋友是很聪明的，她拿这画意来比我们一群呆子，乐意在白天里做梦的呆子，满心想在海沙里种花的傻子。画里的小孩拿着有限的几滴淡水想维持花的生命，我们一群梦人也想在现在比沙漠还要干枯比沙滩更没有生命的社会里，凭着最有限的力量，想下几颗文艺与思想的种子，这不是一样的绝望，一样的傻？想在海沙里种花，想在海沙里种花，多可笑呀！但我的聪明的朋友说，这幅小小画里的意思还不止此；讽刺不是她的目的。她要我们更深一层看。在我们看来海沙里种花是傻气，但在那小孩自己却不觉得。他的思想是单纯的，他的信仰也是单纯的。他知道的是什么？他知道花是可爱的，可爱的东西应得帮助他发长；他平常看见花草都是从地土里长出来的，他看来海沙也只是地，为什么海沙里不能长花他没有想到，也不必想到，他就知道拿花来栽，拿水去浇，只要那花在地上站直了他就欢喜，他就乐，他就会跳他的跳，唱他的唱，来赞美这美丽的生命，以后怎么样，海沙的性质，花的运命，他全管不着！我们知道小孩们怎样的崇拜自然，他的身体虽则小，他的灵魂却是大着，他的衣服也许脏，他的心可是洁净的。这里还有一幅画，这是自然的崇拜，你们看这孩子在月光下跪着拜一朵低头的百合花，这时候他的心与月光一般的清洁，与花一般的美丽，与夜一般的安静。我们可以知道到海边上来种花那孩子的思想与这月下拜花的孩子的思想会得跪下的——单纯，清洁，我们可以想象那一个孩子把花栽好了也是一样来对着花膜拜祈祷——他能把花暂时栽了起来便是他的成功，此外以后怎么样不是他的事情了。

你们看这个象征不仅美，并且有力量；因为它告诉我们单纯的信心是创作的泉源——这单纯的烂漫的天真是最永久最有力量的东西，阳光烧不焦他，狂风吹不倒他，海水冲不了他，黑暗掩不了他——地面上的花朵有被摧残有消灭的时候，但小孩爱花种花这一点："真"却有的是永久的生命。

我们来放远一点看。我们现有的文化只是人类在历史上努力与牺牲的成绩。为什么人们肯努力肯牺牲？因为他们有天生的信心；他们的灵魂认识什么是真什么是善什么是美，虽则他们的肉体与智识有时候会诱惑他们反着方向走路；但只要他们认明一件事情是有永久价值的时候，他们就自然的会得兴奋，不期然的自己牺牲，要在这忽忽变动的声色的世界里，赎出几个永久不变的原则的凭证来。耶稣为什么不怕上十字架？密尔顿何以瞎了眼还要做诗，贝德花芬何以聋了还要制音乐，密仡郎其罗为什么肯积受几个月的潮湿不顾自己的皮肉与靴子连成一片的用心思，为的只是要解决一个小小的美术问题？为什么永远有人到冰洋尽头雪山顶上去探险？为什么科学家肯在显微镜底下或是数目字中间研究一般人眼看不到心想不通的道理消磨他一生的光阴？

为的是这些人道的英雄都有他们不可摇动的信心；像我们在海沙里种花的孩子一样，他们的思想是单纯的——宗教家为善的原则牺牲，科学家为真的原则牺牲，艺术家为美的原则牺牲——这一切牺牲的结果便是我们现有的有限的文化。

你们想想在这地面上做事难道还不是一样的傻气——这地面还不与海沙一样不容你生根；在这里的事业还不是与鲜花一样的娇嫩？——潮水过来可以冲掉，狂风吹来可以折坏，阳光晒来可以熏焦我们小孩子手里拿着往沙里栽的鲜花，同样的，我们文化的全体还不一样有随时可以冲掉折坏熏焦的可能吗？巴比伦的文明现在那里？庞培城曾经在地底埋过千百年，克利脱的文明直到最近五六十年间才完全发见，并且有时一件事实体的存在并不能证明他生命的继续。这区区地球的本体就有一千万个毁灭的可能。人们怕死不错，我们怕死人，但最可怕的不是死的死人，是活的死人，单有躯壳生命没有灵性生活是莫大的悲惨；文化也有这种情形，死的文化倒也罢了，最可怜的是勉强喘着气的半死的文化。你们如其问我要例子，我就不迟疑的回答你说，朋友们，贵国的文化便是一个喘着气的活死人！时候已经很久的了，自从我们最后的几个祖宗为了不变的原则牺牲他们的呼吸与血液，为了不死的生命牺牲他们有限的存在，为了单纯的信心遭受当时人的讪笑与侮辱。时候已经很久的了，自从我们最后听见普遍的声音像潮水似的充满着地面。时候已经很久的了，自从我们最后看见强烈的光明像慧〈彗〉星似的扫掠过地面。时候已经很久的了，自从我们最后为某种主义流过火热的鲜血。时候已经很久的了，自从我们的骨髓里有胆量，我们的说话里有分量。这是一个极伤心的反省！我真不知道这时代犯了什么不可赦的大罪，上帝竟狠心的赏给我们这样恶毒的刑罚？你看看去这年头到那里去找一个完全的男子或是一个完全的女子——你们去看去，这年头那一个男子不是阳痿，那一个女子不是鼓胀！要形容我们现在受罪的时期，我们得发明一个比丑更丑比脏更脏比下流更下流比苟且更苟且比懦怯更懦怯的一类生字去！朋友们，真的我心里常常害怕，害怕下回东风带来的不是我们盼望中的春天，不是鲜花青草蝴蝶飞鸟，我怕他带来一个比冬天更枯槁更凄惨更寂寞的死天——因为丑陋的脸子不配穿漂亮的衣服，我们这样丑陋的变态的人心与社会凭什么权利可以问青天要阳光，问地面要青草，问飞鸟要音乐，问花朵要颜色？你问我明天天会不会放亮？我回答说我不知道，竟许不！

归根是我们失去了我们灵性努力的重心，那就是一个单纯的信仰，一点烂漫的童真！不要说到海滩去种花——我们都是聪明人谁愿意做傻瓜去——就是在你自己院子里种花你都恐怕动手哪！最可怕的怀疑的鬼与厌世的黑影已经占住了我们的灵魂！

所以朋友们，你们都是青年，都是春雷声响不曾停止时破绽出来的鲜花，你们再不可堕落了——虽则陷阱的大口满张在你的跟前，你不要怕，你把你的烂漫的天真倒下去，填平了它再往前走——你们要保持那一点的信心，这里面连着来的就是精力与勇敢与灵感——你们要不怕做小傻瓜，尽量在这人道的海滩边种你的鲜花去——花也许会消灭，但这种花的精神是不烂的！

辑五　闲话种种

再论自杀

我不很明白陈女士这里"自杀的愿念"的意义。乡下人家的养媳妇叫婆婆咒了一顿就想跳河死去;这算不算自杀的愿念?做生意破了产没面目见人想服毒自尽;这皇〈还〉不是自杀的愿念?有印度人赤着身子去喂恒河里的鳄鱼;有在普渡山舍身岩上跳下去粉身碎骨的;有跟着皇帝死为了丈夫死的各种尽忠与殉节;有文学里维特的自杀;奥赛洛误杀了玳思玳蒙娜的自杀,露米欧殉情的自杀,玖丽亚从棺材里醒过来后的自杀……如其自杀的意义只是自动的生命的舍弃,那上面约举的各种全是自杀,从养媳妇跳河起到玖丽亚服毒止,全是的。但这中间的分别多大:乡下死了一个养媳妇我们至多觉着她死得可怜,或是我们听得某处出了节烈,我们不仅觉得怜,并且觉得愤:"呒,礼教又吃了一条命!"但我们在莎士比亚戏里看到玖丽亚的自杀或是在葛德的小说里看到维特的自杀,我们受感动(天生永远不会受感动的人那就没法想,而且这类快活人世上也不少!)的部分不是我们浮面的情感,更不是我们的理智,而是我们轻易不露面的一点子性灵。在这种境地一切纯理的准绳与判断完全失却了效用,像山脚下的矮树永远够不到山顶上吞吐的白云。玖丽亚也许痴。但她不得不死;假如玖丽亚从棺材里醒回来见露米欧毒死在她的身旁,她要是爬了起来回家另听父母替她择配去,你看客答应不答应?虽则你明知道(在想象中)那样可爱一个女孩白白死了是怪可惜的——社会的损失!再比如维特也许傻，真傻，但他，缚住在他的热情的逻辑内，也不得不死，假如维特是孟和先生理想的合理的爱者而不是葛德把他写成那样热情的爱者，他在得到了夏洛德真爱他的凭据（一度亲吻）以后，就该堂皇的要求她的丈夫正式离婚，或是想法叫夏洛德跟他私奔，成全他们俩在地面上的恋爱——你答应不答应？办法当然是办法，但维特却不成"维特"了，葛德那本小书，假如换一个更"合理"的结局，我们可以断言，当年就不会轰动全欧，此时也决不会牢牢的留传在人的记忆中了。

所以自杀照我看是决不可以一概论的；虽则它那行为结果实是断绝一个身体的生命。自杀的动机与性质太不同了，有的是完全愚暗，有的是部分思想不清，有的是纯感情作用，有的殉教，有的殉礼，有的殉懦怯，有的殉主义。有的我们绝对鄙薄，有的我们怜悯，有的使我们悲愤，有的使我们崇拜。有的连累自杀者的家庭或社会；有的形成人类永久的灵感。"死有轻于鸿毛，有重于泰山"，这一句话概括尽了。

但是我们还不曾讨论出我们应得拿什么标准去评判自杀。陶孟和先生似乎主张以自杀能否感化社会为标准（消极的自杀当然是单纯懦怯，不成问题。），陈衡哲女士似乎主张自杀的发愿或发心在当事人有提高品格的影响。我答陶先生的话是社会是根本不能感化的，圣人早已死完了，我们活着都无能为力，何况断气以后，陶先生的话对的。陈女士的发愿说亦似不尽然。你说曾经想自杀而不曾实行的人，就会比从没有想过自杀的人不怕死，更有胆量？我说不敢肯定这一说。就说我自己，并且我想在这时代十个里至少九个半的青年，曾经不但想而且实际准备过自杀，还不止一次；但却不敢自信我们因此就在道德上升了格，不再是"畏葸的绅士"。不，我想单这发愿是不够的，并且我们还得看为什么发愿。要不然乡下养媳妇几乎没有不想寻死过的，这也是发愿，可有什么价值？反面说，玖丽亚与维特事前并不存心死，他们都要认真的活，但他们所处的境地连着他们特有的思想的逻辑逼迫他们最后的舍生，他们也就不沾恋，我们旁观人感受的是一种纯精神性的感奋，道德性的你也可以说，但在这里你就说不上发愿不发愿。热恋中人思想的逻辑是最简单不过的：我到生命里来求爱，现在我在某人身上发见了一生的大愿，但为某种不可克胜的阻力我不能在活着时实现我的心愿，因此我勉强活着是痛苦，不如到死的境界里去求平安，我就自杀吧。他死因为他到了某时候某境地在他是不得不死。同样的，你一生的大愿如其是忠君或是爱国，或是别的什么，你事实上思想上找不到出路时你就望最消极或是最积极的方向——死——走去完事。

　　这里我想我们得到了一点评判的消息。就是自杀不仅必得是有意识的，而且在自杀者必定得在他的思想上达到一个"不得不"的境界，然后这自杀才值得我们同情的考量。这有意识的涵义就是自杀动机相对的纯粹性，就是自杀者是否凭藉自杀的手段去达到他要的"有甚于生"的那一点。我同情梁巨川先生的自杀就为在他的遗集里我发见他的自杀不仅是有意识的，而且在他的思想上的确达到了一个"不得不"的境界。此外愤世类的自杀，乃至存心感化类的自杀我都看不出许可的理由，而且我怕我们只能看作一种消极的自杀，借口头的饰词自掩背后或许不可告人的动机——因为老实说，活比死难得多，我们不能轻易奖励避难就易的行为，这一点我与孟和先生完全同意。

我们病了怎么办

"在理想的社会中,我想,"西滢在闲话里说,"医生的进款应当与人们的康健做正比例。他们应当像保险公司一样,保证他们的顾客的健全,一有了病就应当罚金或赔偿的。"在撒牟勃德腊(Samuel Butler)① 的乌托邦里,生病只当作犯罪看待,疗治的场所是监狱,不是医院,那是留着伺候犯罪人的。真的为什么人们要生病,自己不受用,旁人也麻烦?我有时看了不知病痛的猫狗们的快乐自在,便不禁回想到我们这造孽的文明的人类。且不说那尾巴不曾蜕化的远祖,就说湘西的苗子,太平洋群岛上的保立尼新人之类,他们所知道所受用的健康与安逸,已不是我们所谓文明人所能梦想。咳,堕落的人们,病痛变了你们的本分,至于健康,那是例外的例外了!

不妨事,你说,病了有医,有药,怕什么的?看近代的医学药学够多么飞快的进步?就北京说吧,顶体面顶费钱的屋子是什么?医院!顶体面顶赚钱的职业是什么?医生!设备、手术、调理、取费,没一样不是上乘!病,病怕什么的——只要你有钱,更好你兼有势!

是的,我们对科学,尤其是对医学的信仰,是无涯涘的;我们对外国人,尤其是对西医的信任,是无边际的。中国大夫其实是太难

---

① Samuel Butler:今译勃特勒(1835—1902),英国作家,著有乌托邦游记小说《埃瑞洪》和《重游埃瑞洪》等。

了，开口是玄学，闭口也还是玄学，什么脾气侵肺，肺气侵肝，肝气侵肾，肾气又回侵脾，有谁，凡是有哀皮西①脑筋的，听得惯这一套废话？冲他们那寸把长乌木镶边的指甲，鸦片烟带牙污的口气，就不能叫你放心，不说信任！同样穿洋服的大夫们够多漂亮，说话够多有把握，什么病就是什么病，该吃黄丸子的就不该吃黑丸子，这够多干脆，单冲他们那身上收拾的干净，脸上表情的镇定与威权，病人就觉着爽气得多！"医者意也"是一句古话；但得进了现代的大医院，我们才懂得那话的意思。

多谢那些平均算一秒钟滚进一只金元宝之类的大大王们，他们有了钱没法用就想"留芳"，正如做皇帝的想成仙，拿了无数的钱分到苦恼的半开化的民族的国度里，造教堂推广福音来救度他们的灵魂，造医院推广仁术来救度他们的病痛。而且这也不是白来；他们往回收的不是名，就是利，很多时候是名利双收。为什么不，我有了钱也这么来。

我个人向来也是无条件信仰西洋医学，崇拜外国医院的，但新近接连听着许多话不由我不开始疑问了。我只说疑问，不说停止崇拜，那还远着哪。在北京有的医院别号是"高等台基"，有的雅称是某大学分院，这已够新鲜，但还不妨事，医院是医病的机关，只要它这一点能名副其实的做到，你管得它其他附带的作用。但在事实上可巧它们往往是在最主要的功用上使我们失望，那是我们为全社会计，为它们自身名誉计，有时不得不出声来提醒它们一声。我们只说提醒，决不敢用忠告甚至警告责备一类的字样；因为我们怎能不感念他们在这里方便我们的好意？

我们提另来说协和。因为协和，就我所知道的，岂不是在本城的医院中算是资本最雄厚，设备最丰富，人材最济济的一个机关？并且它也是在办事上最认真的一个地方，我们可以相信。它一年所花的钱，一年所医治的人，虽则我不知实在，想来一定是可惊的数目。但我们要看看它的成绩。说来也怪，也许原因是人们的本性是忘恩，也许它的"人缘"特别不佳，凡是请教过协和的病人，就我所知，简直

---

① 即 ABC。

可说是一致,也许多少不一,有怨言。这怨言的性质却不一致,综了说有这几种:

(一)种族界限　这是说看病先看你脸皮是白是黄;凡是外国人,说句公平话,他们所得的待遇就应有尽有,一点也不含糊,但要是不幸你是黄脸的,那就得趁大夫们的高兴了,他们爱怎么样理你就怎么样理你。据说院内雇用的中国人,上自助手下至打扫的,都在说这话——中外国病人的分别大着哪!原来是,这是有根据的,诺狄克民优胜的谬见一天不打破,我们就得一天忍受这类不平等的待遇。外国医院设在中国的,第一个目的当然是伺候外国人,轮得着你们,已算是好了,谁叫你们自不争气,有病人自己不会医!

(二)势利分别　同是中国人,还有分别;但这分别又是理由极充分的:有钱有势的病人照例得着上等的待遇,普通乃至贫苦的病人只当得病人看。这是人类的通性什么地方什么时候都有表见的,谁来低哆谁就没有幽默,虽则在理论上说至少医院似乎应分是"一视同仁"的。我们听见过进院的产妇放在屋子里没有人顾问,到时候小孩子自己下来了,医生还不到一类的故事!

(三)科学精神　这是说拿病人当试验品,或当标本看。你去看你的眼,一个大夫或是学生来检看了一下出去了,二一个大夫或是学生又来查看了一下出去了,三一个大夫或是学生再来一次,但究竟谁负责看这病,你得绕大弯儿才找得出来,即使你能的话。他们也许是为他们自己看病来了,但很不像是替病人看病。那也有理,但在这类情形之下,西滢在他的闲话说得趣,付钱的应分是医院,不该是病人!

(四)大意疏忽　一般人的逻辑是不准确的,他们往往因为一个医生偶尔的疏忽便断定他所代表的学理与方法是要不得的。很多人从极细小题外的原因推定科学的不成立。这是危险的。就医病说,从新医术跳回党参黄岐,从党参黄岐跳回祝由科符水,从符水到请猪头烧纸,是常见的事,我们忧心文明,期望"进步"的不该奖励这类"开倒车"的趋向。但同时不幸对科学有责任的新派大夫们,偏容易大意,结果是多少误事。查验的疏忽,诊断的错误,手术的马虎,在在是使病人失望的原因。但医病是何等事,一举措间的分别可以交关人命,我们即使大量,也不能忍受无谓的灾殃。

最近一个农业大学学生的死据报载是（一）原因于不及时医治，（二）原因于手术时不慎致病菌入血。这类的情形我们如何能不抗议？

再如梁任公先生这次的白丢腰子，几乎是太笑话了。梁先生受手术之前，见着他的知道，精神够多健旺，面色够多光采。协和最能干的大夫替他下了不容疑义的诊断，说割了一个腰子病就去根。腰子割了病没有割。那么病原在牙；再割牙，从一根割起割到七根，病还是没有割。那么病在胃吧；饿瘪了试试——人瘪了，病还是没有瘪，那究竟为什么出血呢？最后的答话其实是太妙了，说是无原因的出血：Essential Hoematuria。所以闹了半天的发见是既不是肾脏肿疡（Kidney Armour）又不是齿牙一类的作祟；原因是无原因的！我们是完全外行，怎懂得这其中的玄妙，内行错了也只许内行批评，那轮着外行多嘴！但这是协和的责任心，这是他们的见解，他们的本领手段！

后面附着梁仲策先生的笔记，关于这次医治的始末，尤其是当事人的态度，记述甚详，不少耐人寻味的地方，你们自己看去，我不来多加案语。但一点是分明的，协和当事人免不了诊断疏忽的责备。我们并不完全因为梁先生是梁先生所以特别提出讨论，但这次因为是梁先生在协和已经是特别卖力气，结果尚不免几乎出大乱子，我们对于协和的信仰，至少我个人的，多少不免有修正的必要了。"尽信医则不如无医。"诚哉是言也！但我们却不愿一班人因此而发生出轨的感想：就是对医学乃至科学本身怀疑，那是错了，当事人也许有时没交代，但近代医学是有交代的，我们决不能混为一谈。并且外行终究是外行，难说梁先生这次的经过，在当事人自有一种折服人的说法，我们也不得而知。但假如有理可说的话，我们为协和计，为替梁先生割腰子的大夫计，为社会上一般人对协和乃至西医的态度计，正巧梁先生的医案已经几乎尽人皆知，我们即不敢要求，也想望协和当事人能给我们一个相当的解说。让我们外行借此长长见识也是好的！

要不然我们此后岂不个个人都得蹲踞着：

我们病了怎么办？

年终便话

一

　　这年头你再不用想有什么事儿如意。往东东有累赘。往西西有别扭。眼见的耳闻的满没有让你宽心的事。屋子外面缺少光亮。回家来更显得黯惨。出门去道儿不平顺。自个儿坐在空房里转念头时。满脑子也只是怕人的鬼影。大事儿是一片糊。小零星也不得干净。想找人诉诉苦。来人的脸子绷得比你的更长。你笑人家不认得真珠。你自己用锦匣儿装着的也全是机器的出品。什么都走岔了道。什么都长豁了样。这年头。这年头。

　　一年容易。又到了尽头。回头望望。就只烟雾似的一片。希望、理想—好词儿。希望早给劈碎了当柴烧。在这小火上面慢慢的烤煳了理想。烤煳了的栗子。烤煳了的白薯。捏上手全是灰。还热着哪。再别高谈什么人生。生活就比是小孩们在地上用绳子抽着直转的地龙。东一歪西一跛的。嗡嗡的扁着小嗓子且唱。

　　又来了一个冬至。冷飕飕的空气。草尖上挑着稀松的霜。黑夜赖着不肯走。好时候！我想到一个僻静的教堂里去。听穿白长袍的孩子们唱赞美诗。看二尺来高的白蜡一寸寸的往下矮。你想。不错。你是这么想来著。我可想独自关在屋子里抒写一半行从性灵暖处来的诗句。暖暖的。像打伤了小鸟的前胸的羽毛。跳着的。你想。不错。你是这么想来着。然又想……得。你想开了罢。这年头那容你有一件事儿。顶小顶轻松的事儿。如意称心。

二

可是尽说这冷落丧气话也不公平。冷急了自然只能拿希望劈成小柴生火。可是在这小火上面许还有些没有完全烤煳的理想。前天在无意中捡着了一个！田寿昌上回看他自己的戏叫人家演煳了的时候，他急得直跳腿。脸上爆着粗汗。说比死还难过。他说他里面有火。一时可透不出焰来。这回他的火吐了焰了。鱼龙会那几个小戏是值得赞美的。虽则我只见着了一个半多些。我满想腾出一晚去看他的戏。可偏是这鬼忙。错了一天又是一天。前天下午。有一点钟的闲。就拉着小曼去看鱼龙，进门就听得老婆子的悲声。湖南口音的。那一间小屋子格着戏座的先叫我欢喜。台上的光也匀得好。我们一大群人成天嚷着要办小剧院。就知道抱怨世界上缺少慷慨的富翁来替我们花钱，却从不曾想到普通一间客厅就够我们试验。只要你精神饱满。什么莫利哀，莎士比亚，席勒。都不来嫌你简陋。鱼龙会的精神是一团不懈的精神。不铺张。不浮夸。不草率。小屋子里盛满了认真的兴会与努力。这是难得有的。

地方紧凑有种种好处。第一演戏的不感着拘束。他们可以放心说他们做他们的。说坏了做坏了都没有多大关系。这不矜持在演剧的成功上是一个大原则。第二地方小容易造成一种暖和的空气。在这里面谁都不觉得生分。谁都觉着舒泰。台上与台下间自会发生一种密切。台上容易讨好。台下容易见情。仿佛彼此是一家子。谁也不用防谁。这多有意思。第三是小场所可以完全动员看戏人的注意。教育的一个意义，是教人集中注意。我们平常读书听话乃至看戏狠难得专心一意的。我们平常收受经验评判经验的不是我们纯粹的性灵。在我们意识最上层浮着的往往只是种种的偏见与成见。像水面上的浮腻。这里面永远反映不出清晰的形象来。普通商业性质的戏院子。都是太大太空廓太嘈杂太散漫。因此观众的"灵窍"什么也不能自然的完全的开着。小剧场正合式。正为是小。它的同化的力量却反而大。因此往往在大舞台上不怎样成功的作品。在小剧场里却收成了最大的效果。反之小剧场的成功上舞台去不准成。这关键就在小台上的动作神情说话，台上全认得真听得清。又不费演员的劲。

三

话似乎说远了。鱼龙会的戏我只见了《爸爸回来了》、《苏州夜话》。据说还不是顶好的。《爸爸回来了》这戏编得并不好。演来也尽有可商量的地方。但这戏没有做完。小曼和我同去的朋友们都变成了泪人儿。听说有一天外客来看的只有一个！一个厨子。他的东家花钱买了券。叫他来看的。他不知看了那一个戏竟哭得把他完全油渍过的短袄又加一次泪渍。他站起来就跑。旁人留他再看。他说实在伤心得再也受不住了。这可见田先生的戏至少已经得到了眼泪的成功。戏的大致是一个酒徒兼色鬼的为了一个不相干的女人丢了家。抛下他的妻和三个小孩。最大的八岁。家私是早给他荡尽了的。他的女人一着急，就带了她的孩子投河寻死去。又没有死成。那大孩子倒有志气。吃了无穷的苦居然挣起了一份家养他的母亲，并且还帮助他的弟妹上学。这年他已经二十三了。爸爸回来了。干脆一个要饭的。他穷得没路走又回来了。他的妻子没有心肠再责备他。他的两个小儿女也觉得爸爸怪可怜的。但大儿子可不答应。他简直的不认。如其认，不认他父亲，认他是仇人。他弟弟他妈都想留下那花子。他一人不答应。爸爸没法子只得又走了。小儿子跟了去。幕落在他妹子过来伏在他身上哭着叫哥哥。那父亲临走时几声"还是去吧"。声音极悲惨。看的人哭是哭了。对戏可有批评。他们都觉得儿子总不该这样的对付老子。他已经流落到快死的地步。他们说国贤的见解是危险性的。他的意思是负责任的父母才是父母。放弃责任同时就放弃权利。他父亲既然有这狠心丢下他的妻儿，做儿子的也正该回敬这狠心。不收容一个濒死的父亲。这是一个伦理问题。也不是没有趣味的。正如早年在易卜生的戏里娜拉该不该抛弃家庭丈夫儿女是引起议论的一个问题，但现在姑且不谈。我倒是新近听到一件事实，颇使人觉着愤慨的，想在此附带说了。

子女对父母负有孝养的责任。因为父母对子女先尽了抚育的责任。这是相对的。子女对尽责的父母不尽孝或是父母虐待尽责的子女。一样是理性上人情上说不过去的。但已往法律。似乎只承认父母有告子女忤逆的权利。子女却不能告父母不尽责。换句话说。社会的制裁只能干涉到子女,却不能干涉到父母。因为旧伦理学的假定是"天下无不是之父母"。君要臣死。臣就得死。再没有话说。但父母却不能随便处死子女。孔子说"小杖则受。大杖则走"。这"走"字是可寻味的。这是说父母到了发毒的时候。子女就该自己打主意。但孔子却不曾说。"大杖则社会得干涉之。"

  关于这一点。这时代不同的地方。就在这一句话。子女对父母或父母对子女关系。已经绝对转成相对。社会的力量,可以干涉子女,同时也可以干涉父母。这样说来。爸爸回来了。那戏里的国贤的见解并不是不合理的。虽则他如其能更进一层宽恕他父亲。因于骨肉的感情。或是因为人道的动机。我们对于那戏同情许可以更深些。现在如其有某父或母非分的虐待他的子女因而致死。这父或母是否对社会对法律负有一种责任。同时法律和社会在发见有这类事实时是否负有援助或申雪的责任。尤其是当这被虐者有特种天才对社会能有特别贡献的时候。社会是否更应得执行它干涉的责任。前几天上海死了一个有名的女伶。她虽则是病死,但她的得病却是为了不自然的由来。她是极活泼伶俐的一个孩子。在北方,在上海都博得极好的名气。替她家也赚了不少的钱。她是她妈亲自教出来的。她妈的教法,完全是科班的教法。科班的残暴无人道的内幕我们多少知道。但我们却不易相信一个母亲会得非分的虐待她亲生的一个有天才的孩子。

  现在人已死了。事情也过去了。她的妈如其还有一点子人性,也应得追悔她的恶毒。我在这里说起是为在伶界里正受着同类遭遇的孩子正不知有多少。为防止此后的悲惨起见,我想社会方面相当的表示正许是必要的。这灰色的人生里,正不知包容着多少悲惨的内幕,人们只是看不见。但有文化的社会是不应得容许这种黑暗的。我们不能因为"看不见"就解卸我们的责任。

话

绝对的值得一听的话,是从不曾经人口说过的;比较的值得一听的话,都在偶然的低声细语中;相对的不值得一听的话,是有规律有组织的文字结构;绝对不值得一听的话,是用不经修练,又粗又蠢的嗓音所发表的语言。比如:正式会集的演说,不论是运动女子参政或是宣传色彩鲜明的主义;学校里讲台上的演讲,不论是山西乡村里训阉阉圣人用民主义的冬烘先生的法宝,或是穿了前红后白道袍方巾的博士衣的瞎扯;或是充满了烟士披里纯开口天父闭口阿门的讲道——都是属于我所说最后的一类:都是无条件的根本的绝对的不值得一听的话。历代传下来的经典,大部分的文学书,小部分的哲学书,都是末了第二类——相对的不值得一听的话。至于相对的可听的话,我说大概都在偶然的低声细语中:例如真诗人梦境最深——诗人们除了做梦再没有正当的职业——神魂远在祥云飘渺之间那时候随意吐露出来的零句断片,英国大诗人宛茨渥士所谓茶壶煮沸时嗤嗤的微音;最可以象征入神的诗境——例如李太白的我醉欲眠卿且去,明朝有意抱琴来,或是开茨的 Then I shut her wild, wild eyes with kisses four,① 你们知道宛茨渥士和雪莱他们不朽的诗歌,大都是在田野间,海滩边,

---

① "随后我用四个吻,闭上了她野性的眼睛。"引自济慈诗《无情的妖女》。

树林里，独自徘徊着像离魂病似的自言自语的成绩；法国的波特莱亚，凡尔伦他们精美无比的妙句，很多是受了烈性的麻醉剂——大麻或是鸦片——影响的结果。这种话比较的很值得一听。还有青年男女初次受了顽皮的小爱神箭伤以后心跳肉颤面红耳赤的在花荫间，在课室内，或在月凉如洗的墓园里，含着一包眼泪吞吐出来的——不问怎样的不成片段，怎样的违反文法——往往都是一颗颗希有的珍珠，真情真理的凝晶。但诸君要听明白了，我说值得一听的话大都是在偶然的低声和语中，不是说凡是低声和语都是值得一听的，要不然外交厅屏风后的交头接耳，家里太太月底月初枕头边的小啰哆，都有了诗的价值了！

绝对的值得一听的话，是从不曾经人口道过的。整个的宇宙，只是不断的创造；所有的生命，只是个性的表现。真消息，真意义，内蕴在万物的本质里，好像一条大河，网络似的支流，随地形的结构，四方错综着，由大而小，由小而微，由微而隐，由有形至无形，由可数至无限，但这看来极复杂的组织所表明的只是一个单纯的意义，所表现的只是一体活泼的精神；这精神是完全的，整个的，实在的；唯其因为是完全整个实在而我们人的心力智力所能运用的语言文字，只是不完全非整个的，模拟的，象征的工具，所以人类几千年来文化的成绩，也只是想猜透这大迷谜似是而非的各种的尝试。人是好奇的动物；我们的心智，便是好奇心活动的表现。这心智的好奇性便是知识的起源。一部知识史，只是历尽了九九八十一大难却始终没有望见极乐世界求到大藏真经的一部西游记。说是快乐吧，明明是劫难相承的苦恼，说是苦恼，苦恼中又分明有无限的安慰。我们各个人的一生便是人类全史的缩小，虽则不敢说我们都是寻求真理的合格者，但至少我们的胸中，在现在生命的出发时期，总应该培养一点寻求真理的诚心，点起一盏寻真求理的明灯，不至于在生命的道上只是暗中摸索，不至于盲目的走到了生命的尽头，什么发见都没有。

但虽则真消息与真意义是不可以人类智力所能运用的工具——就是语言文字——来完全表现，同时我们又感觉内心寻真求知的冲动，想侦探出这伟大的秘密，想把宇宙与人生的究竟，当作一朵盛开的大红玫瑰,一把抓在手掌中心,狠劲的紧挤,把花的色,香,灵肉,和我们自己爱美爱色爱香的烈情,绞和在一起,实现一个彻底的痛快;我们初上生命和知识舞台的人,谁没有,也许多少深浅不同,浮士德的大野心,他想"discover the force that binds the world and guides its course"①,谁不想在知识界里,做一个笼卷一切的拿破仑?这种想为王为霸的雄心,都是生命原力内动的征象,也是所有的大诗人大艺术家最后成功的预兆;我们的问题就在怎样能替这一腔还在潜伏状态中的活泼的蓬勃的心力心能,开辟一条或几条可以尽情发展的方向,使这一盏心灵的神灯,一度点着以后,不但继续的有燃料的供给,而且能在狂风暴雨的境地里,益发的光焰神明;使这初出山的流泉,渐渐的汇成活泼的小涧,沿路再并合了四方来会的支流,虽则初起经过崎岖的山路,不免辛苦,但一到了平原,便可以放怀的奔流,成河成江,自有无限的前途了。

真伟大的消息都蕴伏在万事万物的本体里,要听真值得一听的话,只有请教两位最伟大的先生。

现放在我们面前的两位大教授,不是别的,就是生活本体与大自然。生命的现象,就是一个伟大不过的神秘:墙角的草兰,岩石上的苔藓,北冰洋冰天雪地里的极熊水獭,城河边咭咭叫夜的水蛙,赤道上火焰似沙漠里的爬虫,乃至于弥漫在大气中的微菌,大海底最微妙的生物;总之太阳热照到或能透到的地域,就有生命现象。我们若然再看深一层,不必有菩萨的慧眼,也不必有神秘诗人的直觉,但凭科学的常识,便可以知道这整个的宇宙,只是一团活泼的呼吸,一体普遍的生命,一个奥妙灵动的整体。一块极粗极丑的石子,看来像是全无意义毫无生命,但在显微镜底下看时,你就在这又粗又丑的石块里,发现一个神奇的宇宙,因为你那时所见的,只是千变万化颜色花样各各不同的种种结晶体,组成艺术家所不能想象的一种排列;若然再进一层研究,这无量数的凝晶各个的本体,又是无量数更神奇不可思议的电子所组成:这里面又是一个 Cosmos②,仿佛灿烂的星空,无

---

① 发现控制这世界,指引其进程的力量。
② Cosmos:宇宙。

量数的星球同时在放光辉在自由地呼吸着。

　　但我们决不可以为单凭科学的进步就能看破宇宙结构的秘密。这是不可能的。我们打开了一处知识的门，无非又发现更多还是关得紧紧的，猜中了一个小迷谜，无非从这猜中里又引起一个更大更难猜的迷谜，爬上了一个山峰，无非又发现前面还有更高更远的山峰。

　　这无穷尽性便是生命与宇宙的通性。知识的寻求固然不能到底，生命的感觉也有同样无限的境界。我们在地面上做人这场把戏里，虽则是刹那间的幻象，却是有的是好玩，只怕我们的精力不够，不曾学得怎样玩法，不怕没有相当的趣味与报酬。

　　所以重要的在于养成与保持一个活泼无碍的心灵境地，利用天赋的身与心的能力，自觉的尽量发展生活的可能性。活泼无碍的心灵境界：比如一张绷紧的弦琴，挂在松林的中间，感受大气小大快慢的动荡，发出高低缓急同情的音调。我们不是最爱自由最恶奴从吗？但我们向生命的前途看时，恐怕不易使我们乐观，除了我们一点无形无踪的心灵以外，种种的势力只是强迫我们做奴做隶的势力：种种对人的心与责任，社会的习惯，机械的教育，沾染的偏见，都像沙漠的狂风一样，卷起满天的砂土，不时可以把我们可怜的旅行人整个儿给埋了！

　　这就是宗教家出世主义的大原因，但出世者所能实现的至多无非是消极的自由，我们所要的却不止此。我们明知向前是奋斗，但我们却不肯做逃兵，我们情愿将所有的精液，一齐发泄成奋斗的汗，与奋斗的血，只要能得最后的胜利，那时尽量的痛苦便是尽量的快乐。我们果然能从生命的现象与事实里，体验到生命的实在与意义；能从自然界的现象与事实里，领会到造化的实在与意义，那时随我们付多大的价钱，也是值得的了。

　　要使生命成为自觉的生活，不是机械的生存，是我们的理想。要从我们的日常经验里，得到培保心灵扩大人格的资养，是我们的理想。要使我们的心灵，不但消极的不受外物的拘束与压迫，并且永远在继续的自动，趋向创作，活泼无碍的境界，是我们的理想。使我们的精神生活，取得不可否认的实在，使我们生命的自觉心，像大雪天滚雪球一般的愈滚愈大，不但在生活里能同化极伟大极深沈与极隐奥的情感，并且能领悟到大自然一草一木的精神，是我们的理想。使天赋我们灵肉两部的势力，尽性的发展，趋向最后的平衡与和谐，是我们的理想。

理想就是我们的信仰，努力的标准，果然我们能运用想象力为我们自己悬拟一个理想的人格，同时运用理智的机能，认定了目标努力去实现那理想，那时我们在奋斗的经程中，一定可以得到加倍的勇气，遇见了困难，也不至于失望，因为明知是题中应有的文章，我们的立身行事，也不必迁就社会已成的习惯与法律的范围，而自能折中于超出寻常所谓善恶的一种更高的道德标准；我们那时便可以借用李太白当时躲在山里自得其乐时答复俗客的妙句，落花流水杳然去，别有天地非人间！

我们也明知这不是可以偶然做到的境界；但问题是在我们能否见到这境界，大多数人只是不黑不白的生，不黑不白的死，耗费了不少的食料与饮料，耗费了不少的时间与空间，结果连自己的臭皮囊都收拾不了，还要连累旁人；能见到的人已经不少，见到而能尽力做去的人当然更少，但这极少数人却是文化的创造者，便能在梁任公先生说的那把宜兴茶壶里留下一些不磨的痕迹。

我个人也许见识太偏僻了，但我实在不敢信人为的教育，他动的训练，能有多大的价值：我最初最后的一句话，只是"自身体验去"，真学问真知识决不是在教室中书本里所能求得的。

大自然才是一大本绝妙的奇书，每张上都写有无穷无尽的意义，我们只要学会了研究这一大本书的方法，多少能够了解他内容的奥义，我们的精神生活就不怕没有资养，我们理想的人格就不怕没有基础。但这本无字的天书决不是没有相当的准备就能一目了然的：我们初识字的时候，打开书本子来，只见白纸上画的许多黑影，哪里懂得什么意义。我们现有的道德教育里那一条训条，我们不能在自然界感到更深彻的意味，更亲切的解释？每天太阳从东方的地平上升，渐渐的放光，渐渐的放彩，渐渐的驱散了黑夜，扫荡了满天沉闷的云雾，霎刻间临照四方，光满大地，这是何等的景象？夏夜的星空，张着无量数光芒闪烁的神眼，衬出浩渺无极的苍穹，这是何等的伟大景象？大海的涛声不住的在呼啸起落，这是何等伟大奥妙的景象？高山顶上一体的纯白，不见一些杂色，只有天气飞舞着，云彩变幻着，这又是何等高尚纯粹的景象？小而言之，就是地上一棵极贱的草花，他在春风与艳阳中摇曳着，自有一种庄严愉快的神情，无怪诗人见了，甚至内感"非涕泪所能宣泄的情绪"。宛茨渥士说的自然"大力回容，有镇驯矫饬之功"，这是我们的真教育。但自然最大的教训，尤在"凡物各尽其性"的现象。玫瑰是玫瑰，海棠是海棠，鱼是鱼，鸟是鸟，野草是野草，流水是流水，各有各的特性，各有各的效用，各有各的意义。仔细的观察与悉心体会的结果，不由你不感觉万物造作之神奇，不由你不相信万物的底里是有一致的精神流贯其间，宇宙是合理的组织，人生也无非这大系统的一个关节。因此我们也感想到人类也许是最无出息的一类。一茎草有他的妩媚，一块石子也有他的特点，独有人反只是庸生庸死，大多数非但终身不能发挥他们可能的个性，而且遗下或是丑陋或是罪恶一类不洁净的踪迹，这难道也是造物主的本意吗？

　　我前面说过所有的生命只是个性的表现。只要在有生的期间内，将天赋可能的个性尽量的实现，就是造化旨意的完成。我这几天在留心我们馆里的月季花，看他们结苞，看他们开放，看他们逐渐的盛开，看他们逐渐的憔悴，逐渐的零落。我初动的感情觉得是可悲，何以美的幻象这样的易灭，但转念却觉得不但不必为花悲，而且感悟了自然生生不已的妙意。花的责任，就在集中她春来所吸受阳光雨露的精神，开成色香两绝的好花，精力完了便自落地成泥，圆满功德，明年再来过。只有不自然的被摧残了，不能实现他自傲色香的一两天，那才是可伤的耗费。

　　不自然的杀灭了发长的机会，才是可惜，才是违反天意。我们青年人应该时时刻刻把这个原则放在心里。不能在我生命里实现人之所以为人，我对不起自己。在为人的生活里不能实现我之所以为我，我对不起生命；这个原则我们也应该时时放在心里。

　　我们人类最大的幸福与权力，就是在生活里有相当的自由活动，我们可以自觉的调剂，整理，修饰，训练我们生活的态度，我们既然了解了生活只是个性的表现，只是一种艺术，就应得利用这一点特权将生活看作艺术品，谨慎小心的做去。运命论我们是不相信的，但就是相面算命先生也还承认心有改相致命的力量。环境论的一部分我们不得不承认，但是心灵支配环境的可能，至少也与环境支配生活的可能相等，除非我们自愿让物质的势力整个儿扑灭了心灵的发展，那才是生活里最大的悲惨。

我们的一生不成材不碍事，材是有用的意思；不成器也不碍事，器也是有用的意思。生活却不可不成品，不成格，品格就是个性的外现，是对于生命本体，不是对于其余的标准，例如社会家庭——直接担负的责任；橡树不是榆树，翠鸟不是鸽子，各有各的特异的品格。在造化的观点看来，橡树不是为柜子衣架而生，鸽子也不是为我们爱吃五香鸽子而存，这是他们偶然的用或被利用，物之所以为物的本义是在实现他天赋的品性，实现内部精力所要求的特异的格调。我们生命里所包涵的活力，也不问你在世上做个做相做资本家做劳动者做国会议员做大学教授，而只要求一种特异品格的表现，独一的，自成一体的，不可以第二类相比称的，犹之一树上没有两张绝对相同的叶子，我们四万万人里也没有两个相同的鼻子。

而要实现我们真纯的个性，决不是仅仅在外表的行为上务为新奇务为怪僻——这是变性不是个性——真纯的个性是心灵的权力能够统制与调和身体，理智，情感，精神种种造成人格的机能以后自然流露的状态，在内不受外物的障碍，像分光镜似的灵敏，不论是地下的泥砂，不论是远在万万里外的星辰，只要光路一对准，就能分出他光浪的特性；一次经验便是一次发明，因为是新的结合，新的变化。有了这样的内心生活，发之于外，当然能超于人为的条例而能与更深奥却更实在的自然规律相呼应，当然能实现一种特异的品与格，当然能在这大自然的系统里尽他特异的贡献，证明他自身的价值。懂了物各尽其性的意义再来观察宇宙的事物，实在没有一件东西不是美的，一叶一花是美的不必说，就是毒性的虫比如蝎子比如蚂蚁都是美的。只有人，造化期望最深的人，却是最辜负的，最使人失望的，因为一般的人，都是自暴自弃，非但不能尽性，而且到底总是糟蹋了原来可以为美可以为善的本质。

惭愧呀，人！好好一个可以做好文章的题目，却被你写做一篇一窍不通的滥调；好好一个画题，好好一张帆布，好好的颜色，都被你涂成奇丑不堪的滥画；好好的雕刀与花岗石，却被你断成荒谬恶劣的怪像！好好的富有灵性可以超脱物质与普遍的精神共化永生的生命，却被你糟蹋亵渎成了一种丑陋庸俗卑鄙龌龊的废物！

　　生活是艺术。我们的问题就在怎样的运用我们现成的材料，实现我们理想的作品；怎样的可以像密佉郎其罗一样，取到了一大块矿山里初开出来的白石，一眼望过去，就看出他想象中的造像，已经整个的嵌稳着，以后只要下打开石子把他不受损伤的取了出来的工夫就是。所以我们再也不要抱怨环境不好不适宜，阻碍我们自由的发展，或是教育不好不适宜，不能奖励我们自由的发展。发展或是压灭，自由或是奴从，真生命或是苟活，成品或是无格——一切都在我们自己，全看我们在青年时期有否生命的觉悟，能否培养与保持心灵的自由，能否自觉的努力，能否把生活当作艺术，一笔不苟的做去。我所以回反重复的说明真消息真意义真教育决非人口或书本子可以宣传的，只有集中了我们的灵感性直接的一面向生命本体，一面向大自然耐心去研究，体验，审察，省悟，方才可以多少了解生活的趣味与价值与他的神圣。

　　因为思想与意念，都起于心灵与外象的接触：创造是活动与变化的结果。真纯的思想是一种想象的实在，有他自身的品格与美，是心灵境界的彩虹，是活着的胎儿。但我们同时有智力的活动，感动于内的往往有表现于外的倾向——大画家米莱氏说，深刻的印象往往自求外现，而且自然的会寻出最强有力的方法来表现——结果无形的意念便化成有形可见的文字或是有声可闻的语言，但文字语言最高的功用就在能象征我们原来的意念，他的价值也止于凭藉符号的外形暗示他们所代表的当时的意念。而意念自身又无非是我们心灵的照海灯偶然照到实在的海里的一波一浪或一岛一屿。文字语言本身又是不完善的工具，再加之我们运用驾驭力的薄弱，所以文字的表现很难得是勉强可以满足的。我们随便翻开那一本书，随便听人讲话，就可以发现各式各样的文字障，与语言习惯障，所以既然我们自己用语言文字来表现内心的现象已经至多不过勉强的适用，我们如何可以期望满心只是文字障与语言习惯障的他人，能从呆板的符号里领悟到我们一时神感的意念。佛教所以有禅宗一派，以不言传道，是很可寻味的——达摩面壁十年，就在解脱文字障直接明心见道的工夫。现在的所谓教育尤其是离本更远，即使教育的材料最初是有多少活的成分，但经了几度的转换，无意识的传授，只能变成死的训条——穆勒约翰说的 dead dogma① 不是 living idea②，我个人所以根本不信任人为的教育能有多大的价值，对于人生少有影响不用说，就是认为灌输知识的方法，照现有的教育看来，也免不了硬而且蠢的机械性。

但反过来说，既然人生只是表现，而语言文字又是人类进化到现在比较的最适用的工具，我们明知语言文字如同政府与结婚一样是一件不可免的没奈何事，或如尼采说的是"人心的牢狱"，我们还是免不了他。我们只能想法使他增加适用性，不能抛弃了不管。我们只能做两部分的工夫，一方面消极的防止文字障语言习惯障的影响；一方面积极的体验心灵的活动，极谨慎的极严格的在我们能运用的字类里选出比较的最确切最明了最无疑义的代表。

这就是我们应该应用"自觉的努力"的一个方向。你们知道法国有个大文学家弗洛贝尔，他有一个信仰，以为一个特异的意念只有一个特异的字或字句可以表现，所以他一辈子艰苦卓绝的从事文学的日子，只是在寻求惟一适当的字句来代表惟一相当的意念。他往往不吃饭不睡，呆呆的独自坐着，绞着脑筋的想，想寻出他当心惬意的表现，有时他烦恼极了甚至想自杀，往往想出了神，几天写不成一句句子。试想象他那样伟大的天才，那样丰富的学识，尚且要下这样的苦工，方才制成不朽的文学，我们看了他的榜样不应该感动吗？

不要说下笔写，就是平常说话，我们也应有相当的用心——一句话可以泄露你心灵的浅薄，一句话可以证明你自觉的努力，一句话可以表示你思想的糊涂，一句话可以留下永久的印象。这不是说说话要漂亮，要流利，要有修词的工夫，那都是不重要的：最重要的是对内心意念的忠实，与适当的表现。固然有了清明的思想，方能有清明的语言，但表现的忠实，与不苟且运用文字的决心，也就有纠正松懈的思想与警醒心灵的功效。

---

① dead dogma：死掉的教条。
② living idea：活着的思想。

我们知道说话是表现个性极重要的方法，生活既然是一个整体的艺术，说话当然是这艺术里的重要部分。极高的工夫往往可以从极小的起点做去，我们实现生命的理想，也未始不可从注意说话做起。

《闲话》引出来的闲话

西滢在《现代评论》第五十七期的《闲话》里写了一篇可羡慕的妩媚的文章。上帝保佑他以后只说闲话，不再管闲事！这回他写法郎士：一篇写照的文章。一个人容易把自己太看重了。西滢是个傻子；他妄想在不经心的闲话里主持事理的公道，人情的准则。他想用讥讽的冰屑刺灭时代的狂热。那是不可能的。他那武器的分量太小，火烧的力量太大。那还不是危险，就他自己说，单只白费劲。危险是在他自己，看来是一堆冰屑，在不知不觉间，也会叫火焰给灼热了。最近他讨论时事的冰块已经关不住它那内蕴或外染的热气——至少我有这样感觉。冰水化成了沸液，可不是玩，我暗暗的着急。好容易他有了觉悟，他也不来多管闲事了。这，我们得记下，也是"国民革命"成绩的一斑。"阿哥，"他的妹妹一天对他求告，"你不要再做文章得罪人家了，好不好？回头人家来烧我们的家，怎么好？""你趁早把你自己的东西，"闲话先生回答说，"点清了开一个单子给我，省得出了事情以后你倒来向我阿哥报虚账！"

果然他有了觉悟，不再说废话了。本来是，拿了人参汤喂猫，她不但不领情，结果倒反赏你一爪。不识趣的是你自己，当然。你得知趣而且安分——也为你自身的利益着想。你学卫生工程的，努力开阴沟去得了。你学文学的，尽量吹你的莎士比亚葛德法郎士去得了。

西滢的法郎士实在讲得不坏。你看完了他的文章，就比是吃了一个檀香橄榄，口里清齐齐甜迷迷的尝不尽的余甘。法郎士文章的妩媚就在此。卡莱尔一类文章所以不耐咬嚼，正为它们的味道刚是反面，上口是浓烈的，却没有回味，或者，如其有，是油膏的，腻烦的，像是多吃了肥肉。西滢是分明私淑法郎士的，也不止写文章一件事——除了他对女性的态度，那是太忠贞了，几乎叫你联想到中世纪修道院里穿长袍喂鸽子的法兰西士派的"兄弟"们。法郎士的批评，我猜想，至少是不长进！

　　我很少夸奖人的，但西滢就他学法郎士的文章说，我敢说，已经当得起一句天津话："有根了。"年来我们新文字（还谈不到文学）的尝试不能完全没有成就。慢慢的，慢慢的，还原来看不顺眼的姿态服装看成自然了。这根辫子是剪定的了。多谢这解放了的语言，我们个性的水从此可以顺着水性流，个性的花可以顺着花性开，我们再也不希罕类似豆腐干的四字句文体，类似木排算盘珠的绝律诗体。话虽这样说，这草创期见证得到像样的作风，严一点说，能有几多？也是当然的事情。学那一家，并不是不体面的事情；只要你学个像样，我们决不吝惜我们的拍掌。但就是"学"，也决不是呆板的模仿，那是没有生命的。你学你得从骨子里，脊髓里学起，不是从外表。就这学，也应分是一种灵魂的冒险。这是一个"卖野人头"的时代。穿上一件不系领结袒开脖子的衬衣，就算是雪莱。会堆砌几个花泡的杂色的词儿，就自命是箕茨。逛窑子的是维龙；抽鸦片的藉口《恶之花》的作者。这些都是庙会场上的西洋景，点缀热闹的必要，也许。

　　幸而同时也还有少数人知道尊重文字的灵性，肯认真下工夫到这里面去探出一点秘密来。他们也知道这是有报酬的辛苦——远一点，也许。等到驴子们献尽了伎俩的时候，等到猴儿们跳倦了的时候，我们再留神望卖艺的台上看吧。

　　像西滢这样，在我看来，才当得起"学者"的名词，不是有学问的意思，是认真学习的意思。第一他自己认自己极清楚；他不来妄自尊大，他明白他自己的限度。"想象力我是没有的，耐心我可不是没有的。""我很少得到灵感的助力，我的笔没有抒情的力量。它不会跳，只会慢慢的沿着道儿走。我也从不曾感到过工作的沈醉。我写东西是很困难的。"这是法郎士自述的话；西滢就有同样的情形。他不自居作者；在比他十二分不如的同时人纷纷的刻印专集，诗歌小说戏剧那一样没有，他却甘心抱着一支半秃的笔，采用一个表示不争竞的栏题——《闲话》，耐心的训练他的字句。我敢预言，你信不信，到那天这班出锋头的人们脱尽了锐气的日子，我们这位闲话先生正在从容的从事他那"完工的拂拭"（The finishing touch），笑吟吟的擎着他那支从铁杠磨成的绣针，讽刺我们情急是多么不经济的一个态度，反面说只有无限的耐心才是天才惟一的凭证。

但我当然只说西滢是有资格学法郎士的。我决不把他来比傍近代文学里最完美的大师，那就几乎是笑话了。他学的是法郎士对人生的态度，在讥讽中有容忍，在容忍中有讥讽；学的是法郎士的"不下海主义"，任凭当前有多少引诱，多少压迫，多少威吓，他还是他的冷静，搅不混的清澈，推不动的稳固，他惟一的标准是理性，惟一的动机是怜悯；学的是法郎士行文的姿态："法郎士的散文像水晶似的透明，像荷叶上露珠的皎洁。"西滢说着这话，我们想见他唾液都掉出来了！他已经学到了多少都看得见；至于他能学到多少，那就得看他的天才了——意思是他的耐心。至少，他已经动身上路，而且早经走上了平稳的大道，他的前途是不易有危险的，只要他精力够，他一定可以走得很远——他至少可以走到我们从现在住脚处望不见的地方，我信。

我夸够了。我希望他再继续写他的法郎士，学他的法郎士。乘便我想在他的法郎士的简笔画上补上一条不易看得见的曲线。法郎士的耐心，谐趣，崛强，顽皮，装假，他都给淡淡的描上了。他漏了法郎士的真相。这是一个奇怪的现象，自来没有一个在心灵境界里工作的，不论是艺术家诗人文人，公认他对他自己一生的满意。随他在世俗的眼内多么幸运，他只知道苦恼；随他过的日子是多么热闹，他只知道寂寞；随他在人事里多么得意，他只知道懊丧。密仡郎其罗，尼采，贝多芬，托尔斯泰，一般人不必说；葛德总算是幸运的骄儿了吧，可是他晚年对他的朋友 Eckermann① 噙着一包眼泪吐露了他的隐

---

① Eckermann：埃克曼（1792—1854），德国学者与作家，歌德晚年的知己，著有《与晚年的歌德谈话录》三卷。

情，他说他一辈子从不曾享受过快乐，从不知道过安逸。法郎士也来这一手，这是更出奇了。我不知道他一辈子有那一件失意事；他有的是盛名，健康，舒服。但是，按勃罗杜的报告：

他叹一声气。

"在全世界上最不幸的生灵是我们人。老话说'人是万物的主脑'。人是苦恼的主脑，我的朋友。世上有人生这件事是没有上帝再硬不过的证据。"

"但你是人间最羡慕的一个人呢。谁不艳羡你的天才，你的健康，你的不老的精神。"

"够了，够了！啊，只要你能看到我的灵魂里去，你就会吃吓的。"他把我的手拿在他的手里，一双发震的火热的手。他对着我的眼睛看。他的眼里满是眼泪。他的面色是枯槁的。他叹着气："在这全宇宙间再没有一个人比我更不快活的。人家以为我快活。我从来没有快活过一天，没有快活过一个时辰。"

秋

　　两年前,在北京,有一次,也是这么一个秋风生动的日子,我把一个人的感想比作落叶,从生命那树上掉下来的叶子。落叶,不错,是衰败和凋零的象征,它的情调几乎是悲哀的。但是那些在半空里飘摇,在街道上颠倒的小树叶儿,也未尝没有它们的妩媚,它们的颜色,它们的意味,在少数有心人看来,它们在这宇宙间并不是完全没有地位的。"多谢你们的摧残,使我们得到解放,得到自由。"它们仿佛对无情的秋风说。"劳驾你们了,把我们踹成粉,踩成泥,使我们得到解脱,实现消灭。"它们又仿佛对不经心的人们这么说。因为看着,在春风回来的那一天,这叫卑微的生命的种子又会从冰封的泥土里翻成一个新鲜的世界。它们的力量,虽则是看不见,可是不容疑惑的。

　　我那时感着的沈闷,真是一种不可形容的沈闷。它仿佛是一座大山,我整个的生命叫它压在底下。我那时的思想简直是毒的,我有一首诗,题目就叫《毒药》,开头的两行是——

　　"今天不是,我歌唱的日子,我口边涎着狞恶的冷笑,不是我说笑的日子,我胸怀间插着发冷光的刀剑;相信我,我的思想是恶毒的,因为这世界是恶毒的,我的灵魂是黑暗的,因为太阳已经灭绝了光彩,我的声调,像是坟堆里的夜枭,因为人间已经杀尽了一切的和谐,我的口音,像是冤鬼责问他的仇人,因为一切的恩已经让路给一切的怨。"

我借这一首不成形的咒诅的诗,发泄了我一腔的闷气,但我却并不绝望,并不悲观,在极深刻的沈闷的底里,我那时还模着了希望。所以我在《婴儿》——那首不成形诗的最后一节——那诗的后段,在描写一个产妇在她生产的受罪中,还能含有希望的句子。

在我那时带有预言性的想象中,我想望着一个伟大的革命。因此我在那篇《落叶》的末尾,我还有勇气来对付人生的挑战,郑重的宣告一个态度,高声的喊一声——借用两个有力量的外国字——"Everlasting yea"①。"Everlasting yea","Everlasting yea"。一年,一年,又过去了两年。这两年间我那时的想望有实现的没有?那伟大的《婴儿》有出世了没有?我们的受罪取得了认识与价值没有?

我不知道,我不知道。我知道的还只是那一大堆丑陋的臃肿的沈闷,厌〈压〉得瘪人的沈闷,笼盖着我的思想,我的生命。它在我的经络里,在我的血液里。我不能抵抗,我再没有力量。

我们靠着维持我们生命的不仅是面包,不仅是饭,我们靠着活命的,用一个诗人的话,是情爱,敬仰心,希望。"We live by love, admiration and hope",② 这话又包涵一个条件,就是说这世界这人类是能承受我们的爱,值得我们的敬仰,容许我们的希望的。但现代是什么光景?人性的表现,我们看得见听得到的,倒底是怎样回事?我想我们都不是外人,用不着掩饰,实在也无从掩饰,这里没有什么人性的表现,除了丑恶,下流,黑暗。太丑恶了,我们火热的胸膛里有爱不能爱,太下流了,我们有敬仰心不能敬仰,太黑暗了,我们要希望也无从希望。太阳给天狗吃了去,我们只能在无边的黑暗中沈默着,永远的沈默着!这仿佛是经过一次强烈的地震的悲惨,思想,感情,人格,全给震成了无可收拾的断片,也不成系统,再也不得连贯,再也没有表现。但你们在这个时候要我来讲话,这使我感着一种异样的难受。难受,因为我自身的悲惨。难受,尤其因为我感到你们的邀请不止是一个寻常讲演的邀请。你们来邀我,当然不是要什么现成的主

---

① Everlasting yea:永远的是;yea:口头表决表示同意的说法。
② 我们依靠爱情、敬仰和希望生活。

义,那我是外行,也不为什么专门的学识,那我是草包,你们明知我是一个诗人,他的家当,除了几座空中的楼阁,至多只是一颗热烈的心。你们邀我来也许在你们中间也有同我一样感到这时代的悲哀,一种不可解脱不可摆脱的况味,所以邀我这同是这悲哀沈闷中的同志来,希冀万一,可以给你们打几个幽默的比喻,说一点笑话,给一点子安慰,有这么小小的一半个时辰,彼此可以在同情的温暖中忘却了时间的冷酷。因此我踌躇,我来怕没有交代,不来又于心不安。我也曾想选几个离着实际的人生较远些的事儿来和你们谈谈,但是相信我,朋友们,这念头是枉然的,因为不论你思想的起点是星光是月是蝴蝶,只一转身,又逢着了人生的基本问题,冷森森的竖着像是几座拦路的墓碑。

不,我们躲不了它们:关于这时代人生的问号,小的,大的,歪的,正的,像蝴蝶〔似〕的绕满了我们的周遭。正如在两年前它们逼迫我宣告一个坚决的态度,今天它们还是逼迫着要我来表示一个坚决的态度。也好,我想,这是我再来清理一次我的思想的机会。在我们完全没有能力解决人生问题时,我们只能承认失败。但我们当前的问题究竟是些什么?如其它们有力量压倒我们,我们至少也得抬起头来认一认我们敌人的面目再说。譬如医病,我们先得看清是什么病而后用药,才可以有希望治病。说我们是有病,那是无可置疑的。但病在那一部,最重要的是症候是什么,我们却不一定答得上。至少,各人有各人的答案,决不会一致的。就说这时代的烦闷,烦闷也不能凭空来的不是?它也得有种种造成它的原因,它到底是怎么回事,我们也得查个明白。换句话说,我们先得确定我们的问题,然后再试第二步的解决。也许在分析我们的病症的研究中,某种对症的医法,就会不期然的显现。我们来试试看。

说到这里,我们可以想象一班乐观派的先生们冷眼的看着我们好笑。他们笑我们无事忙,谈什么人生,谈什么根本问题,人生根本就没有问题,这都是那玄学鬼钻进了懒惰人的脑筋里在那里不相干的捣玄虚来了!做人就是做人,重在这做字上。你天性喜欢工业,你去找工程事情做去就得。你爱谈整理国故,你寻你的国故整理去就得。工作,更多的工作,是惟一的福音。把你的脑力精神一齐放在你愿意做的工作上，你就不会轻易发挥感伤主义，你就不会无病呻吟，你只要尽力去工作，什么问题都没有了。

这话初听到是又生辣又干脆的，本来么，有什么问题，做你的工好了，何必自寻烦恼！但是你仔细一想的时候，这明白晓畅的福音还是有漏洞的。固然这时代很多的呻吟只是懒鬼的装痛，或是虚幻的想象，但我们因此就能说这时代本来是健全的，所谓病痛所谓烦恼无非是心理作用了吗？固然当初德国有一个大诗人，他的伟大的天才使他在什么心智的活动中都找到趣味，他在科学实验室里工作得厌倦了，他就跑出来带住一个女性就发迷，西洋人说的"跌进了恋爱"；回头他又厌倦了或是失恋了，只一感到烦恼，或悲哀的压迫，他又赶快飞进了他的实验室，关上了门，也关上了他自己的感情的门，又潜心他的科学研究去了。在他，所谓工作确是一种救济，一种关栏，一种调剂，但我们怎能比得？我们一班青年感情和理智还不能分清的时候，如何能有这样伟大的克制的工夫？所以我们还得来研究我们自身的病痛，想法可能的补救。

并且这工作论是实际上不可能的。因为假如社会的组织，果然能容得我们各人从各人的心愿选定各人的工作并且有机会继续从事这部分的工作，那还不是一个黄金时代？"民各乐其业，安其生。"还有什么问题可谈的？现代是这样一个时候吗？商人能安心做他的生意，学生能安心读他的书，文学家能安心做他的文章吗？正因为这时代从思想起，什么事情都颠倒了，混乱了，所以才会发生这普通的烦闷病，所以才有问题，否则认真吃饱了饭没有事做，大家甘心自寻烦恼不成？

我们来看看我们的病症。

第一个显明的症候是混乱。一个人群社会的存在与进行是有条件的。这条件是种种体力与智力的活动的和谐的合作，在这诸种活动中的总线索，总指挥，是无形迹可寻的思想，我们简直可以说哲理的思想，它顺着时代或领着时代规定人类努力的方面〈向〉，并且在可能时给它一种解释，一种价值的估定与意义的发见。思想的一个使命，是引导人类从非意识的以至无意识的活动进化到有意识的活动，这点子意识性的认识与觉悟，是人类文化史上最光荣的一种胜利，也是最透彻的一种快乐。果然是这部分哲理的思想，统辖得住这人群社会全体的活动，这社会就上了正轨；反面说，这部分思想要是失去了它那总指挥的地位，那就坏了，种种体力和智力的活动，就随时随地有发生冲突的可能，这重心的抽去是种种不平衡现象主要的原因。现在的中国就吃亏在没有了这个重心，结果什么都豁了边，都不合式了。我们这老大国家，说也可惨，在这百年来，根本就没有思想可说。从安逸到宽松，从宽松到怠惰，从怠惰到着忙，从着忙到瞎闯，从瞎闯到混乱，这几个形容词我想可以概括近百年来中国的思想史，——简单说，它完全放弃了总指挥的地位。没有了统系，没有了目标，没有了和谐，结果是现代的中国：一团混乱。

混乱，混乱，那儿都是的。因为思想的无能，所以引起种种混乱的现象，这是一步。再从这种种的混乱，更影响到思想本体，使它也传染了这混乱。好比一个人因为身体软弱才受外感，得了种种的病，这病的蔓延又回过来销蚀病人有限的精力，使他变成更软弱了，这是第二步，经济，政治，社会，那儿不是蹊跷，那儿不是混乱？这影响到个人方面是理智与感情的不平衡，感情不受理智的节制就是意气，意气永远是浮的，浅的，无结果的；因为意气占了上风，结果是错误的活动。为了不曾辨认清楚的目标，我们的文人变成了政客，研究科学的，做了非科学的官，学生抛弃了学问的寻求，工人做了野心家的牺牲。这种种混乱现象影响到我们青年是造成烦闷心理的原因的一个。

这一个症候——混乱——又过渡到第二个症候——变态。什么是人群社会的常态？人群是感情的结合。虽则尽有好奇的思想家告诉我们人是互杀互害的，或是人的团结是基本于怕惧的本能，虽则就在有秩序上轨道的社会里，我们也看得见恶性的表现，我们还是相信社会的纪纲是靠着积极的情感来维系的。这是说在一常态社会的天平上，情爱的分量一定超过仇恨的分量，互助的精神一定超过互害互杀的现象，但在一个社会没有了负有指导使命的思想的中心的情形之下，种种离奇的变态的现象，都是可能产生的了。

一个社会不能供给正当的职业时，它即使有严厉的法令，也不能禁止盗匪的横行。一个社会不能保障安全，奖励恒业恒心，结果原来正当的商人，都变成了拿妻子生命财产来做买空卖空的投机家。我们只要翻开我们的日报，就可以知道这现代的社会是常态是变态。笼统一点说，他们现在只有两个阶级可分，一个是执行恐怖的主体，强盗，军队，土匪，绑匪，政客，野心的政治家，所有得势的投机家都是的，他们实行的，不论明的暗的，直接间接都是一种恐怖主义。还有一个是被恐怖的。前一阶级永远拿着杀人的利器或是类似的东西在威吓着，压迫着，要求满足他们的私欲，后一阶级永远是在地上爬着，发着抖，喊救命，这不是变态吗？这变态的现象表现在思想上就是种种荒谬的主义离奇的主张。笼统说，我们现在所听见的主义主张，除了平庸不足道的，大都是计算领着我们向死路上走的。这不是变态吗？

这种种变态现象影响到我们青年，又是造成烦闷心理的原因的一个。

这混乱与变态的观众又协同造成了第三种的现象———一切标准的颠倒。人类的生活的条件，不仅仅是衣食住；"人之异于禽兽者几希。"我们一讲到人道，就不能脱离相当的道德观念。这比是无形的空气，他的清鲜是我们健康生活的必要条件。我们不能没有理想，没有信念，我们真生命的寄托决不在单纯的衣食间。我们崇拜英雄——广义的英雄——因为在他们事业上所表现的品性里，我们可以感到精神的满足与灵感，鼓励我们更高尚的天性，勇敢的发挥人道的伟大。你崇拜你的爱人，因为她代表的是女性的美德。你崇拜当代的政治家，因为他们代表的是无私心的努力。你崇拜思想家，因为他们代表的是寻求真理的勇敢。这崇拜的涵义就是标准。时代的风尚尽管变迁，但道义的标准是永远不动摇的。这些道义的准则，我们问时代要求的是随时给我们这些道义准则的一个具体的表现。仿佛是在渺茫的人生道上给悬着几颗照路的明星。但现代给我们的是什么？我们何尝没有热烈的崇拜心？我们何尝不在这一件事那一件事上，或是这一个人物那一个人物的身上安放过我们迫切的期望。但是，但是，还用我说吗！有那一件事不使我们重大的迷惑，失望，悲伤？说到人的方面，那有比普遍的人格的破产更可悲悼的？在不知那一种魔鬼主义的秋风里，我们眼见我们心目中的偶像像败叶似的一个个全掉了下来！

眼见一个个道义的标准,都叫丑恶的人性给沾上了不可清洗的污秽!标准是没有了的。这种种道德方面人格方面颠倒的现象,影响到我们青年,又是造成烦闷心理的原因的一个。

跟着这种种症候还有一个惊心的现象,是一般创作活动的消沈,这也是当然的结果。因为文艺创作活动的条件是和平有秩序的社会状态,常态的生活,以及理想主义的根据。我们现在却只有混乱,变态,以及精神生活的破产。这仿佛是拿毒药放进了人生的泉源,从这里流出来的思想,那还有什么真善美的表现?

这时代病的症候是说不尽的,这是最复杂的一种病,但单就我们上面说到的几点看来,我们似乎已经可以采得一点消息,至少我个人是这么想。——那一点消息就是生命的枯窘,或是活力的衰耗。我们所以得病是为我们生活的组织上缺少了思想的重心,它的使命是领导与指挥。但这又为什么呢?我的解释,是我们这民族已经到了一个活力枯窘的时期。生命之流的本身,已经是近于干涸了;再加之我们现得的病,又是直接尅伐生命本体的致命症候,我们怎样能受得住?这话可又讲远了,但又不能不从本原上讲起。我们第一要记得我们这民族是老得不堪的一个民族。我们知道什么东西都有它天限的寿命;一种树只能青多少年,过了这期限就得衰,一种花也只能开几度花,过此就为死(虽则从另一个看法,它们都是永生的,因为它们本身虽得死,它们的种子还是有机会继续发长)。我们这棵树在人类的树林里,已经算得是寿命极长的了。我们的血统比较又是纯粹的,就连我们的近邻西藏满蒙的民族都等于不和我们混合。还有一个特点是我们历来因为四民制的结果,士之子恒为士,商之子恒为商,思想这任务完全为士民阶级的专利,又因为经济制度的关系,活力最充足的农民简直没有机会读书,因此士民阶级形成了一种孤单的地位。我们要知道知识是一种堕落,尤其从活力的观点看,这士民阶级是特别堕落的一个阶级,再加之我们旧教育观念的偏窄,单就知识论,我们思想本能活动的范围简直是荒谬的狭小。我们只有几本书,一套无生命的陈腐的文字,是我们惟一的工具。这情形就比是本来是一个海湾,和大海是相通的,但后来因为沙地的胀起,这一湾水渐渐的隔离它所从来的海,而变成了湖。这湖原先也许还承受得着几股山水的来源,但后来又经过陵谷的变迁，这部分的来源也断绝了，结果这湖又干成一只小潭，乃至一小潭的止水，胀满了青苔与萍梗，纯〈钝〉迟迟的眼看得见就可以完全干涸了去的一个东西。这是我们受教育的士民阶级的相仿情形。现在所谓智识阶级亦无非是这潭死水里比较泥草松动些风来还多少吹得皱的一洼臭水，别瞧它矜矜自喜，可怜它能有多少前程？还能有多少生命？

所以我们这病，虽则症候不止一种，虽然看来复杂，归根只是中医所谓气血两亏的一种本原病。我们现在所感觉的烦闷，也只见沈浸在这一洼离死不远的臭水里的气闷，还有什么可说的？水因为不流所以滋生了水草，这水草的涨性，又帮助浸干这有限的水。同样的，我们的活力因为断绝了来源，所以发生了种种本原性的病症，这些病又回过来侵蚀本原，帮助消尽这点仅存的活力。

病性既是如此，那不是完全绝望了吗？

那也不能这么容易。一棵大树的凋零，一个民族的衰歇，决不是一朝一夕的事儿。我们当然还是要命。只是怎么要法，是我们的问题。我说过我们的病根是在失去了思想的重心，那又是原因于活力的单薄。在事实上，我们这读书阶级形成了一种极孤单的状况，一来因为阶级关系它和民族里活力最充足的农民阶级完全隔绝了，二来因为畸形教育以及社会的风尚的结果，它在生活方面是极端的城市化，腐化，奢侈化，惰化，完全脱离了大自然健全的影响变成自蚀的一种蛀虫。在智力活动方面，只偏向于纤巧的浅薄的诡辩的乃至于程式化的一道，再没有创造的力量的表示，渐次的完全失去了它自身的尊严以及统豁领导全社会活动的无上的权威。这一没有了统帅，种种紊乱的现象就都跟着来了。

这畸形的发展是值得寻味的。一方面你有你的读书阶级，中了过度文明的毒，一天一天望腐化僵化的方向走，但你却不能否认它智力的发达，只因为道义标准的颠倒以及理想主义的缺乏，它的活动也全不是在正理上。就说这一堂的翩翩年少——尤其是文化最发旺的江浙的青年，十个里有九个是弱不禁风的。但问题还不全在体力的单薄，尤其是智力活动本身是有了病，它只有毒性的戟刺，没有健全的来源，没有天然的资养。纤巧的新奇的思想不是我们需要的，我们要的是从丰满的生命与强健的活力里流露出来纯正的健全的思想,那才是有力量的思想。

同时我们再看看占我们民族十分之八九的农民阶级。他们生活的简单,脑筋的简单,感情的简单,意识的疏浅,文化的定住〈落后〉,几乎使他们形成一种仅仅有生物作用的人类。他们的肌肉是发达的,他们是能工作的,但因为教育的不普及,他们智力的活动简直的没有机会,结果按照生物学的公例,因无用而退化,他们的脑筋简直不行的了。乡下的孩子当然比城市的孩子不灵,粗人的子弟当然比不上书香人的子弟,这是一定的。但我们现在为救这文化的性命,非得赶快就有健全的活力来补充我们受足了过度文明的毒的读书阶级不可。也有人说这读书阶级是不可救药的了,希望如其有,是在我们民族里还未经开化的农民阶级。我的意思是我们应得利用这部分未开凿的精力来补充我们开凿过分的士民阶级。讲到实施,第一得先打破这无形的阶级界限以及省分界限,通婚和婚是必要的,比较的说,广东湖南乃至北方人比江浙人健全的多,乡下人比城里人健全得多,所以江浙人和北方人非得尽量的通婚,城市人非得与农人尽量的通婚不可。但是这话说着容易,实际上是极困难的。讲到结婚,谁愿意放弃自身的艳福,为的是渺茫的民族的前途上,那一个翩翩的少年甘心放着窈窕风流的江南女郎不要,而去乡村里找粗蠢的大姑娘作配,谁肯不就近结识血统逼近的姨妹表妹乃至于同学妹,而肯远去异乡到口音不相通的外省人中间去寻配偶?这是难的我知道。但希望并不见完全没有——这希望完全是在教育上。第一我们得赶快认清这时代病无非是一种本原病,什么混乱的变态的现象,都无非显示生命的缺乏,这种种病,又都就是直接戕伐生命的,所以我们为要文化与思想的健全,不能不想方法开通路子,使这几洼孤立的呆定的死水重复得到天然泉水的接济,重复灵活起来,一切的障碍与淤塞自然会得消灭——思想非得直接从生命的本体里热烈的迸裂出来才有力量,才是力量。这过度文明的人种非得带它回到生命的本源上去不可,它非得重新生过根不可。按着这个目标,我们在教育上就不能不极力推广教育的机会到健全的农民阶级里去,同时奖励阶级间的通婚。假如国家的力量可以干涉到个人婚姻的话,我们尽可以用强迫的方法叫你们这些翩翩的少年都去娶乡下大姑娘子，而同时把我们窈窕风流的女郎去嫁给农民做媳妇。况且谁知道，我们现在择偶的标准本身就是不健全的。女人要嫁给金钱，奢侈，虚荣，女性的男子；男人的口味也是同样的不妥当。什么都是不健全的，喔，这毒气充塞的文明社会！在我们理想实现的那一天，我们这文化如其有救的话，将来的青年男女一定可以兼有士民与农民的特长，体力与智力得到均平的发展，从这类健全的生命树上，我们可以盼望吃得着美丽鲜甜的思想的果子！

至于我们个人方面，我也有一部分的意见，只是今天时光局促了怕没有机会发挥，但总结一句话，我们要认清我们是什么病，这病毒是在我们一个个你我的身体上，血液里，无容讳言的，只要我们不认错了病多少总有办法。我的意见是要多多接近自然，因为自然是健全的纯正的影响，这里面有无穷尽性灵的资养与启发与灵感。这完全靠我们个个〈人〉自觉的修养。我们先得要立志不做时代和时光的奴隶，我们要做我们思想和生命的主人，这暂时的沈闷决不能压倒我们的理想，我们正应得感谢这深刻的沈闷，因为在这里，我们才感悟着一些自度的消息，如我方才说的，我们还是得努力，我们还是得坚持，我们的态度是积极的。正如我两年前《落叶》的结束是喊一声，"Everlasting yea"，我今天还是要你们跟着我来喊一声"Everlasting yea"！

鬼 话

慧珈，我只是自然崇拜者。我生平教育之校择者，都从眷爱自然得来。但看我眼中有夏星与秋月；我感情有山岭之雄厚，仿佛大川之潮澜；我思想似山涧之清，似海之阔，似雷电之迅，似枝头好鸟之妙舌；我肢体似雏鹿，似春草，似春云；我想象似电似金似火，有天堂之瑰丽，有地狱之诡幻，有春日之和，有秋花之艳；我爱情如蜜，如蚕丝之不绝，如瀑，如常青之松柏，如石之坚，如月之秘。

慧珈，我只是个自然崇拜者，我以为自然界种种事物，不论其细如涧石，暂如花，黑如炭，明如秋月，皆孕有甚深之意义，皆含有不可理解之神秘，皆为至美之象征。我爱汝，因汝亦美之征，我实隐敬畏汝，因汝亦具神之秘。

汝手挽我臂，及汝行稍倦，我将以手承汝腰。

假令汝蹇不能行，我手必常承汝不辍；假令我盲不能视，汝亦必以至媚之词，状星与月与涧瀑，以娱我常阙之视。月或有盈昃，潮或有涨落，然我不能想象汝我历千难万苦所凝成之恋晶，遭受毫芒之挫损。慧珈，汝我肉虽各体，灵已相和，嘻！汝其东望！美漪初升之满月，至烈至大，披靡云翳，若劲风铲叶。慧珈，忆否年前汝我之奋斗生涯，大敌小寇，巨难隐挫之梗汝我成功之径者，指不可尽数，然美满卒生于黑暗，若潜涧之骤睹光明，若此满月之出雾锢，自此长天晴朗，安行无碍。慧珈，汝试以手觉我心搏，此方寸灵府碎而复全者再再三三，即汝手，此纤纤柔荑之手，亦尝亲缚利刃其中，幸而未殊，然草木不因春荣而怨冬杀，我慧珈仁勇犹天，即使寸寸磔我，成尘成灰。以散入广漠，我魂而有知，犹且感恋，况灾难终解，幸福大来，汝纤美之手，此日竟抚我怀，汝最美丽之灵魂，我竟敢呼为己有。慧珈，我乐良不可支，愿月常圆，愿汝常美，汝泪又盈盈汝眶，月辉出林我视甚清，可爱者泪也，我常呼为人间无价之珍珠。我慧，汝不见我睫亦湿，然今夕彼此怀欢，不能复如春间，在汝园前梨花荫下之交泪成流也。愿汝泪已粗，颓然欲滴，无已容我热吻，咽此情珠。慧乎。汝应登记。汝泪又一度济我情渴，听否桥下涧声凿凿，似讽似妒，且复前进何似？

    楚王宫殿月轮高，
    碧琉璃翠烟笼罩。

  慧珈，汝我真身入仙境矣，如此琉璃，如此昭庙，如此寒烟，如此明月，慧珈吾爱，且为奈何此良宵。李长吉当此冬夜，必念"火井温泉"，太白在并，当不吝质裘换酒，然我有慧珈在手，我有慧珈在心，长生情焰，燎尽寒愁，况有蜜吻，何羡庸胶。

  慧，汝见否昭庙前盘根巨干，决垣破垒而出，宁其难，不屈其性，美哉勇士，来岁春荣时，再来当以花冠宠之。

  慧，不意冬令清温如此，干草生香，松馨可嗅，此道引向双清，引向玉乳，然汝我不如赴彼新亭一"看云起"，半山凉橡，早动我攀登之念，然前昨游山，屐总北向，何如此夕，慰彼寂寥。且月轮正倚此峰下窥，溯影上寻，别饶逸趣，汝但密抱我袖，当减援蹭之乏，但小心足下，勿为莽棘所扰，勿使乱石为踣，此境清幽圣洁，即有山鬼，亦必雅驯，不敢孟浪我钟爱之麋。

  慧，我爱幽秘，不矜明显，故爱月色，甚于昭阳；我童年见月，每每滴泪，但感其悲，不知何以，即今新愁未起，欢满衷肠，然徘徊之顷，便可写泪。大概感美动情，因情生泪，乐之与悲，原相交络，即我与汝年来恋迹他人视为温柔享尽，然我初不知有无悲之欢，无泪之会。汝我回顾来踪，青茵馥郁，何莫非清泪所滋培，即此往夷路从容,亦岂能循庸福之安步。佛说色即是空,空即是色,世俗谬解,负色负空。我谓从空中求色,乃为真色,从色求空,乃得真空;色,情也恋也,空,想象之神境也。汝我自诩识真,舍心在远,岂能局促于皮肉饮食之间哉。

故我爱月,即谓爱其幽秘也可。试看此林此谷,若无秘意,便无神趣昙花泡影之美。正在其来之神,其潜之秘。世每以优昙比人生,设想甚美,然结论以惟其暂忽,应避空虚,则其谬可诛,其愚可怜。人生本非优昙,独见真见美之一俄顷,真生命之消息,乃如电光之涌现。彼牧奴,彼市贾,彼政客,惟日营营于货利泥溷,宁知生命宁有生命,复何优昙之可言。且生命诚是幻境,善生者不虚幻境之易灭,而惟恐其一灭而不复生,苟能如日之出没,生命之优昙朝荣而莫殊,生命之幻境,常绝亦常生,旦旦有希望,息息是危机,(则不其为生命之王欤?)世即有荣华,复何羡?

故我崇拜幽秘,崇拜月,崇拜月夜,夜亦自然之尤秘者。我爱夜,我爱星夜,我爱无星之夜,我爱黑暗中之微芒,我爱星芒下之黑夜。幽秘尤为赋与生命之元素,慧,汝不云乎! 西山莫色,钝如铅,呆若木鸡方初星之未露方薇纳司之未现,天匓若冢盖,地偃若古尸,沙云谐色,松柏无声,几疑是沈沈者方且终古,然及明星之独与,顿转钝氲为凉霭,生命复起于沈寂,泄露宇宙生生无已之精神。因其闪耀,因其纯辉,远山近树,并感神明,一若内受神动,回舞欢欣,即石上枯藤,涧底残水,亦似耿耿欲为吟舞,颂美景良辰。慧,汝常爱独凭小牖,默察蓝空,静伺星起。一若展瞭春野,于一涨纯翠之中,忽见罗兰如目,粲笑相迎,讶喜未定,诸鬘并出,星定无极,一体神灵。尔时汝慧心频跃,喜溢长眉。慧珈我爱,汝非凡种,汝来本目神阙,我常有想,天上七星,列汝秀额,无怪汝爱星甚于爱珍。妙盼常在祥云飘渺之间。

慧,枯荆果茧汝行,刺不深否? 是藤卷亦大可怜,经霜往雪,色剥根殊,但亘道际,仰啜星光,偶当游踵,辄前纠搂,其意可怜,其情可悯。然汝无端遭刺,痛即不深,亦算小恼,然为常为变,莫非因缘,不如展汝慈腕,温抚而撤置之,彼若有灵,亦当感愧。

慧,汝闻涧声否,似是双清之裔。今冬不冷,泉涧少封,况受星月之惠，流光绰约，宜其韵节连绵，欢惬生平。我尝称山涧为自然界之忠臣义士，自然界之多情种子，休道此潺潺一曲，其来远在云天高处，不知须经过几层地狱，冲度多少林菁，洗磨千万个石堆，涤净几万条荇草，几度幽咽，几番唱息，然其精灵所系，永失勿萱，任难任险，一往无前；慧，汝不尝见流涧合湖，音色并谐，此真克践素愿之欢惊，正不让汝我此夕之踏月林边也。

慧，"看云起"已可望见，月正初卸云衣，散辉如雪蕊缤纷，汝我试立岩松中望月洗之香山，从黑处望光明，益见光明之妩媚，况此尤为神秘之光明。

慧我爱友，汝不感我肢体微震乎？方我见美，神经似感烈电，但觉纤微狂舞，人格辄欲解化，我今又神荡矣！

莎翁尝言，事汝不尝强聒汝客以所恋之誉，汝意未纯。我今欲赋月美以证我恋。慧，汝每讽我以神经逾分之词来相颂汝。然汝当知，苟我不尝因意恋而感神明，则我爱良不足数；我唯从汝纯美的人格中，得窥神圣之奥义，得起悟神禁之境界，故我不得不神汝而圣汝，非滥文字以为夸也。慧乎，汝永为九天明烛，照我入信仰之门！况人道之粹即是神经，神经固人类应有之德。世之猥俗，正生教育习惯之惨埋圣源，汝精神身体之皎洁神明，正不让前峰满月，慧，汝当知吾言之非过誉也。

请为汝颂月：与其谓日为美之象，不如称之为慈悲之征。吾国诗人莫不咏月，然皆止于写态绘形而无深切之同情。惟唐诗"今夜月明人尽望，不知秋思在谁家"韵味俱长，可谓随手检得之宝石。盖月之秘，月之美，月之人道，正在其慨锡慈辉，慰旅人之倦，慰夜莺之寂，慰倚阑啜泣之少女，慰石间独秀之野花，时或轻披帘幕，俯吻眠熟之婴孩，河边沉思之诗人，时或仰天默祷明辉照泪，灿若露珠。天真纯洁之孩童，见天上疾驶之圆艇而啼求焉。而展映白之小手，以擒清光于怀以示爱焉；此月之秘，此月之美，此月之人道，月之慈悲之效也。我因而每见明月愈不能自折其悲，不能自制其泪，然悲怀益深，泪落益多，而得慰，得灵魂之安慰，亦愈深且多。慧，汝最知此秘，吾不尝谓汝母愿我泣，泣实慰我。

美哉月！此圆此洁，此自由自在惠地不疑，行天无碍。美哉神话!

　　此高立婆娑者非玉桂乎，此瞿瞿欲动者非嫦娥之蟾乎，兔乎，彼捣玄霜者，何其春之迂徐，广寒之宫禁，何常靳而不启？慧，然汝喜科学，问言天文者月何似，使即量镜而望月，则向之婆娑者今圬侈为谷骸，为岩髅，向之灵动者今僵寂如石沟如败橡，向妩媚流盼如少女，今皱颊丑首如老妇，予我慰使我爱者今骇我视惑我思，向之神秘，向之美，今变为科学之事实；幻象消而美秘俱逝。以此视焚琴煮鹤，其煞风景为何似？慧，设汝有择于真灵之间，汝将焉取？虽然，科学何足以知月，量镜何足以知月，唯见事物之灵者，乃见其真，故讶月之秘之美，而月之真已全。汝不闻开慈之：——Endymion，全诗实一月赋，证美而真目显，宇宙间有途程，理暗文捷，文所不能行，独真觉之灵翼乃得突击而过者，此其一也。开慈之言曰："我年益长，月之和丽我情热者亦益切；汝犹深谷；汝犹山巅，汝犹圣贤之慧笔，诗人之琴，知己之声音，中天之日；汝犹大口，犹凯得之光荣；汝犹我临阵之鼓角，之战驹，我承美酒之古爵，最高明之勋业；汝犹妇人之媚，汝可爱之明月！"

伤双栝老人

　　看来你的死是无可置疑的了，宗孟先生，虽则你的家人们到今天还没法寻回你的残骸。最初消息来时，我只是不信，那其实是太兀突，太荒唐，太不近情。我曾经几回梦见你生还，叙述你历险的始末，多活现的梦境！但如今在栝树凋尽了青枝的庭院，再不闻"老人"的謦欬；真的没了，四壁的白联仿佛在微风中叹息。这三四十天来，哭你有你的内眷，姊妹，亲戚，悼你的私交；惜你有你的政友与国内无数爱君才调的士夫。志摩是你的一个忘年的小友。我不来敷陈你的事功，不来历叙你的言行；我也不来再加一份涕泪吊你最后的惨变。魂兮归来！此时在一个风满天的深夜握笔，就只两件事闪闪的在我心头：一是你的谐趣天成的风怀，一是鬌年失怙的诸弟妹，他们，你在时，那一息不是你的关切，便如今，料想你彷徨的阴魂也常在他们的身畔飘逗。平时相见，我倾倒你的语妙，往往含笑静听，不叫我的笨涩羼杂你的莹彻，但此后，可恨这生死间无情的阻隔，我再没有那样的清福了！只当你是在我跟前，只当是消磨长夜的闲谈，我此时对你说些琐碎，想来你不至厌烦罢。

　　先说说你的弟妹。你知道我与小孩子们说得来，每回我到你家去，他们一群四五个，连着眼珠最黑的小五，浪一般的拥上我的身来，牵住我的手，攀住我的头，问这样，问那样；我要走时他们就着了忙，抢帽子的，锁门的，嘎着声音苦求的——你也曾见过我的狼狈。自从你的噩耗到后,可怜的孩子们,从不满四岁到十一岁,那懂得生死的意义,但看了大人们严肃的神情,他们也都发了呆,一个个木鸡似的在人前愣着。有一天听说他们私下在商量,想组织一队童子军,冲出山海关去替爸爸报仇!

"栝安"那虚报到的一个早上,我正在你家。忽然间一阵天翻似的闹声从外院陡起,一群孩子拥着一位手拿电纸的大声的欢呼着,冲锋似的陷进了上房。果然是大胜利,该得庆祝的:"爹爹没有事!""爹爹好好的!"徽那里平安电马上发了去,省她急。福州电也发了去,省他们跋涉。但这欢喜的风景运定活不到三天,又叫接着来的消息给完全煞尽!

当初送你同去的诸君回来,证实了你的死信。那晚,你的骨肉一个个走进你的卧房,各自默恻恻的坐下,啊,那一阵子最难堪的嚓寂,千万种痛心的思潮在各个人的心头,在这沈默的暗惨中,激荡,汹涌,起伏。可怜的孩子们也都泪滢滢的攒聚在一处,相互的偎着,半懂得情景的严重。霎时间,冲破这沈默,发动了放声的号啕,骨肉间至性的悲哀——你听着吗,宗孟先生,那晚有半轮黄月斜觇着北海白塔的凄凉?

我知道你不能忘情这一群童稚的弟妹。前晚我去你家时见小四小五在灵帏前翻着跟斗,正如你在时他们常在你的跟前献技。"你爹呢?"我拉住他们问。"爹死了。"他们嘻嘻的回答,小五搂住了小四,一和身又滚做一堆!他们将来的养育是你身后惟一的问题——说到这里,我不由的想起了你离京前最后几回的谈话。政治生活,你说你不但尝够而且厌烦了。这五十年算是一个结束,明年起你准备谢绝俗缘,亲自教课膝前的子女;这一清心你就可以用功你的书法,你自觉你腕下的精力,老来只是健进,你打算再花二十年工夫,打磨你艺术的天才;文章你本来不弱,但你想望的却不是什么等身的著述,你只求沥一生的心得,淘成三两篇不易衰朽的纯晶。这在你是一种觉悟;早年在国外初识面时,你每每自负你政治的异禀,即在年前避居津地时你还以为前途不少有为的希望,直至最近政态诡变,你才内省厌倦,认真想回复你书生逸士的生涯。我从最初惊讶你清奇的相貌,惊讶你更清奇的谈吐,我便不阿附你从政的热心,曾经有多少次我讽劝你趁早回航，领导这新时期的精神，共同发现文艺的新土。即如前年泰谷尔来时，你那兴会正不让我们年轻人；你这半百翁登台演戏，不辞劳倦的精神正不知给了我们多少的鼓舞！

不，你不是"老人"；你至少是我们后生中间的一个。在你的精神里，我们看不见苍苍的鬓发，看不见五十年光阴的痕迹；你的依旧是二三十年前《春痕》故事里的"逸"的风情——"万种风情无地着"，是你最得意的名句，谁料这下文竟命定是"辽原白雪葬华颠"！

谁说你不是君房的后身？可惜当时不曾记下你摇曳多姿的吐属，蓓蕾似的满缀着警句与谐趣，在此时回忆，只如天海远处的点点航影，再也认不分明。你常常自称厌世人。果然，这世界，这人情，那禁得起你锐利的理智的解剖与抉剔？你的锋芒，有人说，是你一生最吃亏的所在。但你厌恶的是虚伪，是矫情，是顽老，是乡愿的面目，那还不是该的？谁有你的豪爽，谁有你的倜傥，谁有你的幽默？你的锋芒，即使露，也决不是完全在他人身上应用，你何尝放过你自己来？对己一如对人，你丝毫不存姑息，不存隐讳。这就够难能，在这无往不是矫揉的日子。再没有第二人，除了你，能给我这样脆爽的清谈的愉快。再没有第二人在我的前辈中，除了你，能使我感受这样的无"执"无"我"精神。

最可怜是远在海外的徽徽，她，你曾经对我说，是你惟一的知己；你，她也曾对我说，是她惟一的知己。你们这父女不是寻常的父女。"做一个有天才的女儿的父亲，"你曾说，"不是容易享的福，你得放低你天伦的辈分先求做到友谊的了解。"徽，不用说，一生崇拜的就只你，她一生理想的计划中，那件事离得了聪明不让她自己的老父？但如今，说也可怜，一切都成了梦幻，隔着这万里途程，她那弱小的心灵如何载得起这奇重的哀惨！这终天的缺陷，叫她问谁补去？佑着她吧，你不昧的阴灵，宗孟先生，给她健康，给她幸福，尤其给她艺术的灵术——同时提携她的弟妹，共同增荣雪池双栝的清名！

十五年，二月，二日，新月社

吊刘叔和

一向我的书桌上是不放相片的。这一月来有了两张，正对我的座位，每晚更深时就只他们俩看着我写，伴着我想；院子里偶尔听着一声清脆，有时是虫，有时是风卷败叶，有时，我想象，是我们亲爱的故世人从坟墓的那一边吹过来的消息。伴着我的一个是小，一个是"老"：小的就是我那三月间死在柏林的彼得，老的是我们钟爱的刘叔和，"老老"。彼得坐在他的小皮椅上，抿紧着他的小口，圆睁着一双秀眼，仿佛性急要妈拿糖给他吃，多活灵的神情！但在他右肩的空白上分明题着这几行小字："我的小彼得，你在时我没福见你，但你这可爱的遗影应该可以伴我终身了。"老老是新长上几根看得见的上唇须，在他那件常穿的缎褂里欠身坐着，严正在他的眼内，和蔼在他的口颔间。

让我来看。有一天我邀他吃饭，他来电说病了不能来，顺便在电话中他说起我的彼得。（在襁褓时的彼得，叔和在柏林也曾见过。）他说我那篇悼儿文做得不坏；有人素来看不起我的笔墨的，他说，这回也相当的赞许了。我此时还分明记得他那天通电时着了寒发沙的嗓音！我当时回他说多谢你们夸奖，但我却觉得凄惨，因为我同时不能忘记那篇文字的代价，是我自己的爱儿。过了几天适之来说："老老病了，并且他那病相不好，方才我去看他，他说适之我的日子已经是可数的了。"他那时住在皮宗石家里。我最后见他的一次，他已在医院里。他那神色真是不好，我出来就对人讲，他的病中医叫作湿瘟，并且我分明认得它,他那眼内的钝光,面上的涩色,一年前我那表兄沈叔薇弥留时我曾经见过——可怕的认识,这侵蚀生命的病征。可怜少鳏的老老,这时候病榻前竟没有温存的看护;我与他说笑:"至少在病苦中有妻子毕竟强似没妻子,老老,你不懊丧续弦不及早吗?"那天我喂了他一餐,他实在是动弹不得;但我向他道别的时候,我真为他那无告的情形不忍。(在客地的单身朋友们,这是一个切题的教训,快些成家,不要过于挑剔了吧;你放平在病榻上时才知道没有妻子的悲惨!——到那时,比如叔和,可就太晚了。)

叔和没了。但为你,叔和,我却不曾掉泪。这年头也不知怎的,笑自难得,哭也不得容易。你的死当然是我们的悲痛,但转念这世上惨淡的生活其实是无可沾恋,趁早隐了去,谁说一定不是可羡慕的幸运?况且近年来我已经见惯了死,我再也不觉着它的可怕。可怕是这烦嚣的尘世:蛇蝎在我们的脚下,鬼祟在市街上,霹雳在我们的头顶,噩梦在我们的周遭。在这伟大的迷阵中,最难得的是遗忘;只有在简短的遗忘时,我们才有机会恢复呼吸的自由与心神的愉快。谁说死不就是个悠久的遗忘的境界?谁说墓窟不就是真解放的进门?

但是随你怎样看法,这生死间的隔绝,终究是个无可奈何的事实,死去的不能复活,活着的不能到坟墓的那一边去探望。到绝海里去探险我们得合伙,在大漠里游行我们得结伴;我们到世上来做人,归根说,还不只是惴惴的来寻访几个可以共患难的朋友,这人生有时比绝海更凶险,比大漠更荒凉,要不是这点子友的同情我第一个就不敢向前迈步了。叔和真是我们的一个。他的性情是不可信的温和:"顶好说话的老老";但他每当论事,却又绝对的不苟同,他的议论,在他起劲时,就比如山壑间雨后的乱泉,石块压不住它,蔓草掩不住它。谁不记得他那永远带伤风的嗓音,他那永远不平衡的肩背,他那怪样的激昂的神情?通伯在他那篇《刘叔和》里说起当初在海外老老与傅孟真的豪辩,有时竟连"呐呐不多言"的他,也"免不了加入他们的战队"。这三位衣常敝,履无不穿的"大贤"在伦敦东南隅的陋巷,点煤汽油灯的斗室里,真不知有多少次借光柏拉图与卢骚与斯宾塞的迷力,欺骗他们告空虚的肠胃——至少在这一点他们三位是一致同意的!但通伯却忘了告诉我们他自己每回加入战团时的特别情态,我想我应得替他补白。我方才用乱泉比老老，但我应得说他是一窜野火，焰头是斜着去的；傅孟真，不用说，更是一窜野火，更猖獗，焰头是斜着来的；这一去一来就发生了不得开交的冲突。在他们最不得开交时，劈头下去了一剪冷水，两窜野火都吃了惊，暂时翳了回去。那一剪冷水就是通伯；他是出名浇冷水的圣手。

啊，那些过去的日子！枕上的梦痕，秋雾里的远山。我此时又想起初渡太平洋与大西洋时的情景了。我与叔和同船到美国，那时还不熟；后来同在纽约一年差不多每天会面的，但最不可忘的是我与他同渡大西洋的日子。那时我正迷上尼采，开口就是那一套沾血腥的字句。我仿佛跟着查拉图斯脱拉登上了哲理的山峰，高空的清气在我的肺里，杂色的人生横亘在我的眼下。船过必司该海湾的那天，天时骤然起了变化：岩片似的黑云一层层累叠在船的头顶，不漏一丝天光，海也整个翻了，这里一座高山，那边一个深谷，上腾的浪尖与下垂的云爪相互的纠拿着；风是从船的侧面来的，夹着铁梗似粗的暴雨，船身左右侧的倾欹着。这时候我与叔和在水发的甲板上往来的走——哪里是走，简直是滚，多强烈的震动！霎时间雷电也来了，铁青的云板里飞舞着万道金蛇，涛响与雷声震成了一片喧闹，大西洋险恶的威严在这风暴中尽情的披露了。"人生，"我当时指给叔和说，"有时还不止这凶险，我们有胆量进去吗？"那天的情景益发激动了我们的谈兴，从风起直到风定；从下午直到深夜，我分明记得，我们俩在沈酣的论辩中遗忘了一切。

今天国内的状况不又是一幅大西洋的天变？我们有胆量进去吗？难得是少数能共患难的旅伴；叔和，你是我们的一个，如何你等不得浪静就与我们永别了？叔和，说他的体气，早就是一个弱者；但如其一个不坚强的体壳可以包容一团坚强的精神，叔和就是一个例。叔和生前没有仇人，他不能有仇人；但他自有他不能容忍的对象：他恨混淆的思想；他恨腌臜的人事。他不轻易斗争；但等他认定了对敌出手时，他是最后回头的一个。叔和，我今天又走上了暴风雨中的甲板，我不能不悼惜我侣伴的空位！

十月十五日

辑六　诗的意见

诗人与诗

你们若有研究文学的兴趣，先要问自己能不能以自己的生活的大部分来从事于文艺；这个问题解决之后，再问自己生活的态度是怎样。最好是采取一种孤独的生活，经营你内心的生活，去创造你自己的文学的产品。诗人的作品的实质决不是在繁华的生活所能得到的。文学家的修养的起点，就是保持我们的活泼的态度，远避这恶浊的社会。若是实在不能孤独的去生活，而强伏于公同生活的环境；只要你能有你自己意志的主宰，对于外边的引诱也就无妨了。

要想专门的去研究诗的文学，或者想做一个诗人，也应该经过这个程序的疑问而后去决定。

诗人究竟是什么东西？这句话急切也答不上来。诗人中最好的榜样：我最爱中国的李太白，外国的 Shelley。他们生平的历史就是一首极好的长诗；所以诗人虽然没有创造他们的作品，也还能够成其为诗人。我们至少要承认：诗人是天生的而非人为的（poet is born not made），所以真的诗人极少极少。广义地说，一个小孩子也是诗人，因为他也有他的想象力，及他的天真烂漫的观察力。我想英国能写诗的人不下三十万，不过在里面只寻找得出二十个真诗人，在各大学中当得起诗人之称的不过一二人。

有人说:"道德不好的人不能做诗人。"好像 Villon① 是一个滥喝酒而且做贼的人;还有意大利文艺复兴时代做情歌的 Malatesta② 也是道德不甚好的人;还有英国的 Byron③ 为英国社会所不容而赶到别国去的,他有天赋的狂放的天才,兼之那时又是浪漫的时期,他所得的境界是纯粹的美,他的宗教的第一信仰就是美的实在,出乎普通的道德,和人们的成见及偏见的制裁。这三人中,只有 Malatesta 实在是个坏人,所以他的诗也只能算伪的文学。

诗人不能兼作数学家。如像德国的 Goethe④,他的政治,历史,哲学,文学……都好,只有数学一种学科不行。你们数学不见长的,来学诗一定是很适宜的;因为诗人的情重于智,数学家却只重印板式的思构;数学不好的人,他的想象力一定很发达,所以他不惯受拘于那呆板的条例。

诗人是半女性的(poet is half woman)如像但丁……等是在英国除了伯克外,Shelley 同 Keats 都是美男子,都是三十四五岁上就夭折了。但是所谓半女性,自然不是生理上的,也不是容貌上的,乃是性情上的———一种缠绵的多愁性。

诗人不是实际的实行家。然而也有例外,如像 Shakespeare,他既做过小生意,又当过戏园的掌班,办事很有条理的。

上面几条反面的说法,看了之后大概可以知道诗人是什么了。但是诗人的产物——诗到底又是什么东西呢?

这个尤其难说了。只有一个滑稽而较确切的解释:"诗就是诗。"但是这个解释还是等于不解释,对于我们的求知心,自然不能算满足。

---

① Villon:维庸(1431—1463?),法国诗人,品行不端,曾多次入狱,主要作品有《小遗言集》、《大遗言集》等。

② Malatesta:马拉它撒,不详。

③ Byron:拜伦(1788—1824),英国浪漫主义诗人,代表作有《恰尔德·哈罗尔德游记》、《唐璜》等。唐琼(Don Juan),今译唐璜。

④ Goethe:今译歌德(1749—1832),德国诗人、作家,青年时代为狂飙运动的代表人物,在文学、艺术、哲学、政治、自然科学等领域皆有可观的成就,代表作有诗剧《浮士德》、小说《少年维特之烦恼》等。

勉强的说：诗是写人们的情绪的感受或发生。情绪的义很广，不仅是哭，笑，喜，怒，……等情；比如我们写一棵树，写一块石头，只要你能身入其境，与你所写及的东西有同化的境界，就是情绪极真的表现。

现在的诗人几乎占据了中国的新文坛，所以发表出来的诗也太滥了。反对白话诗的人常常持这种论调："散文分行写就是一首白话诗，白话诗要改成连贯的写就是一篇白话文。"这也不怪他们说得这样过分，作者原不能辞其责呀。虽然，这种努力也是一种极好的预备。

外来的感觉不能刺激我们的灵性怎样深。天赋我们的眼睛，我们要运用他能看的本能去观察；天赋我们的耳，我们要运用他能听的本能去谛听；天赋我们的心，我们要运用他能想的本能去思想；此外还要依赖一种潜识——想象化，把深刻的感动让他在潜识内融化，等他自己结晶，一首诗这才能够算成功。所以写诗单靠 Inspiration① 是不行的。

我们还要有艺术的自觉心。写我们有价值的经验，不是关于各个人的价值，应该把他客观化，——就是由我写出来，别人看了也要有同情的感动。

诗是极高尚极纯粹的东西，不要太容易去作，更不要为发表而作。我们得到一种诗的实质，先要溶化在心里；直至忍无可忍，觉得几乎要迸出我心腔的时候，才把他写出。那才能算一首真的诗。

诗的灵魂是音乐的，所以诗最重音节。这个并不是要我们去讲平仄，押韵脚，我们步履的移动，实在也是一种音节啊。所以散文也可以说是有音节的。作白话诗我们也要在大范围内去自由。

诗是一种最高的语言，所以诗要非常贯连的。外国的一首好诗，一个音节不能省，一个不恰当的字不能用。本来作诗如造屋，屋中的一根柱头没有放好，全座的房子都要受影响。

我们想作诗，先要多读几篇散文。因为散文比较上有发展的余力，美的散文所得的快慰也不下于一首诗。想做诗还要多学几种艺术，如像音乐，图画，……与诗的音节和描写都很有关系的。

---

① Inspiration：灵感。

《新月》的态度

　　And God said, Let there be light; and there was light. — The Genesis①

　　If winter comes, can Spring be far behind? — Shelley②

　　我们这月刊题名《新月》，不是因为曾经有过什么"新月社"，那早已散消，也不是因为有"新月书店"，那是单独一种营业，它和本刊的关系只是担任印刷与发行。《新月》月刊是独立的。

　　我们舍不得新月这名字，因为它虽则不是一个怎样强有力的象征，但它那纤弱的一弯分明暗示着，怀抱着未来的圆满。

　　我们这几个朋友，没有什么组织除了这月刊本身，没有什么结合除了在文艺和学术上的努力，没有什么一致除了几个共同的理想。

　　凭这点集合的力量，我们希望为这时代的思想增加一些体魄，为这时代的生命添厚一些光辉。

　　但不幸我们正逢着一个荒歉的年头，收成的希望是枉然的。这又是个混乱的年头，一切价值的标准，是颠倒了的。

　　要寻出荒歉的原因并且给它一个适当的补救，要收拾一个曾经大

---

① 神说，要有光：就有了光。——《创世纪》。
② 冬天来了，春天还会远吗？——雪莱。

不知道放火是一桩新鲜的玩意，但我们却不忍为一时的快意造成不可救济的惨象。"狂风暴雨"有时是要来的，但狂风暴雨是不可终朝的。我们愿意在更平静的时刻中提防天时的诡变，不愿意借口风雨的猖狂放弃清风白日的希冀。我们当然不反对解放情感，但在这头骏悍的野马的身背上我们不能不谨慎的安上理性的鞍索。

我们不崇拜任何的偏激因为我们相信社会的纪纲是靠着积极的情感来维系的，在一个常态社会的天平上，情爱的分量一定超过仇恨的分量，互助的精神一定超过互害与互杀的动机。我们不意愿套上着色眼镜来武断宇宙的光景。我们希望看一个真，看一个正。

我们不能归附功利因为我们不信任价格可以混淆价值，物质可以替代精神，在这一切商业化恶浊化的急坂上我们要留住我们倾颠的脚步。我们不能依傍训世，因为我们不信现成的道德观念可以用作评价的准则，我们不能听任思想的矫健僵化成冬烘的臃肿。标准，纪律，规范，不能没有，但每一个时代都得独立去发见它的需要，维护它的健康与尊严，思想的懒惰是一切准则颠覆的主要的根由。

末了还有标语与主义。这是一条天上安琪儿们怕践足的蹊径。可怜这些时间与空间，那一间不叫标语与主义的芒刺给扎一个鲜艳。我们的眼是迷眩了的，我们的耳是震聋了的，我们的头脑是闹翻了的，辨认已是难事，评判更是不易。我们不否认这些殷勤的叫卖与斑斓的招贴中尽有耐人寻味的去处，尽有诱惑的迷宫。因此我们更不能不审慎，我们更不能不磨砺我们的理智，那剖解一切纠纷的锋刃，澄清我们的感觉，那辨别真伪和虚实的本能，放胆到这嘈杂的市场上去做一番审查和整理的工作。我们当然不敢预约我们的成绩，同时我们不踌躇预告我们的愿望。

这混杂的现象是不能容许它继续存在的，如其我们文化的前途还留有一线的希望。这现象是不能继续存在的，如其我们这民族的活力还不曾消竭到完全无望的地步。因为我们认定了这时代是变态，是病态，不是常态。是病就有治。绝望不是治法。我们不能绝望。我们在绝望的边缘搜求着希望的根芽。

严重是这时代的变态。除了盘错的，恣蔓的寄生，那是遍地都看得见，几于这思想的田园内更不见生命的消息。梦人们妄想着花草的鲜明与林木的葱茏。但他们有什么根据除了飘渺的记忆与想象?

但记忆与想象!这就是一个灿烂的将来的根芽!悲惨是那个民族,它回头望不见一个庄严的以往。那个民族不是我们。该得灭亡是那个民族,它的眼前没有一个异象的展开。那个民族也不应得是我们。

我们对我们光明的过去负有创造一个伟大的将来的使命;对光明的未来又负有结束这黑暗的现在的责任。我们第一要提醒这个使命与责任。我们前面说起过人生的尊严与健康。在我们不曾发见更简赅的信仰的象征,我们要充分的发挥这一双伟大的原则——尊严与健康。尊严,它的声音可以唤回在歧路上彷徨的人生。健康,它的力量可以消灭一切侵蚀思想与生活的病菌。

我们要把人生看作一个整的。支离的,偏激的看法,不论怎样的巧妙,怎样的生动,不是我们的看法。我们要走大路。我们要走正路。我们要从根本上做工夫。我们只求平庸,不出奇。

我们相信一部纯正的思想是人生改造的第一个需要。纯正的思想是活泼的新鲜的血球,它的力量可以抵抗,可以克胜,可以消灭一切致病的微菌。纯正的思想,是我们自身活力得到解放以后自然的产物,不是租借来的零星的工具,也不是稗贩来的琐碎的技术。我们先求解放我们的活力。

我们说解放因为我们不怀疑活力的来源。淤塞是有的,但还不是枯竭。这些浮苔,这些绿腻,这些潦泥,这些腐生的蝇蚋——可怜的清泉,它即使有奔放的雄心,也不易透出这些寄生的重围。但它是在着,没有死。你只须拨开一些污潦就可以发见它还是在那里汩汩的溢出,在可爱的泉眼里,一颗颗珍珠似的急溜着。这正是我们工作的机会。爬梳这壅塞,根除这秽浊,浚理这瘀积,消灭这腐化;开深这潴水的池潭,解放这江湖的来源。信心,忍耐。谁说这"一举手一投足"的勤劳不是一件伟大事业的开端,谁说这涓涓的细流不是一个壮丽的大河流域的先声?

要从恶浊的底里解放圣洁的泉源,要从时代的破烂里规复人生的尊严——这是我们的志愿。成见不是我们的,我们先不问风是在那一个方向吹。功利也不是我们的,我们不计较稻穗的饱满是在那一天。

恐慌蹂躏过的市场,再进一步要扫除一切恶魔的势力,为要重见天日的清明,要浚治活力的来源,为要解放不可制止的创造的活动——这项巨大的事业当然不是少数人,尤其不是我们这少数人所敢妄想完全担当的。

但我们自分还是有我们可做的一部分的事。连着别的事情我们想贡献一个谦卑的态度。这态度,就正面说,有它特别侧重的地方,就反面说,也有它郑重矜持的地方。

先说我们这态度所不容的。我们不妨把思想(广义的,现代刊物的内容的一个简称。)比作一个市场,我们来看看现代我们这市场上看得见的是些什么?如同在别的市场上,这思想的市场上也是摆满了摊子,开满了店铺,挂满了招牌,扯满了旗号,贴满了广告,这一眼看去辨认得清的至少有十来种行业,各有各的色彩,各有各的引诱,我们把它们列举起来看看:——

一 感伤派
二 颓废派
三 唯美派
四 功利派
五 训世派
六 攻击派
七 偏激派
八 纤巧派
九 淫秽派
十 热狂派
十一 稗贩派
十二 标语派
十三 主义派

商业上有自由,不错。思想上言论上更应得有充分的自由,不错。但得在相当的条件下。最主要的两个条件是(一)不妨害健康的原则。(二)不折辱尊严的原则。买卖毒药,买卖身体,是应得受干涉的因为这类的买卖直接违反康健与尊严两个原则。同时这些非法的或不正当的营业还是一样在现代的大都会里公然的进行——鸦片,毒药,淫业,那一宗不是利市三倍的好买卖?但我们却不能因它们的存在就说它们不是不正当而默许它们存在的特权。在这类的买卖上我们不能应用商业自由的原则。我们正应得觉到切肤的羞恶,眼见这些危害性的下流的买卖公然在我们所存在的社会里占有它们现有的地位。

同时在思想的市场上我们也看到种种非常的行业,例如上面列举的许多门类。我们不说这些全是些"不正当"的行业,但我们不能不说这里面有狠多是与我们所标举的两大原则——健康与尊严——不相容的。我们敢说这现象是新来的,因为连着别的东西思想自由这观念本身就是新来的。这也是个反动的现象,因此,我们敢说,或许是暂时的。先前我们在思想上是绝对没有自由,结果是奴性的沈默;现在,我们在思想上是有了绝对的自由,结果是无政府的凌乱。思想的花式加多本来不是件坏事,在一个活力磅礴的文化社会里往往看得到,偎傍着刚直的本干,普盖的青荫,不少盘错的旁枝,以及恣蔓的藤萝。那本不关事,但现代的可忧正是为了一个颠倒的情形。盘错的,恣蔓的尽有,这里那里都是的,却不见了那刚直的与普盖的。这就比是一个商业社会上不见了正宗的企业,却只有种种不正当的营业盘据著整个的市场,那不成了笑话?

即如我们上面随笔写下的所谓现代思想或言论市场的十多种行业,除了"攻击","纤巧","淫秽"诸宗是人类不怎样上流的根性得到了自由(放纵)当然的发展,此外多少是由外国转运来的投机事业。我们不说这时代就没有认真做买卖的人,我们指摘的是这些买卖本身的可疑。碍着一个迷误的自由的观念,顾着一个容忍的美名,我们往往忘却思想是一个园地,它的美观是靠著我们随时的种植与铲除,又是一股水流,它的无限的效用有时可以转变成不可收拾的奇灾。

我们不敢附和唯美与颓废,因为我们不甘愿牺牲人生的阔大,为要雕镂一只金镶玉嵌的酒杯。美我们是尊重而且爱好的,但与其咀嚼罪恶的美艳还不如省念德性的永恒,与其到海陀罗凹腔里去收集珊瑚色的妙乐还不如置身在扰攘的人间倾听人道那幽静的悲凉的清商。

我们不敢赞许伤感与热狂因为我们相信感情不经理性的清滤是一注恶浊的乱泉,它那无方向的激射至少是一种精力的耗费。我们未尝无常是造物的喜怒，茫昧是生物的前途，临到"闭幕"的那俄顷，更不分凡夫与英雄，痴愚与圣贤，谁都得撒手，谁都得走；但在那最后的黑暗还不曾覆盖一切以前，我们还不一样的得认真来扮演我们的名分？生命从它的核心里供给我们信仰，供给我们忍耐与勇敢。为此我们方能在黑暗中不害怕，在失败中不颓丧，在痛苦中不绝望。生命是一切理想的根源，它那无限而有规律的创造性给我们在心灵的活动上一个强大的灵感。它不仅暗示我们，逼迫我们，永远望创造的，生命的方向走，它并且启示给我们的想象，物体的死只是生的一个节目，不是结束，它的威吓只是一个谎骗，我们最高的努力的目标是与生命本体同绵延的，是超过死线的，是与天外的群星相感召的。为此，虽则生命的势力有时不免比较的消歇，到了相当的时候，人们不能不醒起。我们不能不醒起，不能不奋争，尤其在人生的尊严与健康横受凌辱与侵袭的时日！来罢，那天边白隐隐的一线，还不是这时代的"创造的理想主义"的高潮的前驱？来罢，我们想象中曙光似的闪动，还不是生命的又一个阳光充满的清朝的预告？

我也"惑"①

——与徐悲鸿先生书

> The opinions that are held with passion are always these for which no good ground exists; indeed the passion is the measure of the holder's lack of rational conviction. — From Bertrand Russel's 'Skeptical Essays.'②

悲鸿兄：

你是一个——现世上不多见的——热情的古道人。就你不轻阿附，不论在人事上或在绘事上的气节与风格言，你不是一个今人。在你的言行的后背，你坚强的抱守着你独有的美与德的准绳——这，不论如何，在现代是值得赞美的。批评或评衡的唯一的涵义是标准。论人事人们心目中有是与非，直与枉，乃至善与恶的分别的观念。艺术是独立的；如果关于艺术的批评可以容纳一个道德性的观念，那就只许有——我想你一定可以同意——一个真与伪的辨认。没有一个作伪

---

① 这是作者就徐悲鸿《惑》写的评论，一九二九年四月九日作；载一九二九年四月二十二日、二十五日上海《美展》三日刊第五期、第六期；初收一九八三年十月商务印书馆香港分馆《徐志摩全集》第四册。

② 那些被狂热地持有的见解，对我们来说总有很好的理由；实际上，持论者的狂热，便是衡量他缺乏理性的信念的尺度。——引自罗素的《怀疑论散文》。

的人，或是一个侥幸的投机的人，不论他手段如何巧妙，可以希冀在文艺史上占有永久的地位。他可以，凭他的欺蒙的天才，或技巧的小慧，耸动一时的视听，弋取浮动的声名，但一经真实的光焰的烛照，他就不得不袒露他的原形。关于这一点，悲鸿，你有的，是"疾伪如仇"严正的敌忾之心，正如种田人的除莠为的是护苗，你的疾伪，我信，为的亦无非是爱"真"。即在平常谈吐中，悲鸿，你往往不自制止你的热情的激发，同时你的"古道"，你的谨严的道德的性情，有如一尊佛，危然跌坐在你热情的莲座上，指示着一个不可错误的态度。你爱，你就热热的爱；你恨，你也热热的恨。崇拜时你纳头，愤慨时你破口。眼望着天，脚踏着地，悲鸿，你永远不是一个走路走一半的人。说到这里，我可以想见碧微嫂或者要微笑的插科："真对，他是一个书呆！"

但在艺术品评上，真与伪的界限，虽则是最关重要，却不是单凭经验也不是纯恃直觉所能完全剖析的。我这里说的真伪当然是指一个作家在他的作品里所表现的意趣与志向，不是指鉴古家的辨别作品的真假，那另是一回事。一个中材的学生从他的学校里的先生们学得一些绘事的手法，谨愿的步武着前辈的法式，在趣味上无所发明犹之在技术上不敢独异，他的真诚是无可置疑的，但他不能使我们对他的真诚发生兴趣。换一边说，当罗斯金指斥魏斯德勒 Whistler 是一个"故意的骗子"，骂他是一个"俗物，无耻，纨袴"；或是当托尔斯泰在他的艺术论里否认莎士比亚与贝德花芬是第一流的作家，我们顿时感觉到一种空气的紧张——在前一例是艺术界发生了重大的趣事，在后一例是一个新艺术观的诞生的警告。魏斯德勒是不是存心欺骗，"拿一盘画油泼上公众的脸，讨价二百个金几尼？"罗斯金，曾经为透纳（Turner[①]）作过最庄严的辩护的唯一艺术批评家，说是！贝德花芬晚年的作品是否"无意义的狂呓"（Meaningless ravings）？伟大的托尔斯泰说是！古希腊的悲剧家，拉飞尔，密亿朗其罗，洛坛，毕于维史，槐格纳，魏尔伦，易卜生，梅德林克等等是否都是"粗暴，野

[①] Turner：透纳（1775—1851），英国风景画家，擅长水彩画，融合油画和水彩技法。著名作品有《迪埃普港》、《运输船的遇难》和《雨、蒸汽和速度》等。

蛮，无意义"的作家，他们这一群是否都是"无耻的剿袭者"？伟大的托尔斯泰又肯定说是！美术学校或是画院是否摧残真正艺术的机关？伟大的托尔斯泰又断言说是！

难怪罗斯金与魏斯德勒的官司曾经轰动全伦敦的注意。难怪我们的罗曼·罗兰看了《艺术论》觉得地土不再承载着他的脚底。但这两件事当然是不能相提并论的。罗斯金当初分明不免有意气的牵连（正如朋琼司的嫉忌与势利），再加之老年的昏瞀与固执，他的对魏斯德勒的攻击在艺术史上只是一个笑柄，完全是无意义的。这五十年来人们只知道更进的欣赏魏斯德勒的"滥泼的颜色"，同时也许记得罗斯金可怜的老悖，但谁还去翻念 Fors Clavigera①？托尔斯泰的见解却是另一回事。他的声音是文艺界天空的雷震，激起万壑的回响，波及遥远的天边；我们虽则不敢说他的艺术论完全改变了近代艺术的面目，但谁敢疑问他的博大的破坏的同时也〔具〕建设的力量？

但要讨论托尔斯泰的艺术观当然不是一封随手的信札，如我现在写的，所能做到，这我希望以后更有别的机会。我方才提及罗斯金与托尔斯泰两桩旧话，意思无非是要说到在艺术上品评作家态度真伪的不易——简直是难；大名家也有他疏忽或是夹杂意气的时候，那时他的话就比例的失去它们可听的价值。我所以说到这一层是因为你，悲鸿，在你的大文里开头就呼斥塞桑或塞尚奴（你译作腮惹纳）与玛蒂斯（你译作马梯是）的作品"无耻"。另有一次你把塞桑比作"乡下人的茅厕"，对比你的尊师达仰先生（Dagnan-Bouveret）的"大华饭店"。在你大文的末尾你又把他们的恶影响比类"来路货之吗啡海绿茵"；如果将来我们的美术馆专事收罗他们一类的作品，你"个人却将披发入山，不愿再见此卑鄙昏聩黑暗堕落也"。这不过于言重吗，严正不苟的悲鸿先生？

风尚是一个最耐寻味的社会与心理的现象。客观的说，从方跟丝袜到尖跟丝袜，从维多利亚时代的进化的乐观主义到维多利亚后期怀疑主义再到欧战期内的悲观主义，从爱司鬈到鸭稍鬈，从安葛尔的典

---

① Fors Clavigera：拉丁文，《举着锤子的命运女神》，副题为"致大不列颠工人与体力劳动者的书信"。罗斯金的著作，发表于 1871—1884 年间。

雅作风到哥罗的飘逸,从特拉克洛崔的壮丽到寒尚的"士气"再到梵高的癫狂———一样是因缘于人性好变动喜新异（深一义的是革命性的创作）的现象。我国近几十年事事模仿欧西,那是个必然的倾向,固然是无可喜悦,抱憾却亦无须。是他们强,是他们能干,有什么可说的？妙的是各式欧化的时髦在国内见得到的,并不是直接从欧西来,那倒也罢,而往往是从日本转贩过来的,这第二手的摹仿似乎不是最上等的企业。说到学袭,说到赶时髦（这似乎是一个定律）,总是皮毛的新奇的肤浅的先得机会（你没有见过学上海派装束学过火的乡镇里来的女子吗？）。主义是共产最风行,文学是"革命的"最得势,音乐是"脚死"最受欢迎,绘画当然就非得是表现派或是旋涡派或是大大主义或是立体主义或是别的什么更耸动的呃死木死。

在最近几年内,关于欧西文化的研究也成了一种时髦,在这项下,美术的讨论也占有渐次扩大的地盘。虽则在国内能有几个人亲眼见到过罗浮宫或是乌翡栖或是特莱司登美术院里的内容？但一样的拉飞尔安葛尔米勒铁青梵尼亚乃至塞尚阿溪朋谷已然是极随熟的口头禅。我亲自听到过（你大约也有经验）学画不到三两星期的学生们热奋的争辩古典派与后期印象派的优劣,梵高的梨抵当着考莱琪奥的圣母,塞尚的苹果交斗着鲍狄乞黎的薇纳丝———他们那口齿的便捷与使用各家学派种种法宝的热烈,不由得我不十分惊讶的钦佩。这大都是（我猜想）就近由我们的东邻转贩得来的。日本是永远跟着德国走；德国是一座呃死木死最繁殖的森林,假如没有那种呃死木死的巧妙的繁缠的区分,在艺术上凭空的争论是几乎不可能的。在新近的欧西画派中,也不知怎的,最受传诵的,分明最合口味的（在理论上至少）,碰巧是所谓后期印象派（"Post Impressionism"这名词是英国的批评家法兰先生 Mr. Roger Fry① 在组织 1911 年的 Grafton Exhibition② 时临时现凑的,意思只是印象派以后的几个画家,他们其实也是各不相同绝不成派的,但随后也许因为方便,就沿用了）。但是天知道！在

---

① Mr. Roger Fry：今译弗赖（1866—1934）,英国画家、美术评论家,推崇塞尚及后期印象派画家,曾任剑桥大学美术教授。

② Graften Exhibition：格拉夫顿展览会。

国内最早谈塞尚谈梵高谈玛蒂斯的几位压根儿就没有见过（也许除了蔡子民先生）一半幅这几位画家的真迹！除非我是固陋，我并且敢声言最早带回塞尚梵高等套版印画片来的还是我这蓝青外行！这一派所以入时的一个理由是与在文学里自由体诗短篇小说独幕剧所以入时同一的——看来容易。我十二分同情于由美术学校或画院刻苦出身的朋友鄙薄塞尚以次一流的画，正如我完全懂得由八股试帖诗刻苦出身的老辈鄙薄胡适之以次一流的诗。你说他们的画一小时可作二三幅。这话并不过于失实，梵高当初穷极时平均每天作画三幅，每幅平均换得一个法郎的代价——三个法郎足够他一天的面包咖啡与板烟！

但这"看来容易"却真是害人——尤其是性情爱好附会的就跟着来撕拾一些他们自己懂得不一半的名词，吹动他们传声的喇叭，希望这么一来就可以勾引起，如同月亮勾引海潮，一个"伟大的"运动——革命；在文艺上掀动全武行做武戏与在政治上卖弄身手有时一样的过瘾！这你可以懂得了吧，悲鸿，为什么所谓后期印象派的作风能在，也不仅中国，几乎全世界，有如许的威风？你是代表一种反动，对这种在你看来完全 Anarchic① 运动的反动（却不可误会我说你是反革命，那不是顽！），所以你更不能姑息，更不能容忍，你是立定主意要凭你的"浩然之气"来扫荡这光天下的妖气！我当然不是拿你来比陪在前十年的文学界的林畏庐，你不可误会；我感觉到的只是你的愤慨的真诚。如果你，悲鸿，干脆的说，我们现在学西画不可盲从塞尚玛蒂斯一流，我想我可以赞同——尤其那一个"盲"字。文化的一个意义是意识的扩大与深湛，"盲"不是进化的道上的路碑。你如其能进一步，向当代的艺界指示一条坦荡的大道，那我，虽则一个素人，也一定敬献我的钦仰与感激。但你恰偏偏挑了塞尚与玛蒂斯来发泄你一腔的愤火；骂他们"无耻"，骂他们"卑鄙昏聩"，骂他们"黑暗堕落"，这话如其出在另一个人的口里，不论谁，只要不是你，悲鸿，那我再也不来废工夫迂回的写这样长篇的文字（说实话，现在能有几个人的言论是值得尊重的！）；但既然你说得出，我也不能制止我的"惑"，非得进一步请教，请你更剀切的剖析，更剀切的指示，解

---

① Anarchic：无政府主义的。

我的，同时也解，我敢信，少数与我同感的朋友的，"惑"。

我不但尊重你的言论，那是当然的，我并且尊重你的谩骂（"无耻"一流字眼不能不归入谩骂一阑吧？），因为你决不是瞎骂。你不但亲自见过塞尚的作品，并且据你自己说，见到过三百多幅的多，那在中国竟许没有第二个。也不是因为派别不同；要不然你何以偏偏：不反对皮加粟（Picasso①），"不反对"梵高与高根，这见证你并不是一个固执成见的"古典派"或画院派的人。换句话说，你品评事物所根据的是，正如一个有化育的人应得根据活的感觉，不是死的法则。我所以惑。再说，前天我们同在看全国美展所陈列的日本洋画时，你又曾极口赞许太田三郎那幅皮加粟后期影响极明显的裸女，并且你也"不反对"，除非我是错误，满谷国四郎的两幅作品；同时你我也同意不看起中村不折一类专写故事的画片，汤浅一郎一流平庸的无感觉的手笔；你并且还进一步申说"与其这一类的东西毋宁里见胜藏那怕人的裸象"。这又正见你的见解的平允与高超，不杂意气，亦无有成见。在这里，正如在别的地方，我们共同的批判的标准还不是一个真与伪或实与虚的区分？在我们衡量艺术的天平上最占重量的，还不是一个不依傍的真纯的艺术的境界（An independent artistic vision）② 与一点真纯的艺术的感觉？什么叫做一个美术家除是他凭着绘画的或塑造的形象想要表现他独自感受到的某种灵性的经验？技巧有它的地位，知识也有它的用处，但单凭任何高深的技巧与知识，一个作家不能造作出你我可以承认的纯艺术的作品。你我在艺术里正如我在人事里兢兢然寻求的，还不是一些新鲜的精神的流露，一些高贵的生命的晶华，况且在艺术上说到技巧还不是如同在人的品评上说到举止与外貌；我们不当因为一个人衣衫的不华丽或谈吐的不隽雅而藐视他实有的人格与德性，同样的我们不该因为一张画或一尊象技术的外相的粗糙或生硬而忽略它所表现的生命与气魄。这且如此，何况有时作品的

---

① Picasso：今译毕加索（1881—1973），西班牙画家、雕刻家，1904年起定居巴黎，为立体主义画派主要代表，作品对现代西方艺术有深远影响。其代表作有《亚威农的少女们》、《格尔尼卡》、《梳头的女人》，宣传画《和平鸽》等。

② 一种独立的艺术观。

外相的粗糙与生硬正是它独具的性格的表现？（我们不以江南山川的柔媚去品评泰岱的雄伟，也不责备施耐庵不用柴大官人的口吻去表写李逵的性格，也为了同样的理由。但这当然是一个极浅的比照。）

如果我上面说的一些话你听来不是完全没有理性；如果再进一步关于品评艺术的基本原则，你也可以相当的容许，且不说顺从，我的肤浅的观察，那你，悲鸿，就不应得如此谩骂塞尚与玛蒂斯的作风，不说他们艺术家的人格。在他们俩，尤其是塞尚，挨骂是绝不希奇；如你知道，塞尚一辈子关于他自己的作品，几乎除了骂就不曾听见过别的品评——野蛮，荒谬，粗暴，胡闹，滑稽，疯癫，妖怪，怖梦，在一八七四年"Communard"①（这正如同现代中国骂人共产党或反动派），在一九〇四年，他死的前两年，Un："Anarchiste"②。在一八九五年（塞尚五十六岁）服拉尔先生（Ambroise Vollard）③ 用尽了气力组织成塞尚的第一次个人展览时，几乎所有走过 39 Rue Laffitte④ 的人（因为在窗柜里放着他的有名的《休憩时的浴者》）都得，各尽本分似的，按他们各人的身份贡献他们的笑骂！下女，面包师，电报生，美术学生，艺人，绅士们，太太们，尤其是讲究体面的太太们，没有一个不是羞红了脸或是气红了脸的，表示他们高贵的愤慨——看了艺术堕落到这般田地的愤慨。但在十一二年后艺史上有名的"独立派"的"秋赛"时，塞尚，这个普鲁冈司山坳里的土老儿，顿时被当时的青年艺术家们拥上了二十世纪艺术的宝座，一个不冕的君主！在穆耐，特茄史，穆罗，高根，毕于维史等等奇瑰的群峰的中间，又涌出一座莽苍浑灏的宗岳！Salle Cezanne⑤ 是一座圣殿，只有虔诚的脚踪才可以容许进去瞻仰，更有谁敢来吐露一半句非议话的话——先生

---

① Communard：法文，巴黎公社社员。

② Anarchiste：法文，一个无政府主义者。

③ Ambroise Vollard：沃拉尔（1865—1939），法国美术品商和出版商。1893年创设巴黎画廊，举办过塞尚（1898）、毕加索（1901）、马蒂斯（1904）等人的首次个人画展。他还刊印过由勃纳尔和夏加尔作插图的许多文学名著的豪华版。著有自传《画商回忆录》（1937）。

④ 39 Rue Laffitte：法文，拉斐脱路 39 号。

⑤ Salle Cezanne：塞尚，法国著名画家。

小心了，这不再是十一二年前的"拉斐脱路三十九"！

这一边的笑骂，那一边的拥戴，当然同样是一种意气的反动，都不是品评或欣赏艺术应具的合理的态度。再过五年塞尚的作品到了英国又引起了艺界相类的各走极端的风波：一边是"非理士汀"们当然的嬉笑与怒骂，一边是，"高看毛人"们一样当然反动的怒骂与嬉笑。就在现在，塞尚已然接踵着蒙内，米莱，特茄史等等成为近代的典型（Classic），在一班艺人们以及素人们提到塞尚还是不能有一致的看法，虽则咒骂的热烈，正如崇拜的疯狂，都已随着时光减淡得多的了。塞尚在现代画术上，正如洛坛在塑术上的影响，早已是不可磨灭，不容否认的事实，他个人艺术的评价亦已然渐次的确定——却不料，万不料在这年上，在中国，尤其是你的见解，悲鸿，还发见到这一八九五年以前巴黎市上的回声！我如何能不诧异？如何能不惑？

话再说回头，假如你只说你不喜欢，甚而厌恶塞尚以及他的同流的作品，那是你声明你的品味，个人的好恶，我决没有话说。但你指斥他是"无耻"，"卑鄙"，"商业的"。我为古人辨诬，为艺术批评争身价，不能不告罪饶舌。如其在艺术界里也有殉道的志士，塞尚当然是一个（记得文学界的萧禄贝尔）。如其近代有名的画家中有到死卖不到钱，同时金钱的计算从不曾羼入他纯艺的努力的人，塞尚当然是一个。如其近代画史上有性格孤高，耿介澹泊，完全遗世独立，终身的志愿但求实现他个人独到的一个"境界"这样的一个人，塞尚当然是一个。换一句话说，如其近代画史上有"无耻"，"卑鄙"一类字眼是应用不上的一个人，塞尚是那一个人！塞尚足足画了五十几年的画，终生不做别的事。他看不起巴黎人因为他有一次听说巴黎有买他的静物画的人；"他们的品位准是够低的。"他在乡间说。他画，他不断的画；在室内画，在野外画；一早起画，黄昏时还是画；画过就把画掷在一边再来第二幅；画不满意（他永远不满意）他就拿刀向画布上搠，或是拿画从窗口丢下楼去，有的穿挂在树枝上像一只风筝；你（不论你是谁）只要露出一半句夸赞他的画的话，他就非得央着把那幅画送给你（他却不虑到你带回家时见得见不得你的太太！）。他搬家就把他画得的画如数丢下在他搬走的画室里！至于他的题材，他就只画他眼前与眼内的景象：山岭，山谷，房舍，苹果，大葱，乡里人

(不是雇来的模特儿），他自己或是他的戴绿帽的，黄脸婆子，河边洗澡的，林木，捧泥娃娃的女小孩……他要传达他的个人的感觉，安排他的"色调的建筑"，实现他的不得不表现的"灵性的经验"！我们能想象一个更尽忠于纯粹艺术的作者不？他一次说他不愿画耶稣因为他自己对教的信仰不够虔诚，不够真。这能说是无耻卑鄙不？（在中国不久，我相信，十个画家里至少会有九个要画孙中山先生因为——因为他们都确信他们自己是三民主义的忠实的信徒！）

至于他的画的本身——但我实在再不能纵容我自己了，我话已然说得太太多；况且你是最知道塞尚的作品的，比我知道得多，虽则你的同情似乎比我少，外行侈谈美术是一种大大的罪孽，我如何敢大胆？但容我再顺便在这信尾指出：在你所慷慨列述的近代法国大师的名单中，有的，如同特拉克洛洼与孤尔倍是塞尚私淑的先生（小说家左拉 Zola①，塞尚的密友，死后他的画堆里发见一张画题名Len'évement②，人都疑心不是特拉克洛洼自己就是门下画的，但随后发见署名是塞尚！你知道这件小掌故不？所以我们别看轻那土老儿，早年时他也会画博得我们夸壮丽雄伟等等的神话，例如伟丈夫抗走妖艳的女子之类！）。有的，如同勒奴幻或 Pissarro③（你似乎不曾提到他，但你决不能如何恨他），或穆耐或特茄史都是他的程度，浅深间的相知（虽则塞尚说："这群人打扮得都像律师"）。有的，例如马耐，你称为"庸"的，或是毕于维史，你称为伟大的，是他的冤家，他们的轻视是相互的 Homo adichtus Nature④，至于尊师达仰先生，他大约不曾会过塞尚，他大概不屑批评塞尚的作品，但我同时揣度他或许不能完全赞同你对他的批评。你这些还有甚么说的，既然如今塞尚，不再是一个乡里来的人，不再是 Communard 或是 Anarchist，已

---

① Zola：左拉（1840—1902），法国作家，自然主义文学的代表人物。他的主要作品包括《小酒店》、《萌芽》、《金钱》、《娜娜》等。

② Len'évement 似有拼写错误，不详。

③ Pissarro：毕沙罗（1830—1903），法国印象派画家，主要作品有《巴黎蒙马特尔大街夜景》、《布鲁日的桥》等。

④ Homo adichtus Nature：似有拼法错误，无法翻译。

然是在艺术界成为典型正如布赛 Poussin①，特拉克洛洼，洛坛，米莱等一个个已然成为典型，我当然不敢不许你做第二个托尔斯泰，拓出一支巨膀去扫掉文庙里所有的神座，但我却愿意先拜读你的《艺术论》。最后还有一句话：对不起玛蒂斯，他今天只能躲在他前辈的后背闪避你的刀锋；但幸而他的先生是你所佩服的穆罗 Moreau②，他在东方的伙伴或支裔又是你声言"不反对"的满谷国四郎，他今天，我知道，正在苏州玩虎丘！

四月九日写天亮

---

① Poussin：今译普桑（1594—1665），法国画家，法国古典主义绘画奠基人，重要作品有《四季》、《圣母升天》、《台阶上的圣家族》等。

② Moreau：莫罗（1826—1898），法国象征主义画家，主要作品有《俄狄甫斯与斯芬克斯》、《莎乐美的舞蹈》等。

海粟的画

　　海粟是一个有玄学思想的画家。从道德经经过邵康节到"天游主义",或是从"天游主义"到邵康节再到道德经——这是海翁在他的玄学海里旅程的一个概况。本来作"文人画"的作家是脱离不了玄学思想的,不论是道佛或是别的什么;海翁无非是格外明显的一个例。这部分思想的渊源发见在他的作品里是一种特殊的气象,这究竟是什么,颇不易用一二个状词来概括,至少我觉得难,但无论如何我们不能否认他确能在他的画里表现一种他所独有的品性或风格。一个画家的思想的倾向往往在他的作品的题材里流露消息。有的人许不愿意把思想一类字眼和画家放在一起,仿佛一个画家就不该或不必有什么思想似的,我理会得这个道理,但是我现在不能申辩,我只能求你们把思想这字眼放宽一点看,只当它是可与性情乃至态度一类字眼几乎可相通用的。海粟每回提起笔来作画的时候(我这里是说他的国画)在他想象中最浮现的是什么一类境界,在他内心里要求表现的是什么?(容我斗胆来一个心理的揣详。)最现成的是大山岭,海,波澜,瀑布,老松,枯木,寒林;要是鸟,那就是白凤,再不然就是大鹏,"其翼若垂天之云,背负青天而莫之夭阏者。"要是花(他绝少画花),那就是曼陀罗花,或是别的什么产自神仙出处的奇葩。我们这里要问的是他要表现的是什么,是这些山水花鸟的本体,还是他借用这些形体来表现他潜伏在内心里的概念?我的拙见是他要写的是"意",不是体。他写山海是为它们的大,波澜为它们的壮阔,泉为它们的神秘,枯木为它们的苍劲。尤其是"大"的一个概念在海粟是无处不活跃的;从新心理学说来,这几字是一种 Complex① 是。因此在他成功的时候他的形象轮廓不止是形象轮廓;同时在他失败的时候他的形象轮廓不止是形象轮廓。他的画,至少他的国画,确乎是东方一部分玄学思想的绘事的表现。

我们再从他爱好的作家里探得消息。意识的或非意识的,海粟自己赏鉴的标准也只是一个:伟大。不嫌粗,不嫌野,他只求大。"大"是他崇拜的英雄们的一个共性。在西方他觅得了密恰朗其罗,罗丹,塞尚,梵高;在东方他倾倒八大,石涛。这不是偶然的好恶,这是个人性情自然的向往。因缘是前定的;有他的性情才有他的发见,因他的发见更确定了他的性情。

所以从他的崇仰及他自己的作品里我们看出海粟一生精神的趋向。他是一个有体魄有力量的人,他并且有时也能把他天赋的体魄和力量着实的按捺到他的作品里。我们不能否认他的胞襟的宽扩,他的意境的开展,他的笔致的遒劲。你尽可以不喜欢他的作品,你尽可以从各方面批评他的作品,但在现代作家中你不能忽略他的独占的地位。他是在那里,不论是粗是细。他不仅是在那里,他并且强迫你的注意。尤其在这人材荒歉的年生,我们不能不在这样一位天赋独厚的作者身上安放我们绝望中的希望。吴仓老已经作古,我们生在这时代的不由的更觉得孤寂了,海粟更应得如何自勉!自信力是一切事业的一个根脚;海粟有的是自信力。但同时海粟还得用谦卑的精神来体会艺术的真际,山外有山,海外有海,身上本来长有翅膀的何苦屈伏在卑琐的地面上消磨有限的光阴?海粟是已经决定出国去几年,我们可以预期像他这样有准备的去探宝山,决不会得空手归来,我们在这里等候着消息!这次的展览是他去国前的一个结束,关心艺术的不可错过这认识海粟的一个唯一机会。

---

① Complex:心理学术语,今译"情结"。

辑七　爱眉小札

爱眉小札

八月九日起日札

"幸福还不是不可能的",这是我最近的发现。

今天早上的时刻,过得甜极了。我只要你:有你我就忘却一切,我什么都不想什么都不要了,因为我什么都有了。

与你在一起没有第三人时,我最乐,坐着谈也好,走道也好,上街买东西也好,厂甸我何尝没有去过,但那有今天那样的甜法。爱是甘草,这苦的世界有了它就好上口了。

眉,你真玲珑,你真活泼,你真像一条小龙。

我爱你朴素,不爱你奢华,你穿上一件蓝布袍,你的眉目间就有一种特异的光彩,我看了心里就觉着不可名状的欢喜。朴素是真的高贵,你穿戴齐整的时候当然是好看,但那好看是寻常的,人人都认得的,素服时的眉有我独到的领略。

"玩人丧德,玩物丧志"这句话确有道理。

我恨的是庸凡,平常,琐细,俗;我爱个性的表现。

我的胸膛并不大,决计装不下整个或是甚至部分的宇宙,我的心河也不够深,常常有露底的忧愁,我即使小有才,决计不是天生的,我信是勉强来的,所以每回我写什么多少总是难产,我唯一的靠傍是刹那间的灵通。我不能没有心的平安,眉,只有你能给我心的平安,在你完全的蜜甜的高贵的爱里我享受无上的心与灵的平安。

凡事开不得头,开了头便有重复,甚至成习惯的倾向,在恋中人也得提防小漏缝儿,小缝儿会变大窟窿,那就糟了。我见过两相爱的人因为小事情误会斗口,结果只有损失,没有利益,我们家乡俗谚有"一天相骂十八头,夜夜睡在一横头",意思说是好夫妻也免不了吵。我可不信,我信合理的生活动机是爱,知识是南针;爱的生活也不能纯粹靠感情,彼此的了解是不可少的,爱是帮助了解的力,了解是爱的成熟,最高的了解是灵魂的化合,那是爱的圆满功德。

没有一个灵性不是深奥的;要懂得,真认识一个灵性,是一辈子的工作,这功夫愈下愈有味,像逛山似的唯恐进得不深。

眉,你今晚说想到乡间去过活,我听了顶欢喜,可是你得准备吃苦,总有一天我引你到一个地方,使你完全转变你的思想与生活的习惯,你这孩子其实是太娇养惯了!我今天想起旦农雪乌的"死的胜利"的结局;但中国人,那配?眉,你我从今起对爱的生活负有做到他十全的义务,我们应得努力。眉,你怕死吗?眉,你怕活吗?活比死难得多!眉,老实说,你的生活一天不改变,我一天不得放心,但北京就是阻碍你新生命的一个大原因,因此我不免发愁。

我从前的束缚是完全靠理性解开的;我不信你的就不能用同样的方法。万事只要自己决心,决心与成功间的是最短的距离。

往往一个人最不愿意听的话,是他最应得听的话。

十日

我六时就醒了,一醒就想你来话,现在九点半了,难道你还不曾起身,我真等急了。

我有一个心,我有一个头;我心动的时候,头也是动的。

我真应得谢天;我在那一辈子里,本来自己已是陈死人,竟然还能尝着生活的甜味,曾经享受过最完全、最奢侈的时辰,我从此是一个富人,再没有抱怨的口实,我已经知足。这时候,天坍了下来,地陷了下去,霹雳种在我的身上,我再也不怕死,不愁死,我满心只是感谢,即使眉你有一天(恕我这不可能的设想)心换了样,停止了爱我,那时我的心就像莲蓬似的载满了窟窿,我所有的热血都从这些窟窿里流走——即使有那样悲惨的一天,我想我还是不敢怨的,因为你我的心曾经一度灵通,那是不可灭的,上帝的意思到处是明显的。

他的发落永远是平正的;我们永远不能批评,不能抱怨。

十一日

这过的什么日子?我这心上压得多重呀!眉,我的眉,怎么好呢?刹那间有千百件事在方寸间起伏,是忧,是虑,是瞻前,是顾后,这笔上那能写出?眉,我怕,我真怕,世界与我们是不能并立的,不是我们把他们打毁成全我们的话,就是他们打毁我们,逼迫我们的死。眉,我悲极了,我胸口隐隐的生痛,我双眼盈盈的热泪,我就要你,我此时要你,我偏不能有你,喔!这难受——恋爱是痛苦,是的,眉,再也没有疑义。眉!我恨不得立刻与你死去,因为只有死可以给我们想望的清静,相互的永远占有。眉,我来献全盘的爱给你,一团火热的真情,整个儿给你,我也盼望你也一样拿整个、完全的爱还我。

世上并不是没有爱,但大多是不纯粹的,有漏洞的,那就不值钱,平常,浅薄,我们是有志气的,决不能放松一屑屑。我们得来一个直〈真〉纯的榜样,眉,这恋爱是大事情,是难事情,是关生死超生死的事情——如其要到真的境界,那才是神圣,那才是不可侵犯。有同情的朋友是难得的,我们现在有少数的朋友,就思想见解论,在中国是第一流,他们如"先生",如水王,如金——都是真爱你我,看重你我,期望你我的。他们要看我们做到一般做不到的事,实现一般人梦想的境界。他们,我敢说,相信你我有这天赋,有这能力;他们的期望是最难得的,但同时你我负着的责任,那不是玩儿,对己,对友,对社会,对天,我们有奋斗到底、做到十全的责任!眉,你知道我这近来心事重极了,晚上睡不着不说,睡了就来怖梦,种种的顾虑整天像刀光似的在心头乱刺,眉,你又是在这样的环境里嵌着,连自由谈天的机会都没有,唉,这真是那里说起!眉,我每晚睡在床上寻思时,我仿佛觉着发根里的血液一滴滴的消耗,在忧郁的思念中黑发变成苍白,一天廿四时,心头那有一刻的平安——除了与你单独相对的俄顷,那是太难得了。眉,我们死去吧,眉,你知道我怎样的爱你，啊眉！比如昨天早上你不来电话，从九时半到十一时，我简直像是活抱着炮烙似的受罪，心那么的跳，那么的痛，也不知为什么，说你也不信，我躺在榻上直咬着牙，直翻身喘着哪！后来再也忍不住了，自己拿起了电话，心头那阵的狂跳，差一点把我晕了，谁知你一直睡着没有醒，我这自讨苦吃多可笑，但同时你得知道，眉，在恋中人的心里是最复杂的心理，说是最不合理可以，说是最合理也可以。眉，你肯不肯亲手拿刀割破我的胸膛，挖出我那血淋淋的心留着，算是我给你最后的礼物？

今朝上睡昏昏的只是在你的左右，那怖梦真可怕，仿佛有人用妖法来离间我们，把我迷在一辆车上，整天整夜的飞行了三昼夜，旁边坐着一个瘦长的严肃的妇人，像是运命自身，我昏昏的身体动不得，口开不得，听凭那妖车带着我跑，等得我醒来下车的时候，有人来对我说你已另订约了。我说不信，你带约指的手指忽在我眼前闪动，我一见就往石板上一头冲去，一声悲叫，就死在地下——正当你电话铃响把我振醒，我那时虽则醒了，把那一阵的凄惶与悲酸，像是灵魂出了窍似的，可怜呀！眉！我过来正想与你好好的谈半句钟天，偏偏你又得出门就诊去，以后一天就完了，四点以后过的是何等不自然局促的时刻，我与适之谈，也是凄凉万状，我们的影子在荷池圆叶上晃着，我心里只是悲惨，眉呀！我心肝的眉呀！你快来伴我死去吧！

十四日

昨晚不知那儿来的兴致，十一点钟跑到东花厅，本想与奚若谈天，他买了新鲜合桃、葡萄、沙果、莲蓬请我，谁知讲不到几句话，太太回来了，那就是完事，接着慰慈、梦绿也来了，一同在天井里坐着闲话，大家嚷饿，就吃蛋炒饭，我吃了两碗，饭后就嚷打牌，我说那我就得住夜，住夜就得与慰慈夫妇同床，梦绿连骂："要死快哩，疯头疯脑！"但结果打完了八圈牌，我的要求居然做到，三个人一头睡下，熄了灯，绿躲紧在慈的胸前，格支支的笑个不住，我假装睡着，其实他们说话等等我全听分明，到天亮都不曾落䐃。

眉，娘真是何苦来。她是聪明，就该聪明到底；她既然看出我们俩是痴情人，容易钟情，她就该得想法大处落墨，比如说禁止你与我往来，不许你我见面，也是一个办法；否则就该承认我们的情分，给我们一条活路，才是道理，像这样小鹣鹣的溜着眼珠当着人前提防，多说一句话该，多看一眼该，多动一手该，这可不是真该，实际毫无干系，只叫人不舒服，强迫人装假，真是何苦来！眉，我总说有真爱就有勇气，你爱我的一片血诚，我身体磨成了粉都不能怀疑，但同时你娘那里既不肯冒险，他那里又不肯下决断，生活上也没有改向，单叫我含糊的等着，你说我心上那能有平安，这神魂不定又那能做事，因此我不由的不私下盼望你能进一步爱我，早晚想一个坚决的办法出来，使我早一天定心，早一天能堂皇的做人，早一天实现我一辈子理想中的新生活。眉，你爱我究竟是怎样的爱法？

我不在时你想我，有时很热烈的想我，那我信；但我不在时你依旧有你的生活，并不是怎样的过不去；我在你当然更高兴，但我所最要知道的是，眉呀，我是否你"完全的必要"，我是否能给你一些世界上再没有第二人能给你的东西，是否在我的爱你的爱里得到了你一生最圆满，最无遗憾的满足？这问题是最重要不过的，因为恋爱之所以为恋爱，就在他那绝对不可改变不可替代的一点；罗米乌爱玖丽德，愿为她死，世上再没有第二个女子能动他的心，玖丽德爱罗米乌，愿为他死，世上再没有第二个男子能占她一点子的情，他们那恋爱之所以不朽，又高尚，又美，就在这里。他们俩死的时候，彼此都是无遗憾的，因为死成全他们的恋爱到完全最圆满的程度，所以这"Die upon a kiss"① 是真钟情人理想的结局，再不要别的。反面说，假如恋爱是可以替代的，像一支牙刷烂了可以另买，衣服破了可以另制，他那价值也就可想。"定情"——the spirtual engagement, the great mutual giving up② 是一件伟大的事情，两个灵魂在上帝的眼前自愿的结合，人间再没有更美的时刻——恋爱神圣就在这绝对性，这完全性，这不变性；所以诗人说——

  The light of a whole life dies.

---

① 一吻而亡。
② 神圣的婚约，彼此的献身。

When love is done.①

恋爱是生命的中心与精华,恋爱的成功是生命的成功,恋爱的失败是生命的失败,这是不容疑义的。

眉,我感谢上苍,因为你已经接受了我;这来我的灵性有了永久的寄托,我的生命有了最光荣的起点,我这一辈子再不能想望关于我自身更大的事情发现;我一天有你的爱,我的命就有根,我就是精神上的大富翁。因此我不能不切实的认明这基础究竟是多深,多坚实,有多少抵抗侵凌的实力——这生命里多的是狂风暴雨!

我以我不怕你厌烦我要问你究竟爱我到什么程度?有了我的爱你是否可以自慰已经得到了生命与生命中的一切?反面说,要没有我的爱,是否你的一生就没有光彩?我再来打譬喻。你爱吃莲肉,爱吃鸡豆肉;你也爱我的爱;在这几天我信莲肉,鸡豆,爱都是你的需要;在这情形下爱只像是一个"加添的必要"。The additional necessith 不是绝对的必要,比如空气,比如饮食,没有一样就没有命的。有莲时吃莲,有鸡豆时吃鸡豆;有爱时"吃"爱。好;再过几时时新就换样,你又该吃蜜桃,吃大石榴了,那时假定我给你的爱也跟着莲与鸡豆完了,但另有与石榴同时的爱现成可以"吃"——你是否照样过你的活,照样生活里有跳有笑的?再说明白的,眉呀,我祈望我的爱是你的空气,你的饮食,有了就活,缺了就没有命的一样东西;不是鸡豆,或是莲肉,有时吃固然痛快,过了时也没多大交关,石榴、柿子、青果跟着来替口味多着呢!眉你知道我怎样的爱你,你的爱现在已是我的空气与饮食,到了一半天不可少的程度。因此我要知道在你的世界里我的爱占一个什么地位?

May, I miss your passionately appealing gazing and soul communicating glances which once so overwhelmed and ingratiated me. Suppose I die suddenly tomorrow morning. Suppose I come to contract an incurable disease. Suppose I cease to love you. Suppose

---

① 恋爱的失败,也是整个生命之火为之熄灭的开始。

I change my heart and love somebody else, what then would you feel and what would you do? These are very cruel supposition I know, but all the same I can't help making them, such being the love's psychology.

Do you know what would I have done if in my coming back, I should have found my love no longer mine! Try and imagine the situation and tell me what you think.①

日记已经第六天了,我写上了一二十页,不管写的是什么,你一个字都还没有出世哪!但我却不怪你,因为你真是贵忙;我自己就负你空忙大部分的责。但我盼望你及早开始你的日记,纪念我们同玩厂甸那一个蜜甜的早上。我上面一大段问你的话,确是我每天郁在心里的一点意思,眉,你不该答复我一两个字吗?眉,我写日记的时候我的意绪益发蚕丝似的绕着你;我笔下多写一个眉字,我口里低呼一声我的爱,我的心为你多跳了一下,你从前给我写的时候也是同样的情形我知道,因此我益发盼望你继续你的日记,也使我多得一点欢喜,多添几分安慰。

十四日半夜

我想去买一只玲珑坚实的小箱,存你我这几日来交换的信件,算是我们定情的一个纪念,你意思怎样?

十八日

十一点过了,肚子还是疼,又招了凉,怪难受的,但我一个人占这空院子(道宏这会真走了),夜沉沉那能睡得着。这时候饭店凉台

---

① 眉,我思念你那深情的凝视,和传情的眼神,它们曾使我魄散魂销。假设我明天早晨突然死去。假设我突然染上了绝症。假设我不再爱你。假设我变心了,爱上了别人,你会有什么感觉,你会怎么做?我知道这些都是很残酷的假设,但我还是忍不住作了,这便是陷于爱情之中的人的心理。如果我回来,发现我的爱人已不再属于我,你知道我会怎么作吗?想象一下这种情形,告诉我你的想法。

上正凉快，舞场中衣香鬓影多浪漫多作乐呀！这屋子闷热得凶，蚊虫也不饶人，我脸上腕上脚上都叫咬了。我病我想是一半昨晚少睡了，今天打球后喝冰水太多，此时也有些倦意，但眉你不是说回头给我打电话吗？我那能睡呢？听差们该死，走的走，睡的睡，一个都使唤不来，你来电时我要睡着了那又不成。所以我还是起来涂我最亲爱的爱眉小札吧。方才我躺在床上又想这样那样的。怪不得老话说"疾病则思亲"，我才小不舒服就动了感情，你说可笑不？我倒不想父母，早先我有病时总想妈妈，现在连妈妈都退后了，我只想我那最亲爱的，最钟爱的小眉。我也想起了你病的那时候，天罚我不叫我在你的身旁，我想起就痛心，眉，我怎么不知道你那时热烈的想我要我，我在意大利时有无数次想出了神。不是使劲的自咬手臂，就是拿拳头捶着胸，直到真痛了才知道。今晚轮着我想你了。眉！我想象你坐在我的床头，给我喝热水，给我吃药，抚摩着我生痛的地方，让我好好的安眠，那多幸福呀！我愿意生一辈子病，叫你坐一辈的床头。哦，那可不成，太自私了，不能那样设想。昨晚我问你我死了你怎样，你说你也死，我问真的吗，你接着说的较比近情些。你说你或许不能死，因为你还有娘，但你会把自己"关"起来，再不与男子们来往。眉，真的吗？门关得上，也打得开，是不是？我真傻，我想的是什么呀，太空幻了！我方才想假使我今晚肚子疼是盲肠炎，一阵子涌上来在极短的时间痛死了我，反正这空院子里鬼影都没，天上只有几颗冷淡的星，地下只有几茎野草花。我要是真的灵魂出了窍，那时我一缕精魂飘飘荡荡的好不自在，我一定跟着凉风走，自己什么主意都没有；假如空中吹来有音乐的声响，我的鬼魂许就望着那方向飞去——许到了饭店的凉台上，啊，多凉快的地方，多好听的音乐，多热闹的人群呀！啊！那又是谁，一位妙龄女子，她慵慵的倚着一个男子肩头在那像水泼似的地平上翩翩的舞，多美丽的舞影呀！但她是谁呢？为什么我这飘渺的三魂无端又感受一个劲烈的战栗？她是谁呢，那样的美，那样的风情，让我移近去看看，反正这鬼影是没人觉察，不会招人讨厌的不是？现在我移近了她的跟前——慵慵的倚着一个男子肩头款款舞踏着的那位女郎。她到底是谁呀，你，孤单的鬼影，究竟认清了没有？她不是旁人；不是皇家的公主，不是外邦的少女；她不是别人，她就是她——你生前沥肝脑去恋爱的她！你自己不幸，这大早就变了鬼，她又不知道，你不通知她那能知道——那圆舞的音乐多香柔呀！好，我去通知她吧，鬼影踌躇了一晌，咽住了他无形的悲泪，益发移近了她，举起一个看不见的指头，向着她暖和的胸前轻轻的一点——啊，她打了一个寒噤，她抬起了头，停了舞，张大了眼睛，望着透光的鬼影睁眼的看。在那一瞥间她见着了，她也明白了，她知道完了——她手掩着面，她悲切切的哭了，她同舞的那位男子用手去揽着她，低下头，去软声的安慰她——在泼水似的地平上，他拥着掩面悲泣的她慢慢走回坐位。去坐下了。音乐还是不断的奏着。

十二点了。你还没有消息，我再上床去躺着想吧。

十二点三刻了。还是没有消息，水管的水声，像是沥渐的秋雨，真恼人。为什么心头这一阵阵的凄凉；眼泪——线条似的挂下来了！写什么，上床去吧。

一点了。一个秋虫在阶下鸣。我的心跳；我的心一块块的迸裂；痛！写什么，还是躺着去。孤单的痴人！

一点过十分了。还这么早，时候过的真慢呀！

这地板多硬呀！跪着双膝生痛；其实何苦来，祈告又有什么用处？人有没有心是问题；天上有没有神道更是疑问了。

志摩啊你真不幸！志摩啊你真可怜！早知世界是这样的，你何必投娘胎出世来！这一腔热血迟早有一天呕尽。

一点二十分！

一点半——Marvelous!!①

一点三十五分——Life's too charming, too charming, indeed. Haha!!②

一点三刻——O is that the way women love! Is that the way women love!③

……!

---

① 太妙了！
② 生活太美妙了，确实是太美妙了，哈哈！
③ 哦，女人的爱原来如此！女人的爱原来如此！

一点五十五分——天呀！

两点五分——我的灵魂里的血一滴滴在那里吊……

两点十八分——疯了

两点三十分

两点四十分

"O the pity of it, the pity of it, Iago!!" Christ what a hall. Is packed into that line! Each syllable bleeds when you say it……①

两点五十分——静极了

三点七分

三点二十五分——火都没了

三点四十分——心茫然了

五点欠一刻了——咳

六点三十分

七点三十分

十九日

眉，你救了我。我想你这回真的明白了。情感到了真挚而且热烈时，不自主的往极端方向走去。亦难怪我昨夜一个人发狂似的想了一夜。我何尝成心与你生气，我更不会存一丝的怀疑，因为那就是怀疑我自己的生命，我只怪嫌你其实太孩子气，看事情有时不认清亲疏的区别，又太顾虑，缺乏勇气，须知真爱不是罪（就怕爱而不真，做到真字的绝对义那才做到爱字），在必要时我们得以身殉，与烈士们爱国，宗教家殉道，同是一个意思。你心上还有芥蒂时，还觉着"怕"时，那你的思想就没有完全叫爱染色，你的情没有到晶莹剔透的境界，那就比一块光泽不纯的宝石，价值不能怎样高的。昨晚那个经验，现在事后想来，自有它的功用。你看我活着不能没有你，不单是身体，我要你的性灵，我要你的身体完全的爱我，我也要你的性灵完

---

① "可惜呀，可惜，伊阿古!!" /天哪，这一句话里面/凝聚了多少的痛苦！说话时/每个音节都在流血……

全的化入我的,我要的是你的绝对的全部——因为我献给你的也是绝对的全部,那才当得起一个爱字。在真的互恋里,眉,你可以尽量,尽性的给,把你一切的所有全部给你的恋人,再没有任何的保留,隐藏更不须说;这给,你要知道,并不是给掉,像你送人家一件袍子或是什么;非但不是给掉,这给是真的爱。因为在两情的交流中,给与受再没有分界;实际是你给的多你愈富有,因为恋情不是像金子似的硬性,它是水流与水流的交抱,是明月穿上了一件轻快的云衣,云彩更美,月色亦更艳了。眉,你懂得不是?我们买东西尚且要挑剔,怕上当,水果不要有蛀洞的,宝石不要有斑点的,布绸不要有皱纹的;爱是人生最伟大的一件事实,如何少得了一个完全,一定得整个换整个,整个化入整个,像糖化在水里,才是理想的事业,有了那一天,这一生也就有交代了。

眉,方才你说你愿意跟我死去,我才放心你爱我是有根了;事实不必有,决心不可不有,因为实际的事变谁都不能测料,到了临场要没有相当准备时,原来神圣的事业立刻就变成了丑陋的顽笑。世间多的是没志气人,所以只听见顽笑;真的能认真的能有几个人!我们不可不格外自勉。

我不仅要爱的肉眼认识我的肉身,我要你的灵眼认识我的灵魂。

小曼名言:"我想一个人想吃,什么东西就吃得着,也是好过的。"

二十一日

眉,醒起来,眉,起来,你一生最重要的交关已经到门了,你再不可含糊,你再不可因循。你成人的机会到了,真的到了。F已把你看作泼水难收,当着生客们的面前,尽量的羞辱你;你再没有志气,也不该犹豫了!同时你自己也看得分明,假如你离成了,决不能再在北京耽下去。我是等着你,天边去,地角也去,为你我什么道儿都欣欣的不踌躇的走去。听着:你现在的选择,一边是苟且,暧昧的图生,一边是认真的生活;一边是肮脏的社会,一边是光荣的恋爱;一边是无可理喻的家庭,一边是海阔天空的世界与人生;一边是你的种种的习惯,寄妈舅母,各类的朋友,一边是我与我的爱。认清楚了这回,我最爱的眉呀,"差以毫里,谬以千里","一失足成千古恨",你真的得下一个完全自主的决心,叫爱你期望你的真朋友们一致起敬你才好呢!

眉,为什么你不信我的话,到什么时候你才听我的话;你不信我的爱吗?你给我的爱不完全吗?为什么你不肯听我的话,连极小的事情都不依从我——倒是别人叫你上哪儿,你就梳头打扮了快走。你果真爱我,不能这样没胆量。恋爱本是光明事,为什么要这般偷偷的,多不痛快。

眉,要知道你只是偶尔的觉悟,偶尔的难受,我呢,简直是整天整晚的叫忧愁割破了我的心!

O May! Love me, give me all your love, let us become one; try to live into my love for you, let my love fill you, nourish you, caress your darling body and hug your darling soul too; let my love stream over you, merge you thoroughly; let me rest happy and confident in your passion for me!①

忧愁他整天拉着我的心,
像一个琴师擦练他的琴;
悲哀像是海礁间的飞涛:
看他那汹涌,听他那呼号!

---

① 哦,眉!爱我,给我你所有的爱,让我们成为一体;尝试生活在我对你的爱里边,让我的爱充满你,滋养你,爱抚你美丽的肉体,并拥抱你美丽的灵魂;让我的爱漫过你,彻底地淹没你;让我幸福与自信地休息在你对我的爱里边!

眉轩琐语

一月六日[1]

小病三日,拔牙一根,吃药三煎,睡昏昏不计钟点,亦不问昼夜。乍起怕冷贪懒,东偎西靠,被小曼逼下楼来,穿大皮袍,戴德生有耳大毛帽,一手托腮,勉强提笔,笔重千钧,新年如此,亦苦矣哉。

适之今天又说这年是个大转机的机会。为什么?

各地停止民众运动,我说政府要请你出山,他说谁说的,果然的话,我得想法不让他们发表。

轻易希冀轻易失望同是浅薄。

费了半个钟头才洗净了一支笔。

男子只有一件事不知厌倦的。

女人心眼儿多,心眼儿小,男人听不惯她们的说话。

对不对像是分一个糖塔饼,永远分不净匀。

爱的出发点不定是身体,但爱到了身体就到了顶点。厌恶的出发点,也不一定是身体,但厌恶到了身体也就到了顶点。

---

[1] 农历。公历一九二八年一月二十八日。

梅勒狄斯写 Egoist,① 但这五十年内,该有一个女性的 Sir Willoughby② 出现。

最容易化最难化的是一样的东西——女人的心。

朋友走进你屋子东张西望时,他不是诚意来看你的。

怀疑你的一到就说事情忙赶快得走的朋友。

老傅来说我下回再有诗集他替我作序。

过去的日子只当得一堆灰,烧透的灰,字迹都见不出一个。

我唯一的引诱是佛,它比我大得多,我怕它。

今年我要出一本文集一本诗集一本小说两篇戏剧。

正月初七称重一百卅六磅(连长毛皮袍),曼重九十。

昨夜大雪,瑞午家初次生火。

顷立窗间,看邻家园地雪意。转瞬间忆起贝加尔湖雄踞群峰。小瑞士岩稿梨梦湖上的少女和苏格兰的雾态。

---

① Egoist:《利己主义者》。
② Sir Willoughby:威勒比爵士。他是英国作家奥斯丁的小说《理智与情感》中的人物。

图书在版编目（CIP）数据

我所知道的康桥 / 徐志摩著. — 南京：江苏凤凰文艺出版社，2016
（大家散文文存：精编版）
ISBN 978-7-5399-9232-7

Ⅰ. ①我… Ⅱ. ①徐… Ⅲ. ①散文集－中国－现代 Ⅳ. ①I266

中国版本图书馆 CIP 数据核字(2016)第 097159 号

书　　名	我所知道的康桥
著　　者	徐志摩
责任编辑	胡　泊
出版发行	凤凰出版传媒股份有限公司
	江苏凤凰文艺出版社
出版社地址	南京市中央路 165 号，邮编：210009
出版社网址	http://www.jswenyi.com
经　　销	凤凰出版传媒股份有限公司
印　　刷	南京新华泰实业有限公司印刷厂
开　　本	880×1230 毫米 1/32
印　　张	8.625
字　　数	245 千字
版　　次	2016 年 8 月第 1 版　2016 年 8 月第 1 次印刷
标准书号	ISBN 978-7-5399-9232-7
定　　价	32.00 元

（江苏凤凰文艺版图书凡印刷、装订错误可随时向承印厂调换）